verso & cuento

Trabajo, piso, pareja

ZAHARA

AGUILAR

Primera edición: mayo de 2017
Séptima reimpresión: marzo de 2018

Travessera de Gràcia, 47-49. 08021 Barcelona

Printed in Spain - Impreso en España

ISBN: 978-84-03-51744-8
Depósito legal: B-6385-2017

Impreso en Limpergraf
Barberà del Vallès (Barcelona)

AG 1 7 4 4 A

Penguin
Random House
Grupo Editorial

A Moreno

TRABAJO

1. ELLA

El mensaje es claramente una declaración de intenciones y otra cosa no, pero intención tengo de sobra.

Quedamos a las cinco y media en una cafetería del centro y la música está tan alta que para entender lo que me dice tiene que acercar su boca a mi oreja. Sus palabras estallan contra mi cerebro y ríos de hormonas piden como lava cayendo por nuestra piel que se acabe el teatrillo y nos vayamos directamente a mi casa.

Remuevo innecesariamente la cuchara en la taza y me oigo decir:

—No busco a nadie... Acabo de salir de una relación de seis años, imagínate. ¿Quién querría otra relación? Pero quede con quien quede nadie me sorprende, ¿entiendes? Y estaría bien alguna sorpresa.

Y confío en haber dejado claro que esa sorpresa tiene que ver con un arrebato, un beso inesperado, ahí, en mitad de la cafetería, un levantarse y llevarme a algún lugar..., qué sé yo. Una sorpresa.

No sucede nada, así que bebo despacio y me paso la lengua sutilmente por la comisura de los labios. Noto un cambio en su mirada. No el cambio que esperaba. Me fijo bien y me doy cuenta de que ya no es cazador, quiere algo más, quiere ser el salvador que cree que busco. Al ser tan clara, mi mensaje ha llegado completamente a la inversa de lo que pienso. El lenguaje es una trampa. Deberíamos no estar hablando. Debería estar pasando su lengua también por mi comisura de los labios.

Lo invito a ir a casa pero él tiene una nueva estrategia. Sabe que acostarse conmigo ahora lo colocará en la estantería de «Nadie me sorprende» y él quiere ser algo más. Y ha decidido eso sobre la marcha, a pesar de haberme escrito en varias ocasiones expresando cuánto y cómo quiere estar conmigo, a pesar de haber definido muy bien en qué posición exacta. Ahora tiene un nuevo objetivo. Pone por excusa a mi ex, que es pronto. Yo le digo «No hay problema» y le cojo la mano para que entienda que, joder, lo que quiero es echar un polvo, que no es para tanto. No busco al amor de mi vida, solo un rato de diversión. Pero veo cómo mi objetivo se desvanece.

Dos roiboos él y, dos cafés solos yo más tarde, acabamos en mi casa.

Mira las paredes medio vacías de mi salón y se sienta a mi lado en el sofá. Yo solo quiero que se ponga sobre mí, que me bese rápido y acabe todo pronto. Él pretende saborear cada segundo.

—¿Estás bien?

—Muy bien. —Y mi sonrisa es una puerta abierta a lo que quiera.

Pero él parece más interesado en mirar mi salón que a mí. Y habla, y habla y hablablabla sobre la casa, sobre vivir con «él» aquí, la incomodidad de estar ahora con otra persona...

No sé cómo hacerle ver que no, que no estoy incómoda; que estoy, de hecho, muy bien; que vamos ya, joder; que solo necesito un satélite, que no tiene que ser mi sol ni mis estrellas; que lo único que quiero es ahogar este dolor con fluidos corporales; que encienda del córtex sensorial al sistema límbico todos los interruptores que encuentre; que ilumine el cerebelo y el córtex frontal. Quiero ríos de oxcitocina, joder, eso es lo que quiero.

Lo llevo a mi estudio.

—Este era mi santuario. —Y abro los ojos mientras sonrío—. Él nunca venía aquí. Era mi lugar, mi espacio.

Separo las sílabas, acentúo todas las vocales y dejo la boca en forma de «o» más tiempo del habitual. En mi cabeza parecía sexi. No lo es.

Me acerco más a él, clavo mi mirada en la suya de colores ocres y respiro muy lento pensando que por fin va a pasar algo.

—Qué pena —me dice—, no me quiero imaginar lo triste que ha tenido que ser tu relación.

Su mano me acaricia como a un cachorrillo abandonado.

Pues una relación fallida, como tantas otras... ¿Qué más tengo que hacer? Tal vez he perdido facultades. Tanto tiempo con novio que he olvidado cómo se liga. Tiene que ser eso.

—Entonces..., este espacio era solo tuyo...

—Exacto.

Y sucede el milagro.

Se acerca lo suficiente para besarme. Pero no es un beso. Su boca abierta busca la mía pero, como si hubiera una capa de *film* transparente entre nosotros, no llega a rozarme del todo. Besos en el aire en una coreografía descoordinada. El ritual de apareamiento con menos futuro del mundo.

Lo intento de nuevo, pero cada milímetro que gano él lo recupera. Lo mismo pasa con su cuerpo. Me coloca contra la pared y se apoya levemente sobre mí, en un intento de *petting* que no es más que un simulacro, como si no fuera suficiente simulacro ya el *petting* en sí mismo. Choco mi cadera contra la suya y me para.

—Hey... Ese movimiento está mal.

—¿Cómo?

—Eso es un movimiento de...

—Sexo —interrumpo.

—Exacto.

—Y ¿no quieres tener sexo? —A ver si es que de verdad me estoy confundiendo.

—Sí.

Tomo su sí como un sí y acerco su cara a la mía, esta vez cogiéndola con las manos tratando de que el roce de labios sea algo más que eso. Él me separa.

—Hey, hey... Pero no aquí. No en la casa donde vivías con tu ex.

Lo miro fijamente tratando de entender cuál es el paso siguiente. Me debato entre echarlo o fingir que tiene razón y que no es lugar. Las dos anteriores son la respuesta correcta.

Respiro hondo antes de mentir.

—Tienes razón. Tienes toda la razón.

Le digo que he interpretado mal nuestros mensajes, esos en los que nos decíamos las ganas que teníamos de follarnos. Él me dice que claro que tiene ganas pero que es obvio que no busco lo de siempre y que siente que puede pasar algo más interesante entre nosotros si lo dejamos aquí. Que él tiene más ganas que yo. Ahogo un «ja». Pero no estaría bien. Continúa.

Lo consuelo. Yo a él. Estoy siendo tan amable que no sé cuánto tiempo tengo antes de volver a ser yo misma. Él parece conmovido y me da un abrazo que no necesito.

Lo acompaño a la salida. Él sonríe. Yo no entiendo por qué. En el marco de la puerta acerca su cara a la mía y me da uno de sus no besos. No veo el momento de que se marche. Cuando por fin lo hace recibo un mensaje: «Ha sido una tarde increíble. Eres muy especial».

Contesto con una flamenca.

2. ÉL

Nochevieja de 2014.

Madrid se atiborra de luces navideñas y castañas asadas, el centro huele a sobrepoblación y ahora mismo mataría por una caña y un pincho de tortilla sin tener que verme empujado por carros, gorros de Papá Noel y bolsas de regalos.

Miguel y Luis defienden nuestra esquina del bar a capa y espada. Una cerveza en alto me marca el camino a seguir. La felicidad está tan solo a cuarenta guiris de distancia. Siento que *Walking Dead* es más realidad que ficción cuando intento alargar la mano para llegar a la barra y un borracho me escupe en el brazo mientras habla; una mezcla de asco e hipocondría me hacen estremecer. Calculo mis posibilidades de supervivencia si todos estos zombies ansiosos por tragar cerveza barata cambiaran de apetencias y decidieran devorar cerebros vivos ahora mismo: cero por ciento. Examino el local con la mirada como si nunca antes hubiese estado ahí, como si no me hubiese pasado años anclado a esa esquina, como si con la cantidad de cervezas que he tomado no me perteneciera más de la mitad del local, y descubro que en lo alto de la barra hay una especie de catana que poco o nada tiene que ver con el resto de la decoración de bar tradicional madrileño. Para llegar a alcanzar la catana tendría que saltar sobre cuatro zombies, impulsarme desde la barra, cogerla, desenvainarla y empezar a cortar cabezas. Duraría aproximadamente tres minutos. Los mejores tres minutos del día.

Miguel y Luis me reciben entre vítores y gritos y no es euforia, hay tanta contaminación acústica que la única posibilidad de tener una conversación inteligible es desgañitándose.

—¡He llegado hasta aquí imaginando que los mataba a todos! —Declamo.

—Vamos, joder, que no es para tanto. —Sonríe Miguel levantando la copa.

El bar, nuestro bar, está a un minuto y medio de su casa y es capaz de quedar todos los días a tomar algo siempre y cuando no tenga que moverse más de doscientos metros. Por lo general me da igual, me parece fenomenal tener que desplazarme para ir a beber cerveza, es el único deporte que hago, pero es Navidad y todos odiamos la Navidad, todos odiamos la gente, todos odiamos esas caras felices... Todos odiamos.

—Creo que no voy a volver a veros hasta dentro de siete días, cuando todo esto termine —les comento.

—Mira, los aquí reunidos no vamos a hacer apología de la celebración y la Pascua, pero mi casa está llena de familiares que están esperando a que suba con el hielo, así que era esto o nada —se justifica Miguel.

—Me da que no hemos sopesado bien lo que podría suceder y, joder, somos guionistas, nos dedicamos a saber qué va a pasar. Estamos perdiendo facultades.

Podría decir que son inmunes a mi pesimismo habitual, pero más que eso siento que los he contagiado y ya no reaccionan ni intentan cambiarlo.

—Te entiendo —dice Luis—, cada día me cuesta más salir a la calle y aguantar esas caras rojas, brillantes como churros.

—Pero vamos, Luis, si a ti la calle te encanta. Aquí los que tenemos problema para relacionarnos con las multitudes somos Miguel y yo.

—¿Vosotros? —Se sorprende como si fuese la primera vez que tenemos esta conversación.— Las dos personas con más temas de conversación que conozco. ¿Cómo le vais a tener miedo a la gente?

—A ver —aclara Miguel—, que no te estamos diciendo que seamos tímidos, te estamos diciendo que somos antisociales.

—Entonces, ¡yo también soy antisocial!

—¡Tú no! —gritamos al unísono Miguel y yo.

—Luis —pregunto—, ¿qué vas a hacer ahora cuando nos vayamos de aquí? Cuando Miguel suba a su casa y yo me vaya solo a la mía a seguir escribiendo. Dime, ¿qué vas a hacer, eh?

Duda un momento.

—Yo he quedado con Laura y Griñán.

—Laura y Griñán. Tú no piensas volver a casa hasta las siete de la mañana.

—Puede ser —y se ríe.

—Pues eso no es ser antisocial. Si fueras antisocial no querrías ver a nadie —le acuso.

—Si fueras antisocial odiarías tener que estar ahora mismo con tu familia y la familia de tu familia en tu piso de sesenta metros cuadrados abriendo regalos que no has pedido —añade Miguel.

—Pues si yo no soy antisocial, vosotros tampoco.

—Joder, tío. Pero ¿cómo tenemos que decírtelo? Eres tú el que va a acabar bailando en Corazón hasta que alguno de tus colegas actores te invite a la fiesta del director de turno en su casa. Ninguno de los dos vamos a hacer eso.

—De hecho no puedo esperar a que sean las doce y media y mi abuela se haya terminado de tomar la última uva para que así puedan marcharse —dice Miguel.

—Reconozco que estoy bastante sorprendido con la elección de tu piso de soltero para celebrar el fin de año con toda tu familia, Miguel —le digo.

—Era eso o irme a Soria.

—Entiendo. —Yo siempre entiendo a Miguel—. ¿Ves? —miro fijamente a Luis—, esto es lo que pasa cuando eres antisocial.

—¿No querer irte a Soria en Nochevieja? Entonces, yo también lo soy.

Salgo del bar en pleno Sol, decido coger un taxi. La aplicación de Mytaxi está colgadísima por las miles de personas que están intentando hacer lo mismo que yo en este mismo instante, así que camino otra vez hasta casa. La pasta de ayer, que calentaré en el microondas, y un ordenador portátil serán mis compañeros toda la noche.

Llegar al Paseo del Prado está siendo más difícil que hacerlo hasta la mesa de mis amigos, y cuando me planteo atravesarla me doy cuenta de que en la última noche del año miles de personas salen a correr la San Silvestre. Justo delante de mí.

Cada vez que pongo un pie en mitad de la calle un *runner* gruñón me grita que qué hago. Desisto. Me dejo aturdir por la gente, el ruido de las pisadas contra el asfalto, las respiraciones acompasadas de los corredores. Los gritos de los animadores a ambos lados de la calzada casi consiguen conmoverme.

Que les den. Voy a cruzar aunque tenga que hacerlo corriendo. Miro a la izquierda, la marea baja desde la Puerta de Alcalá. Parece que hay un poco de espacio. Es mi momento. Veo a una chica disfrazada de corredora que viene directamente hacia mí. Tiene margen para desviarse pero no parece haberme visto. Unas orejas de conejo es lo último que recuerdo antes del impacto.

—¡Joder, tío, mira por dónde coño vas! —grita.

Black out.

3. ELLA

Las mallas no son de mi talla, y, por si alguna vez había tenido alguna duda al respecto, definitivamente el amarillo flúor no es mi color. Pero ¿quién se puede resistir a celebrar el fin de año y la despedida de soltera de tu mejor amiga a la vez y hacerlo corriendo la San Silvestre Vallecana? Diez kilómetros disfrazadas de *runners* con una mezcla de colores que ni Ágatha Ruiz de la Prada elegiría para su próxima colección y con unas orejitas de coneja que esconden, todo lo sutilmente que pueden, una minipolla en medio. ¿Quién, eh, quién? Yo lo intenté, pero no pude. Porque Claudia es la única persona que conozco que va a casarse y eso la convierte en una especie en peligro de extinción, tan exótica y extraña que merece la pena estudiarla sociológicamente, porque es la primera cosa que me pide en doce años de amistad y porque no hizo ni una pregunta el día que aparecí en su casa con dos maletas y un muñeco de E.T. bajo el brazo.

Así que me embuto en las mallas, me aprisiono en dos sujetadores deportivos (he leído aberraciones sobre cómo se dan de sí los pechos en las carreras y no quiero convertirme en una de esas señoras con las tetas por el ombligo) y dos camisetas de manga larga, además de la oficial de la carrera. He dejado la sudadera para ponérmela antes de salir. Claudia me aconsejó comer a las dos de la tarde pollo a la plancha y arroz hervido y mastico la desilusión mientras pienso en atragantarme como la solución a todos mis problemas de hoy. Su llamada interrumpe mis pensamientos suicidas y queda en recogerme en cuarenta y cinco minutos.

Es la primera vez en mi vida que voy a una despedida de soltera. Es la primera vez en mi vida que voy a salir a correr. No tengo muy claro cuál de las dos opciones lidera, qué tiene relevancia sobre qué, si debo maquillarme para una fiesta o no maquillarme para una carrera. Como si de una tostada de mantequilla atada a la espalda de un gato que cae desde un primer piso se tratase, no sé si el poder de la tostada de caer por el lado de la mantequilla es superior al de gato cayendo de pie. Tomo la decisión que más salomónica me parece y me esparzo una *bb cream* por la cara que me queda arrodalada. Marco la raya del ojo con un *eyeliner* permanente *water proof* y trato de transmitirle algo de respeto al espejo.

Dos horas antes de la carrera ya estamos en la línea de salida. Las otras tres amigas de Claudia parecen haber nacido para eso. Fibradas. Altas. Delgadas. Una sola camiseta que no las hace parecer el muñeco de Michelín. Deben de estar muriéndose de frío pero por lo visto cuando corres entras en calor y no necesitas tanta ropa. «Pero ¿adónde vas así?, te vas a cocer». «Claro, claro, ahora me quito cosas». ¿¿Dónde me he metido??

Los grititos histéricos se repiten exactamente cada seis minutos durante la primera media hora, pero a medida que se aproxima la hora de salida se intensifican y aumentan su frecuencia. Me siento una primeriza que se ha saltado todas las clases de preparación al parto y empiezo a ser consciente del grave error que he cometido al unir dos cosas que me dan pánico a la vez. Cuánta razón tenías Fran Perea con eso de «Uno más uno son siete». Dos temores juntos no son dos temores, son siete plagas. Me saco un cigarrillo de la riñonera rosa fucsia y me lo coloco entre los labios mientras busco el mechero. La hostia verbal que recibo lanza mi cigarro contra el suelo. Ignoro los improperios de los miles de *runners pro* que tengo rodeándome y me fijo en la cara congelada de Claudia.

—¿Tienes frío, Claudia? porque tienes la cara así... como torcida...

Y sus gélidos ojos me suplican que sea un poco menos yo, y los míos, desencajados, no por el frío sino por los caprichos de la genética, tratan de explicarle que es mi puto deseo de año nuevo. Si consigo llegar a la meta, si sobrevivo a esta noche, seré más los demás y menos yo. Lo prometo.

Unas chicas sobreestimuladas se suben a lo alto de una estructura dando saltos. Estamos tan lejos que no podemos verlas, pero por suerte las pantallas que hay encima de la línea de salida muestran todo lo sucedido. Hay tanta gente emocionada por lo que va a ocurrir en unos minutos que puedo sentir la energía presionándome. Claudia me agarra fuerte la mano, me da besos por toda la cara, está tan contenta de que esté allí y de que esté haciendo esto por ella que casi creo que merece la pena. Oigo la cuenta atrás, los corredores se apretujan, saltan y estiran por última vez. Algunos se quitan las sudaderas y las tiran a los lados de la carretera. Me planteo hacer lo mismo, pero es demasiado tarde. Da igual. Me coceré corriendo, pero merecerá la pena. Amiga, moriré por ti y eso me redimirá de todos los males que he causado en la vida. Seré una mártir. Moriré por amistad.

Pego saltitos intentando imitar a las amigas aventajadas de Claudia y cuando suena el disparo de salida la gente no corre. La gente camina. Veo esperanza. Veo que puedo hacer esto. No voy a morir. No va a pasar. Vamos a ir así, juntitos, andando rápido y va a ser posible. Y entonces cruzamos la línea de salida, Claudia me suelta la mano, sonríe, se coloca bien los auriculares y empieza a correr. A correr de verdad. Noto que la gente me va pegando pequeños empujones por lo que no me queda más remedio que trotar. Oigo más insultos que cuando me saqué el carnet de conducir y decido unirme a la masa, ser una más. Lo intento con todas mis fuerzas, pero mis piernas de pollo no me escuchan, no me hacen caso, mis piernas no me pertenecen. Primera cuesta hacia abajo, tomo aliento, sonrío, creo que puedo hacerlo, me esfuerzo al máximo y aun así todos los corredores me adelantan, por suerte ya han dejado de gritarme. Me pego al carril de la derecha y confío en que esto funcione igual que con los coches y entiendan que soy el rival más débil. Hace minutos, horas, siglos que no veo a mi grupo y constato que correr sube la temperatura, y que el cabreo y toda la ropa que llevo puesta, también. Eso no me desanima. Voy a hacer esto, Claudia, aunque llegue para las campanadas. ¿Habrá gente corriendo a esa hora? ¿Seré la última de verdad? ¿Habrá un premio por llegar la última a la meta?

Sigo intentando correr, pero cada vez se me hace más cuesta arriba aunque no sea verdad literalmente. Siento que ya he perdido el hígado y el bazo y decido que cuando sobreviva a esta experiencia cercana a la muerte iré a *Cuarto milenio* a explicarlo.

Hay tanta gente a mi alrededor que noto cómo se están llevando parte del oxígeno que me corresponde. Me duele el brazo izquierdo. ¿Será un ataque al corazón? ¿Era el derecho? Analizo todos mis síntomas y, según lo aprendido con *House,* puede ser cualquier cosa excepto lupus. Empiezo a ver luz al final del túnel. Soy yo rezando. Esta experiencia dolorosa me ha hecho creer en Dios. Dios existe. Dios está delante de mí, abre sus brazos. Dios es un chico en mitad de mi carril contra el que voy a estamparme. Oh, Dios, voy a por ti.

4. ÉL

—Igual debería verte un médico. ¿Llamo a alguien? ¿Vas con alguien?

Busco en su cara algún tipo de expresión que me haga entender qué pasa por su mente y sus ojos me recuerdan a un puesto de la pescadería del mercado, concretamente a los de los peces muertos expuestos en entre hielo y perejil. La aparto de la calzada llena de personas que jamás han perdido un autobús y nos pongo a salvo en el Paseo del Prado. El único banco en el que no hay nadie de pie mirando la carrera parece una buena isla en la que descansar. Camina apoyada en mí, cojeando y emite el típico lamento que te hace dudar de si es una risa o un lloro. Intento mirarle la cara, pero la lleva escondida en mi sobaco. Dudo que cualquier olor que haya ahí enterrado pueda ser bueno y tengo la tentación de rescatar su cabeza de semejante tortura, pero en lugar de eso la aprieto un poco más contra mí y, sorprendentemente, el calor de una desconocida que casi me atropella a siete kilómetros por hora se convierte en lo más estimulante del fin de año.

Me parece escuchar que dice que no es nada y mira el banco sin soltarse. Tengo que ser yo quien la libere de los olores del invierno que emana mi abrigo, infusión navideña de fritanga de bar del centro y tabaco de liar de Luis.

Se sienta en el banco y se fija en mí. Abre la boca como para decir algo y se atraganta con sus propias carcajadas. Me rio empáticamente sin saber si es la típica risa previa a un cabreo monumental. Me siento fatal por haberle estropeado la carrera, pero cuanto más la miro menos pinta tiene de corredora. Ríe tan fuerte que siento que todo el paseo nos está observando. No sé qué hacer para calmarla. Llora y ríe, roja, mientras repite «Joder, joder». No tengo ni la más remota idea de qué hacer. Por suerte me pide que le ayude a quitarse una de las sudaderas que lleva y el hecho de sentirme útil hace que me relaje levemente.

—Me estoy asfixiando, joder.

Tiro de la sudadera hacia arriba, pero se le queda atascada en una diadema de orejas de coneja. Me fijo y descubro que entre las dos orejas hay una minipolla.

—Creo que debería quitarte primero las orejas.

—¿Qué?

—Las orejas de conejo. Si las quitamos podré sacar la sudadera.

—Joder, las orejas.

Y rebusca con una mano dentro de las capas de tela, se arranca con fuerza la diadema y la lanza en mitad del paseo. Giro la cabeza. Nadie la ha visto. Tiro ahora de la sudadera hacia arriba. Consigue liberarse, despeinada, mirando al suelo. El volumen de sus «Joder» ha disminuido, empieza a recuperar un tono de piel que podría ser humano y tengo la tentación de oler la sudadera empapada que ha dejado en mis manos.

—Te vas a enfriar. Quizá deberíamos ir a algún sitio. —Aprovecho para mirar a mi alrededor como si estuviéramos cerca de un garito al que suelo ir—. Te invito a un café —sonrío— por arruinarte la carrera. Es lo mínimo.

Me mira desde abajo, indecisa.

—Mejor una cerveza.

5. ELLA

Caminamos a la búsqueda de un bar que no esté petado y que esté abierto en estas horas cercanas al fin de año, y dejamos pasar cinco que cumplen nuestros requisitos. Dudo si los está ignorando o sabe perfectamente lo que hace. Yo continúo abrazada a él y por momentos se me olvida que finjo una cojera. Si me ha descubierto no parece que vaya a dejarme en evidencia. Entorno los ojos y observo la noche. Podríamos ser un matrimonio que sale a pasar el rato con sus amigos.

Su abrazo es tan ergonómico que me sumerjo en él como si fuera un edredón. Me recuerda lo fácil que es a veces sentirse protegido en los brazos ajenos. Unos brazos que aún no han tenido la oportunidad de saber que eres torpe y egoísta, que te acarician como si fueses importante, unos brazos ignorantes de lo que hay bajo la carne. Brazos vírgenes de reproches, de pérdidas de razón y de lamentos. No me extraña que varias profesiones se hayan erigido sobre esta máxima.

Ha mirado el móvil dos veces y aprovecho la luz de la pantalla sobre su cara para decidir si me gusta. El flequillo le cae por el lado desde el que lo miro. Imposible saberlo desde este ángulo con certeza. Hace un rato que no me apoyo en él para caminar y la sincronía de nuestros pasos me da una idea de lo bien que se nos daría bailar juntos. Y quizá follar.

Pierdo la cuenta de cuántos bares y cafeterías potencialmente capacitados para suministrar un par de cervezas hemos pasado, así que seguimos caminando sin hablar. No seré yo quien empiece una conversación vacía sobre nada en particular. Nos estamos manejando bien en este largo silencio cómodo, así que decido cumplir mi primer propósito de año nuevo antes de que acabe el viejo. No voy a cagarla con un «Oye, ya hemos pasado veinte bares». No voy a soltar la típica charla intrascendente de «Bueno, ¿y tú qué, qué hacías a estas horas por aquí? Vaya hostia nos hemos pegado, ja, ja, ja...».

—Pues hemos llegado.

No parece un bar.

—¿Es tu casa?

—¿Quieres tomar algo aquí? He pensado que así podrías lavarte la herida..., creo que tengo algodón y alcohol. ¿Crees que la ginebra servirá?

—Para olvidarme de la herida, seguro.

Risas, risas, silencio.

—Si quieres ve al baño. Puedes cambiarte de ropa..., seguro que puedo dejarte algo.

—¿De tu novia?

—De mi ex.

Per-fec-to.

6. ÉL

No sé en qué momento hemos adquirido este grado de intimidad, pero he dejado a una perfecta desconocida en mi salón mientras rebusco en el cajón de ropa que dejó Adela, la bella Adela, la mujer a la que olvidé cómo querer. Ojalá no fuera tan importante... y sostengo entre las palmas de las manos el cadáver de su recuerdo. Siento que palpita un órgano fantasma entre el estampado de flores rojas, y el camisón con el que solía dormir se hace tan pesado que tengo que sentarme sobre la cama unos segundos.

Puede que sea un buen momento para pasar página, pero no me siento preparado para ver a otra mujer vestida con su ropa y la sola idea de perder los vestigios de su olor en él me provoca náuseas. Cojo un par de camisetas mías, una sudadera y el pantalón de chándal que nunca he usado. Cuando entro en el salón está tiritando frente a la estantería de libros.

Ha dejado sus zapatillas junto al sofá y apoya un pie encima del otro.

Estoy completamente desarmado, así que improviso.

—Sé que esto es raro y te prometo que es la primera vez que me pasa algo así, por lo que no tengo muy claro qué debo hacer, pero me parece que tal vez deberías darte una ducha, entrar en calor... —Las palabras salen de mí como la carne de una máquina trituradora—. Te preparo algo de beber mientras. Si quieres, claro, y llamamos a un taxi cuando termines.

Ella tiene la misma cara indescifrable de toda la noche. Una mueca mezcla de incomodidad e indecisión.

—¿Eres un sicópata y tienes trozos de cuerpos escondidos en la cocina?

—No.

—Entonces me parece bien. ¿Esa ropa es para mí? —Y coge el montón que tengo sobre mis brazos.

Señalo la puerta del baño que queda en el pasillo detrás de ella.

—El agua caliente sale dándole a la caliente.

—Gracias por la aclaración. —Sonríe. Busco algún rasgo en su rostro que me de una pista de qué piensa—. Por cierto, tengo que confesarte algo.

—¿Que eres una sicópata y vas a descuartizarme mientras creo que te duchas y espero en el salón?

—Exacto.

—No me cabe ninguna duda.

—Y además, que..., en realidad no soy corredora. No de las de verdad, de esas que corren... Solo estaba haciéndolo por una amiga. Y, bueno, me tiré sobre ti. Ya sabes, para poner fin a mi sufrimiento. Te utilicé. Prefiero que lo sepas ahora y no cuando llevemos juntos tres años y luego te enteres por alguien que no soy yo y veas que lo nuestro empezó como una emboscada y sientas que no me conoces y todo eso y tiremos por la borda años de felicidad y un hijo.

Contenemos la risa porque es más divertido que decir «Ja, ja, ja». En eso nos parecemos. Me siento tan seguro que doy un paso hacia ella. Se apoya sobre la pared y por primera vez noto incertidumbre en su mirada, pero puede que sea por la penumbra. Enciendo la luz del pasillo pulsando el interruptor que está justo a su espalda. ¿Ha sido un suspiro de desilusión?

—Eso no es todo —continúa.

—¿Ahá? —Me echo hacia atrás.

—No estaba tan coja, ¿sabes? —Arruga un poco la frente al decir esto.

—No, no sé de qué me hablas. —No puedo evitar sonreír ahora, porque su pelo sigue húmedo, pegado a la frente, y con la luz puedo ver cómo los pómulos parecen arderle. Pómulos y pecas. Me encantan esas pecas.

—Sí..., que cuando veníamos... me abrazaba a ti porque no podía caminar bien, pero en realidad sí que podía caminar bien. O sea, al principio no, pero luego cuando me di cuenta de que dejabas pasar los bares para llegar a tu casa decidí también fingir un poco.

—Vaya..., entonces somos los dos un par de malos mentirosos.

—Eso es bueno. Así no podremos mentirnos de verdad nunca.

Y se da la vuelta. Camina firme hacia el cuarto de baño y, sin volverse para mirarme, habla.

—Entonces, para que salga caliente le doy al agua caliente, ¿no?

7. ELLA

Dejo correr el agua mientras espero sentada en la tapa del váter. El cuarto de baño empieza a llenarse de vapor y entro en calor. Me doy cuenta de que me siento como en casa al dejar toda mi ropa sudada tirada en el suelo detrás de la puerta. La recojo y la doblo. Me quito las bragas. Las doblo también y las pongo encima de la montaña de ropa multicolor. Para qué coño doblo las bragas. En un gesto de autorreproche las tiro al suelo. Me lo pienso otra vez. Las recojo y las meto dentro de uno de los bolsillos de las mallas. Saco el móvil de la riñonera para comprobar que tengo un cinco por ciento de batería y quince llamadas perdidas. No sé si estoy siendo imprudente, pero estoy en la casa de un tipo del que no sé ni su nombre y parece el típico que saluda siempre a sus vecinos.

Busco en el baño con ducha individual algún indicio de que su dueño es un perturbado. O al menos un perturbado peligroso, pero no parece haber signos de nada más que de ser un chico de costumbres y gustos simples. Y es limpio.

Puedo apañarme con eso. Y me sorprendo a mí misma buscándole los defectos como hombre más que las señales de «Peligro, asesino en serie».

Cuando compruebo que el agua está perfecta para escalfarme, me meto dentro y dejo que se abran todos los poros de mi piel. No sé si he corrido dos o diez mil kilómetros, pero tengo el cuerpo tan cansado y dolorido como si me hubiesen tirado por el puente de Vallecas y hubiese llegado a la meta arrastrándome entre las pisadas de los *runners.*

Me echo todos los productos neutros de la pequeña estantería que hay dentro de la ducha y los mezclo entre mi pelo y mi cuerpo sin cortar el agua. Hasta mí llegan ondas deformadas de lo que parece ser música. ¿Ha puesto música? Aparto un pensamiento extraño. Me aclaro. Entre la ropa limpia no hay ropa interior, por supuesto.

Siguiendo con el patrón del día, la ropa con la que salgo del baño no es la que más me favorece, pero está seca, es calentita y es suya. Una prolongación del abrazo callejero. David Bowie canta *Valentine's Day* desde el salón y no parece que sea fruto del azar. Cuando entro, en la mesa baja del sofá hay un gintonic, un plato con gominolas, un paquete de galletas, un cartón de leche semidesnatada sin lactosa y una cerveza. Sonrío con entusiasmo e inmediatamente compruebo aliviada que estoy sola. Me siento en el sofá y cojo una mantita color crema que hay sobre el respaldo. En este momento entra Marco en el salón, solo que todavía no sé que se llama Marco, me lo va a decir dentro de cuatro minutos, los cuatro que estamos pasando en silencio mientras evaluamos nuestras posibilidades.

En el inicio de cualquier relación, sea del tipo que sea, siempre existe ese tira y afloja natural para decidir quién tiene el control. Quién actúa normal y quién se deja guiar. Quién está expectante y quién decide qué hacer. Quién no entiende lo que está pasando y quién ni se lo plantea. Somos dos forajidos en un bar del oeste con nuestras pistolas debajo de la mesa apuntándonos.

—¿Qué tal tienes la herida? —Me habla desde la puerta de la cocina con un vaso en las manos. Soy incapaz de recordar qué herida. Él avanza hasta el sofá—. No sabía qué te apetecería tomar después de la ducha así que he sacado un poco de todo. Soy Marco, por cierto.

—¿Marco? Como Marco Polo.

Responde con la sonrisa de «Jamás me habían dicho eso» y siento que acabo de perder todos mis minipuntos.

—El gin-tonic estará bien. Gracias.

Pego un trago largo confiando en que me atonte lo suficiente para convertirme en la persona divertida que puedo llegar a ser. Busco sus manos con la mirada y lleva otro gin-tonic para él que deja sobre la mesa. Se sienta en la otra punta del sofá. Coge el cartón de leche.

—Me alegra que no quisieras porque era un farol. —Y lo gira hacia abajo mostrando que está vacío.

Me río, ¿vale?, porque esta tensión me está matando, y dejo a la vista el último cigarro que guardaba en la riñonera y que llevo en la mano desde que salí de la ducha. Húmedo. Busco un cenicero con la mirada.

—¿Fumas?

—No.

—Ah..., y, Marco, ¿eras Marco, verdad? ¿Te importa si me fumo este cigarro para contrarrestar los efectos que el deporte haya podido generar en mí?

—Puedes fumar. Pero espera.

Se levanta a la cocina y vuelve con una lata vacía de cerveza que va a convertirse en mi cenicero.

—Gracias, caballero.

Al sentarse de nuevo lo hace en medio del sofá.

—¿Y tú?

—Yo sí fumo.

—No, que cómo te llamas tú.

—Clarisa. —Y enciendo por fin el cigarrillo. Inhalo el humo que se convierte en bálsamo y dejo caer mi cabeza mojada sobre el respaldo. Recoloco la mantita sobre mí. Cierro los ojos dos segundos y doy una nueva calada—. No viene de nada. Así se llamaba mi abuela y mi madre decidió que era bonito mantener el nombre en la familia.

Me incorporo para coger la copa y doy otro trago tan largo que estoy a punto de acabármela. Miro la suya. No ha pegado más que dos sorbos. Me pilla mirando su copa y niega con la cabeza.

—Hay más, tranquila.

—Es que correr da mucha sed. No te imaginas. Estoy completamente deshidratada.

Otra calada.

—Oye, no es que me molestes, al contrario, pero igual tenías planes para esta noche y estás aquí porque te sientes culpable al haberme atacado en mitad de la calle. No quiero que te quedes por compromiso si tienes que estar en otro lugar...

Visualizo a Claudia entrando en la meta, parando su reloj, viendo que ha mejorado su marca, saltando de alegría (cómo coño le queda energía para saltar después de correr diez kilómetros), y esperando en la zona de llegada a que aparezca su amiga Clarisa. Su mejor amiga que no se deja ver por la línea de meta. La visualizo cogiendo el teléfono y llamando a la nada. El vacío como respuesta. Veo al resto de amigas que llegan como si vinieran de un *spa.* Gritos, *selfies* y decisiones que tomar. Un mensaje con la localización del hotel donde todas se ducharán y arreglarán, donde nos ha dejado la ropa que tenemos que ponernos para esta, su gran noche. Una noche que ni Raphael podría haber planificado mejor. Pero claro, Raphael solo quería acariciar y besar a su amor como no lo había hecho nunca. Raphael no tenía a su mejor amiga en la casa de Marco tomando gintonics, ignorando el teléfono y pasando de su despedida de soltera.

Contesto con un «No».

—¿Tú?

—Pensaba calentar las sobras de ayer y escribir.

—¿Escribir?

—Soy escritor

—De ahí lo de escribir, claro.

Sonrío; una de las de verdad.

—Vaya... ¿Hay algo tuyo que haya leído por ahí?

—No creo. Relatos y alguna publicación en revistas. Aunque pronto saldrá mi libro.

—Yo trabajo en la empresa de mi familia.

—Yo tengo dos gatos

—Yo soy alérgica.

—Están en casa de mi madre porque mi ex es alérgica también. Aún no los he traído.

En ese momento me doy cuenta de que hace un rato que tengo su mano izquierda sobre la pierna, entre el tobillo y el gemelo. No ha sido un gesto brusco, ni siquiera recuerdo en qué momento empezó, pero está ahí, como si siempre hubiese estado, sin darse mucha importancia. No acaricia, no sube, simplemente la ha dejado caer sobre mí. Imagino sus dedos colándose por debajo del pantalón, su pantalón, y nada me parece más excitante que sentir sus manos en mi talón de Aquiles.

—¿Hace mucho que tienes una ex?

Salto al vacío.

—Hace tres meses, un poco más. Fue su regalo de cumpleaños. Yo no fui capaz de hacerlo.

Otra calada. Su mano se aproxima a mi rodilla. Me llega el calor a través del tejido cien por cien poliester. No me muevo. No lo escucho. No sé qué hora es, qué planeta, qué dimensión, Adela no sé qué, dos años de relación o puede que tres, mejor no volver a tener los gatos, no se me da bien cuidar de los demás, los ojos tan oscuros que no sé si son un túnel hacia su cerebro o un lago vacío, entreabro la boca mientras no lo escucho, estoy paralizada, su libro otra vez, algo de otro trabajo, pero háblame de ti, yo no quiero hablar de nada, creo que te están llamando, es el tuyo, ¿no?

—Creo que te están llamando. Clarisa.

—¿Qué? Joder, mi móvil.

Saco el móvil de debajo de mi culo y miro la pantalla antes de que se apague por completo. Claudia. Son las nueve y media de la noche.

—Es... Es Claudia. —Por supuesto que es Claudia. Retira su mano con un movimiento propio de un ninja y se incorpora. Yo me pongo de pie y dejo caer la manta al suelo—. Mi amiga. —Como si hubiese estado toda la noche hablando de ella—. Tengo que irme.

Me echo un vistazo.

—¿Qué pinta tengo? Mejor llamar un taxi y que me recoja en la puerta, ¿no? —Cojo el móvil para usar la aplicación—. No tengo batería.

—Ya.. No te preocupes. Voy pidiendo uno y tú recoge tus cosas de la carrera.

—Mis cosas de la carrera. —No puedo evitar repetir cada cosa que dice para que mi cerebro lo procese—. ¿Tienes una bolsa que dejarme?

Me rasco la cabeza y el pelo sigue mojado. Entro corriendo en el baño y me encuentro mi montaña de ropa perfectamente colocada. Es tan impropio de mí que por un momento creo que ha sido él quien la ha doblado. Sicópata, pienso. ¡Sicópata yo, joder! Lo meto todo hecho un gurruño en la bolsa. En el salón me pongo las zapatillas aplastando la parte del talón. Camino hacia la puerta.

—Llega en seis minutos. Has tenido suerte porque estos días suele ser bastante complicado pillar taxi. Lo pago yo desde la aplicación así que no tienes de qué preocuparte.

—Genial. Joder. Gracias.

¿Por qué parece que él va a cámara lenta y yo estoy tan acelerada? Debe ser el deporte que te convierte en Flash.

—Tú habrías hecho lo mismo por mí —dice.

—Por supuesto que no —digo.

Se ríe. Me río. Salimos al rellano. Mira el móvil. Quedan tres minutos para que llegue.

—Espera un momento.

Me deja con su móvil en las manos y con la aplicación abierta y entra en casa. Atraviesa el salón y se marcha hacia donde creo que está el dormitorio. Puedo ver el camino que hace el taxi y que mi conductor se llama Javier Gutiérrez. Tiene cinco estrellas por todos sus trayectos. Inspira confianza. Miro en la dirección en la que Marco se ha ido. Vuelvo al móvil. Me voy a la pantalla de inicio. Llamadas. Marco mi número. Miro otra vez hacia el pasillo. No viene. Dudo tres segundos. Llamo. Oigo que sale el aviso de teléfono apagado. Cuelgo. Marco entra en el salón. Vuelvo a la pantalla de inicio. Busco la aplicación. Entro. Dos minutos para que Javier Gutiérrez me recoja.

Le devuelvo el móvil y él me da un paquete de tabaco sin abrir.

—¿Y esto?

—Dejé de fumar hace un año. El último cigarrillo no es el que te has fumado, sino el que no te vas a fumar. Conservaba este paquete para recordarme que no lo necesitaba, pero ya lo he superado y además, creo que a ti te va a venir mejor para el camino de vuelta.

—Joder, Marco. Muchas gracias. Por todo.

No quiero irme. Pienso.

—No quiero irme —digo.

—Lo sé. —Hace una pausa dramática—. Habría sido una nochevieja genial.

O quizá no, porque yo soy un puto desastre. Pero se estaba muy bien aquí.

Javier Gutiérrez llama por teléfono a Marco.

—¿Sí? Ya baja. Gracias. —Me mira—. No deberías hacer esperar a Javier —me dice.

—No debería.

Marco abre la puerta, avanzo, me giro, lo miro de frente y me tomo mis cinco buenos segundos para darme cuenta de que sí que me gusta. Que me gusta del verbo quieroquedarmetodalanocheenesesofá.

—¡La ropa! Marco. Tendré que devolvértela.

Es lo único que se me ocurre decir para quedarme un poco más allí.

—Quédatela. Te queda muy bien. De verdad. Sal con ella esta noche.

—Seguramente lo haga.

No.

Y me giro, sobre mis pies, digna y elegante con un pantalón de chándal con el que parezco un payaso.

Empiezo a bajar las escaleras que no recuerdo haber subido. Él sigue en la puerta.

—Clarisa, ¿me darías tu número de teléfono?

Paro en el primer tramo de escaleras, giro solo la cabeza y escupo los nueve dígitos de mi número lo más rápido que puedo.

Intenta repetirlos. Solo acierta el seis.

—Esto solo sale bien en las películas —dice sonriendo.

—Eso parece.

Javier Gutiérrez me espera en la puerta de la casa de Marco.

—A Carabanchel por favor.

8. ÉL

Tenemos solo tres minutos hasta que llegue el taxi y decido gastarlos apartándome de ella. Entro en la habitación y en la mesita de noche, junto a una pila de libros, está el paquete de tabaco sin abrir.

Vuelvo al salón con él. Le cuento una historia de exfumador. Intento impresionarla. Parece que funciona. Tengo tantas ganas de que se quede que solo me sale ahuyentarla y contesto como un gilipollas cuando nos lo pone fácil y pregunta qué hacer con mi ropa. Dile que venga mañana a traértela, que comprarás leche y la invitarás a merendar en condiciones. Dile eso y no que se la quede.

Le digo que se la quede, que le sienta muy bien. Que salga con ella.

Baja las escaleras.

Se va.

Adiós, *arrivederci, au revoir.*

Reacciono a tiempo antes de que desaparezca y le pido el teléfono. Me recita una cantidad de números imposible de memorizar. Culpo a *Closer* por mis altas expectativas en momentos como este.

Cierro la puerta y me quedo esperando a que vuelva. Intento mover la puerta con mi mente, intento mover mi cuerpo con mi mente. Nada sucede. Me vibra el móvil. El taxi se ha puesto en movimiento. Adiós, Clarisa, adiós. En las notificaciones tengo un mensaje de Miguel. Es una foto de una diana magnética que le han regalado. Posa con ella sonriente con su hermana al lado. Ella tiene una bufanda con gorro y guantes a juego. La etiqueta aún está puesta. El pie de foto dice «¡Y es magnética!». Su siguiente mensaje es «¿Para qué coño quiero una diana magnética, dime, para qué?».

Entro en WhatsApp pero ya no está en línea. El mensaje es de hace media hora. Son las diez de la noche. Estarán cenando. Escribo «Cuando os dejé en el bar iba camino de mi casa, pero era imposible, ya sabes cómo se pone el Paseo del Prado con la San Silvestre...». Paro de escribir. Lo borro todo. Miguel está en línea. «Tío, no tengo distancia suficiente en mi casa para poder lanzar los putos dardos». «Igual es la manera que tiene tu familia de decirte que te cambies de piso», le contesto. Salgo de la aplicación. Voy directo a mi estudio y espero a que se encienda el ordenador. Aparto las migajas de galleta que hay alrededor del teclado. Me suenan las tripas. Voy hacia la cocina, pero al pasar por el salón cojo mi gin-tonic aguado. En mi estudio el ordenador está listo y esperándome.

El escritorio está prácticamente vacío. Hay una carpeta en la que pone «Referencias» y dos documentos Word. Doble clic sobre «Ideas».

Abro Spotify. Me voy a una de mis listas privadas.
«Creación».
La pongo en aleatorio.
Beck.
«Don't let it go».
Claro, para ti es fácil decirlo.

9. ELLA

—*Contra* más conozco a mis amigos más quiero a mi perro. —El taxista tiene ganas de hablar.

Miro por la ventana, me cojo el labio de abajo con la mano izquierda y hago una uve con él.

—Mi perro es lo más grande que tengo en la vida —sigue.

Me duele el labio de apretármelo, pero no paro. Creo que he sido borde, no lo sé. Me siento mal y quiero volver a casa de Marco, pero ese malestar compite con el de ser la peor mejor amiga de Claudia. Me sorprendo cantando «Marco se ha marchado para no volver...». Maldita sea.

—De mi hijo mayor no sé nada, pero de mi perro lo sé todo. Sé siempre qué le pasa, qué siente, hasta hablo con él por teléfono.

Sigue comentando las delicias del animal hasta que llegamos a la puerta de mi casa. Entonces lo interrumpo:

—No debería sentirse orgulloso de eso. Lo que me cuenta usted, señor Gutiérrez, es que tiene una relación pésima con su hijo y que trata de sustituirla teniendo una buena con un ser vivo que lo quiere porque le da comida, pero que querría a cualquier otro que le ofreciera los mismos servicios. Y, como ya le dije, pagarán desde la aplicación. Avíseme cuando lo hagan para asegurarme.

Sin dejar de mirarme por el espejo retrovisor, el conductor pausa el trayecto en el taxímetro. Veintisiete euros. Menuda broma para Marco. Lo imagino en el váter con el móvil en la mano mirando Instagram. «Hostia puta» diría al ver el importe. Bueno, igual no. Le sonrío al Marco de mi cabeza. El taxista se cree que es a él.

—Todo correcto. Ya han pagado desde la aplicación como acaba de decir. ¿Quiere recibo?

—No, gracias.

—Y disculpe si la he molestado, señorita, no pretendía...

Me bajo del coche y lo dejo con la palabra en la boca.

Antes de cerrar la puerta asomo la cabeza para gritarle «¡No se dice contra, se dice cuanto!».

Llego a casa y cargo el móvil.

Tengo exactamente cincuenta y seis notificaciones de WhatsApp. Treinta y dos son felicitaciones navideñas. Abro una al azar y los tres últimos mensajes de esa persona son exactamente el mismo texto de paz y felicidad con los más allegados, de disfrutar de estos días de magia, de «Me importa una mierda tu vida pero aquí estoy mandando un puto mensaje genérico a toda mi lista de contactos». Me dan ganas de contestarles con una mierda sonriente, pero no tengo tiempo.

En el grupo «Adiós 2014, adiós soltería» se apilan el resto de los mensajes. Leo en diagonal, saltándome euforias y varias suposiciones sobre dónde estaré que me hacen preguntarme si de verdad saben que estoy en el chat con ellas. Copio la dirección a la que hay que ir. Son las diez y poco, con suerte no estarán cenando todavía. Google Maps me dice que estoy a diecinueve minutos de distancia andando. Llamo a Claudia. No me lo coge. Pienso en dejarle un mensaje de voz tipo «Claudia, no me odies, no ha sido mi culpa. Me caí en la carrera, tuve que venir a casa a curarme y me quedé sin batería...». Oigo que me llaman cuando estoy a punto de empezar a hablar. Me separo el teléfono de la boca y es ella. Descuelgo.

—Nena, ¿dónde estás? —ladra.

—Claudia, no te enfades, me he caído. —Suspira a modo de pregunta—. Estoy bien, estoy bien. Pero me caí en la carrera y no tenía batería en el móvil, ¿qué novedad, verdad?

—Pero ¿estás bien? ¿Has ido al hospital?

—No, no es para tanto, fue más el susto. Un chico que estaba allí me echó una mano.

—Un chico, ajá.

—No, Claudia, o sea, sí, ja, ja. —Intento sonar convincente—. Estoy en casa vistiéndome y en media hora como tarde estoy allí.

Oigo gritos a lo lejos, parece que ha tapado el teléfono mientras habla con alguien de fuera.

—¿Claudia?

Por fin contesta, susurrando, mientras yo estoy desnuda en mi dormitorio buscando qué ponerme.

—Tía, tienes que venir ya. Me he fumado un porro. ¡Un porro! Lo he encendido con una vela y me he quemado las pestañas. Hacía que no fumaba desde aquella vez que tú y yo...

—Sí, sí, me acuerdo.

—Estoy fumada y estas perras no quieren fumar.

—Sí que estás fumada, sí. Y borracha, parece...

—Es que correr hace que el alcohol suba más. ¿No es genial?

—Ya lo había notado.

—¿Cuándo?

—En ti, digo, que se te nota que estás pedo.

—Vente ya, son unas sosas, solo se hacen *selfies,* y me gustan los *selfies,* no me *madinterpretes,* pero quiero a mi madrina aquí ya.

—Estoy de camino, Claudia.

Me quedo un rato desnuda frente al teléfono con la boca abierta. Claudia es tan maravillosa que ha conseguido que me olvide de Marco.

Me repaso la raya mal hecha del ojo e intento cepillarme el pelo pero todo son nudos. No insisto. Colorete para cuatro heidis, rizador de pestañas, máscara reseca, labios del color que tengo a mano que es... ¿naranja? Naranja. Ropa interior conjuntada porque para todo hay una primera vez. Vaqueros; calcetines sin tomate, bien; botas anudadas. Jersey de cuello alto. Abrigo de peluche. El bolso de salir, cartera, llaves, teléfono (debería coger el cargador también), barra de labios random que encuentro en la mesa del comedor, bonometro de la estantería. Me miro en el espejo de la entrada. Saco las llaves del bolso y las sostengo mientras me sigo mirando. Esta vez presto atención. Si Beth pudo llevar rastas, yo también. Me imagino bajando a la calle y encontrándome con Marco, que como tiene mi dirección ha decidido venir a sorprenderme. Mientras espero el ascensor me doy cuenta de que ese pensamiento es absurdo y se me pasa por la cabeza ir a sorprenderlo yo. Claudia, Marco, Claudia, Marco se ha marchado. Puta canción.

En la calle hace un frío de morirse.

Pienso en volver a subir a por guantes y bufanda. ¿Eso que veo es un taxi libre? Si voy en taxi llegaré antes y si voy antes tendré más tiempo para suplicar clemencia o..., o... Aparto el pensamiento de mi cabeza. Levanto la mano para que el taxi me vea. No voy a ir a casa de Marco, es absurdo, no lo voy a hacer, me espera Claudia. El taxi llega. Respiro profundamente al montarme en él.

—¿Adónde vamos, señorita?

No me puedo creer que sea el mismo taxista.

10. ÉL

«Je t'aime moi non plus» se esfuerza tanto en ser sexi que cuando por fin acaba, suspiro aliviado. Tanta intención me resulta ridícula. Como la ropa interior de encaje o un estriptis.

Hay un silencio de dos segundos antes de empezar la siguiente canción en el que me parece oír el timbre de la puerta. Suena insistente, como si llevara una eternidad intentando que alguien le haga caso.

Me acerco a la puerta, descuelgo el teléfono del portero automático.

—¿Sí?

—Soy yo.

Abro. Espero. Me recompongo. Me huelo el aliento en la mano. Me toco el pelo. Me late el pecho. Disfruto de la sensación de estar vivo. Oigo sus pasos. Veo su mano derecha en la barandilla. La veo a ella.

—No he podido evitar volver.

—No sabes cuánto me alegro.

Sube el último tramo y se para frente a mí. La observo. Ella me mira la boca. Yo recorro su cara con mis ojos. Sujeto con mis dedos la cremallera de su abrigo. Tiro hacia abajo y paro en mitad del camino. Aproxima sus manos a las mías, frías, carámbanos de hielo. Me las llevo a la boca y dejo que mi aliento las caliente. Beso sus dedos escarchados. Acerca su boca también a mis manos y rozo sus labios. Tibios. Agrietados. Me mira, muy de cerca.

—Desde aquí no puedo enfocarte.

—Entonces, cierra los ojos.

Le beso los párpados mientras termino de bajar la cremallera del abrigo. La desenvuelvo allí mismo. Cierro la puerta tras su espalda y la apoyo en ella con suavidad. Tiro el abrigo al suelo. Entreabre la boca, no los ojos. Coloco mis manos alrededor de su cara. Rozo mi nariz contra su nariz y bajo a la comisura de los labios. Me aproximo por la derecha y beso el contorno de su boca. Sabe al mentol de la pasta de dientes. Pasa sus brazos por debajo de los míos, colisionan nuestros cuerpos. La beso. Devuelve un beso perfecto. Su quejido parece un ronroneo. Avanzamos hasta el sofá. Se quita los zapatos sin desabrocharlos, se deja caer. La mantita crema sigue en el suelo. Me coloco sobre ella y paso mi mano por su espalda. Paro de besarla para tirar de su jersey hacia arriba. Es la segunda vez que hago este gesto hoy. No dice nada, pero sé que está pensando lo mismo. Me desabrocho los dos botones de arriba de la camisa y me deshago de ella junto con el jersey. Cuando me libero, se ha quitado el sujetador. Dejo que mi cuerpo se pegue al suyo. Su piel es suave y cálida. Le recorro la espalda y meto la mano por dentro del pantalón, y la acaricio desde atrás por encima de las braguitas. Ella me desabrocha el pantalón con una mano y la mete directamente dentro de mis calzoncillos de tela. No hay ninguna sorpresa, estoy empalmado. Empujo el pantalón con la mano que me queda libre, pero no es suficiente. Me incorporo para bajarlo, ella hace lo mismo desde el sofá. La toco por encima de las braguitas antes de quitárselas y ella tira de los calzoncillos hacia abajo. Ninguno de los dos se ha quitado los calcetines.

11. ELLA

Con cada escalón me autoconvenzo de que he tomado la decisión correcta. Cruzo la recepción del hotel sin mirar a nadie y subo directamente a la segunda planta.

«Si eres buena, buenas noches y si eres mala habitación 504» me dijo una vez un tipo en un bar. Fue una noche, el concierto había acabado hacía media hora y yo estaba esperando a que Claudia dejara de ligar con todos los músicos del escenario. Miraba de reojo comprobando que nada se salía de madre mientras me acababa mi cerveza en la barra.

—¿Estás sola? —me soltó un tío de metro noventa, fuerte, con barba de dos días y chaqueta de cuero.

—No, tú estás solo. Yo solo estoy esperando.

—Esperando sola.

—Qué manía con que estoy sola.

Se sentó en el taburete de al lado.

—En realidad solo era una manera de entrarte.

—Te ha salido muy bien, por lo que veo.

Miré a Claudia sacudiendo mi cerveza a punto de agotarse. Esa es nuestra señal cuando queremos irnos a otro bar.

—¿Te puedo invitar a otra cerveza?

—En realidad, ya nos íbamos.

Mientras miraba a mi amiga, que seguía con uno de la banda. Estaba tocando su guitarra.

—¿Segura?

Era muy guapo. Eso me dio rabia. ¿Solo por ser guapo tenía derecho a brasearme? Parece que sí.

—Hemos empezado con mal pie.

—No. Tú has empezado con mal pie.

—¿Hay algo que pueda hacer para arreglarlo?

—Mira, voy a ser clara porque te veo muy decidido y no quiero hacerte perder el tiempo. Tengo novio, ¿vale? Y no sé cómo te habrán salido las cosas normalmente, pero no soy de las que se van con un tío solo porque están aburridas. Aún queda mucha noche por delante, seguro que cualquier otra chica estaría encantada de que la invitaras a una copa. Suerte.

Apoyó un codo en la barra y le señaló mi cerveza al camarero mientras transformaba su dedo *señalador* en una V.

Nos trajeron dos cervezas.

—Sí que tienes sed —le dije.

Me levanté. Llamé a Claudia de un grito. Me ignoró, por supuesto.

Di un paso en su dirección.

—Nena, me piro.

Vi cómo apuntaba algo en el brazo del guitarrista antes de empezar a caminar hacia mí. El desconocido se me acercó por detrás. Me dio una tarjeta de hotel. Un Meliá que había cerca de donde estábamos. Me dijo antes de girarse: «Si eres buena, buenas noches y si eres mala...».

Habitación 217.

A través de la puerta me llegan las voces de helio de las amigas de Claudia. Llamo con los nudillos. Claudia me recibe.

—Tía, son casi las once, dónde te has metido.

—Ya te he dicho que...

Ni me deja terminar. Tira de mí hacia la habitación y empieza a desnudarme. Ya es la segunda vez que me quitan la ropa esta noche y ninguna ha sido para follar. Sonrío con resignación. Me alegro de estar allí. No he corrido por ella, pero puedo emborracharme muy fuerte a su salud.

Un señor medio desnudo me sirve una copa de champán que me bebo de un trago. Extiendo la copa vacía.

—Se me olvidó brindar, ¿puedes rellenarla?

El camarero, vestido únicamente con pajarita y tanga, me sonríe encantado y rellena mi copa. Camino hacia Claudia, que baila despatarrada con dos de sus amigas. Me la llevo a un sillón rojo años sesenta que hay en una esquina y la siento encima de mí.

—¿De quién ha sido la idea de traer hombres homosexuales en bolas a tu despedida?

—De las chicas. ¿Verdad que es horrible? Menos mal que has llegado. No sabía cómo disimular ya. He tenido que beberme cuatro copas.

Apuro la mía y le quito la suya de las manos. Dudo un segundo antes de bebérmela.

—*Easy, my friend.*

—Yo no quería una despedida, yo solo quería correr y luego bailar. ¿Sabes cuánto hace que no bailo? Ni siquiera recuerdo si puedo seguir haciéndolo.

—Te he estado mirando, lo tienes controlado.

—Cuando no has llegado a la meta casi me da algo, te iba a matar, de verdad. Pero estás aquí, aquí, aquí. —Me aprieta tan fuerte que no puedo respirar—. Menos mal. Bueno, cuéntame. ¿Qué ha pasado? Has conocido a un chico, ¿no?

—Nooo... ¿Qué chico?

—El de la carrera

—No ha habido tal chico.

—Estoy borracha, pero te conozco.

—Me tropecé con él y fue amable. Me llevó a su casa a curarme la herida.

Abre exageradamente los ojos y la boca.

—Cuéntamelo todo.

—No hay nada que contar. Ojalá. Tenía la despedida de soltera de mi mejor amiga y no podía perdérmela.

—Eso es verdad. Te habría matado si no llegas a venir.

—Pero habría echado un polvo antes.

—Hubiera sido un buen día para morir, entonces.

Llaman a la puerta y entra otro grupo de amigas a las que por supuesto no conozco. Se levanta a recibirlas. Miro el móvil como si alguien fuera a escribirme.

Recuerdo que era molesto y bonito a la vez tener a alguien al otro lado contándome cómo le había ido el día. Preocupado por mí. Taladro el móvil con la mirada como si pudiera pasar aún, como si en cualquier momento Jaime fuera a contarme qué tal le había ido la noche en Urgencias.

Odiaba cuando le tocaba turno de noche. Volvía nervioso y no podía dormir durante el día pensando en si habría diagnosticado mal a alguien. ¿Estaría trabajando ahora? Escaneo la zona de baile de la habitación y veo que nadie requiere mi presencia. Abro WhatsApp. Busco su nombre. Cuando rompimos se desactivó la opción que informa de la última conexión, así que solo aparece su nombre y la foto que le puse a su perfil. La del día en que nos conocimos. Solo sale una mano gigante que intenta impedir que le haga la foto.

Abro Instagram. Muevo los ojos de un lado a otro sabiendo que voy a hacer algo que no debo. Contente, Clarisa. Me levanto y me voy hacia Claudia.

—Nena, guárdame el móvil o acabaré haciendo alguna tontería.

Lo coge con dos dedos como si fuera un condón usado y se lo da a mi amigo el camarero.

—A ver dónde lo guarda. —Ríe con la boca abierta. Veo restos de comida en sus muelas.

Prefiero no saberlo.

Nos vamos hacia lo que parece la pista de baile.

—Entonces, has vuelto a encontrar el amor en la noche de mi despedida. ¿No es romántico? Va a ser verdad eso de que de una boda sale otra boda.

—Nada de eso, querida. El amor se ha convertido en un artículo de lujo últimamente. El amor es un puto bolso de Chanel.

12. ÉL

La luz barre lentamente el escritorio. Se mueve desde un extremo de la mesa directamente hacia mí. Cae sobre mi brazo derecho. La toco con la mano. Me he quedado dormido encima del teclado y lo último que he escrito es: «jslfkldsi ocjdfzfcghjgc t,jfi 9f9sd 454re 5vggcxx f».

No es peor que el texto pseudoerótico que escribí antes de quedarme dormido. Lo repaso por encima y me compadezco. Manzana S. Manzana W.

Me masajeo la cara. Son las siete de la mañana. Me estiro en la silla, bostezo, me crujo el cuello, me levanto. Estoy hecho una mierda. Apago el ordenador. Camino hacia mi dormitorio. Vuelvo al estudio a por el móvil que he dejado encima de la mesa, debajo de algo que ahora mismo me impide encontrarlo. Aquí está. Vuelvo al cuarto mirando Twitter por si ha pasado algo interesante durante estas horas. Controversia con el vestido de la Pedroche. Contesto «Feliz ano» en el chat familiar. Lo peor de conectarme a estas horas es que pensarán que estoy volviendo de fiesta. Pobres ilusos.

Entre las felicitaciones navideñas de familia, amigos y gente que no recuerdo quién es, se cuela un mensaje de un número desconocido. No lo tengo en la agenda pero sé perfectamente cuál es. La previsualización del mensaje dice: «Perdón por escribirte esta noche, solo quería sab...». Dudo si borrarlo sin leer o archivarlo para más tarde. Archivo. Es demasiado temprano para leer algo así y demasiado tarde para hacer algo al respecto.

Me echo sobre la cama con las botas puestas. Empujo con el pie derecho hasta que cae la izquierda. No me queda fuerza para hacer lo mismo con el otro. Cierro los ojos y las imágenes de la Clarisa real se funden con la Clarisa de mi relato y busco en mi cabeza una excusa válida para ir a su casa sin parecer un sicópata. Tengo su dirección en la aplicación. Me doy la vuelta y tiro de la bota derecha. Me incorporo sobre la cama. Cojo el móvil con las dos manos. Busco en la aplicación la manera de ver el último recorrido, pero no aparece. Seguro que hay una forma de verlo pero soy incapaz de encontrarla. Recuerdo que me llamó el taxista. Javier nosequé. Podría llamarlo a él y preguntarle dónde dejó a la chica..., decirle que se dejó algo en mi casa... Me odio por darle explicaciones a un taxista imaginario. Me voy a las últimas llamadas. Hay dos números desconocidos. Una llamada entrante de catorce segundos. Javier, el taxista. Y una llamada saliente de otro número. Me fijo en la hora. Se hizo justo cuando estaba con Clarisa, así que es imposible que esa llamada la hubiera hecho yo. Me late rápido el pulso mientras intento buscarle explicación. Respiro hondo. Me hablo, eso me calma. «No has dormido, concéntrate». Si tuviera fuerza me pegaría una torta. Una suave. Una torta de amigo. Ha tenido que ser ella. La visualizo en la puerta de casa con mi móvil en la mano. Yo desaparezco y ella llama a una amiga pidiendo ayuda. Pero, ya está a punto de montarse en el taxi, no tiene mucho sentido. A no ser que quiera que su amiga tenga ese número de teléfono porque... Vamos piensa... Porque va a decidir quedarse. O..., o igual se ha llamado a sí misma para tener mi número. En este momento se abre un rodal de mi cerebro por el que se asoma un mini yo diciendo «La policía no es tonta».

Crear nuevo contacto.

Nombre: Clarisa. Apellidos: Quizá. Ok. Me voy a WhatsApp. Buscar. No termino de escribir el nombre. Ahí está. Su estado: «Suerte con eso». Paso el dedo sobre su foto en miniatura. Se abre un chat vacío. *Pulse para ver info de contacto.* «Últ. vez hoy a las 06:56». Hace diez minutos. Abro la foto. Es una captura del vídeo de un gato gordo que intenta saltar y se queda suspendido en el aire décimas de segundo, con las patas estiradas, antes de caer. La captura es del momento en el que el gato tiene las patitas y los dedos completamente abiertos. ¿Podría ser ella? Podría ser cualquiera.

«En línea». Me siento observado y salgo de la aplicación. Entro de nuevo, la busco. Sigue en línea. Escribo.

«Hola».

Lo borro antes de enviar.

Soy imbécil. Me incorporo en la cama. Coloco las almohadas en la espalda. Tengo treinta y cuatro años, hombre ya.

Vamos a ver... ¿Y si no es ella? Mejor ser prudente.

«¿Eres Clarisa?».

Borro.

Más que prudente parezco gilipollas. Ve al grano, si no es, no pasa nada.

«¿Llegaste bien?».

Borro.

Joder.

Salgo de su chat y dejo la aplicación abierta con todas las conversaciones. Puedo ver mi lista de amigos. Sus fotos. Lo último que nos dijimos. No tengo nada que perder. Y siempre puedo pedirle que me devuelva la ropa.

Buscar.

Clarisa Quizá.

En su estado no aparece «En línea».

Me quedo quieto cuando leo «Escribiendo...».

13. ELLA

Dejo la puerta 217 a mis espaldas y camino dando tumbos por el pasillo del hotel. No he conseguido convencer a Claudia para no quedarme a dormir, así que me he metido en la cama redonda con ella, la he abrazado y he esperado a que su respiración se ralentizase para deslizarme de la cama, ponerme las botas, recuperar mi móvil de entre las botellas de cava vacías y poder irme. Antes de todo eso nos hemos morreado una de sus amigas pijas, ella y yo. Hemos acabado con todo el alcohol que había en la habitación, hemos tomado eme, se ha terminado mi maría y solo ha dejado un cigarro, a modo de *souvenir,* del paquete que Marco me dio.

Me coloco el pitillo en la boca y se queda perfectamente encajado entre mis labios resecos. Avanzo por la recepción hasta la salida del hotel. El aliento me huele a medicamento y a multifrutas tropical. El ojo derecho se me guiña solo. Me miro en el reflejo de la puerta giratoria. «¿Qué? Nada, pues eso».

En la calle me apoyo en la primera pared con la que me tropiezo y me viene una arcada. Consigo contenerla. A mi lado pasa una pareja mucho más perjudicada que yo. «Hey». «Hey. Buenas noches». No son horas para decir buenas noches. En mi móvil son casi las siete de la mañana. En mi cara es la hora de mi muerte. Miro los mensajes del buzón y voy directa a la llamada de Marco. No sé cómo me coordino para mantener el dedo sobre su número y elegir la opción de «Añadir a contactos».

Nombre: Marco. Apellido. Polo.

Entro en WhatsApp y actualizo la lista de contactos para que me aparezca. Está en línea. Son las siete de la mañana. Enciendo el último de sus cigarros. Me fumo su recuerdo. Escribo como puedo.

«¿Estás despierto?».

Ni me he esforzado. Él contesta rápido.

«No».

Hmm...

«Qué haces?».

«Te estaba esperando».

«¿Dormido?».

«En sueños».

La excitación me aporta unos segundos de consciencia y noto cómo el frío se me está colando por la espalda.

«¿Qué haces tú?», pregunta.

Escribo todo lo que mis dedos me permiten antes de entumecerse.

«Volver a tu casa».

«¿Te has dejado algo?».

«Sí, algo pendiente».

Me la he jugado, pero no soy una persona interesante ahora mismo. Soy un porcentaje minúsculo de persona, de hecho.

«¿Has dormido?». No cuento los cinco minutos en la cama con Claudia.

«No».

«¿Tienes hambre?».

Obvio que además de hambre tengo ganas de vomitar.

«Sí».

Un pequeño porcentaje muy básico.

«Te ofrezco dos cosas».

Pausa.

Venga, dime, que me hielo, joder.

«Puedes venir a casa y desayunamos. Y después, si quieres, puedes dormir aquí».

Se me pasa por la cabeza decirle «Pero nada de follar, eh». Por suerte, aún me queda algo de dignidad.

«Parece un plan».

«Un buen plan».

14. ÉL

Me incorporo de la cama con una energía desconocida y me quedo mirando el dormitorio. Estiro el edredón nórdico, coloco las almohadas. ¿Dónde guardaba los condones? Abro el cajón de la mesita de noche. Solo encuentro una funda de gafas, un cuaderno, algunos bolígrafos (seguramente gastados), el cable de un cargador, una caja vacía de ibuprofeno y envoltorios de caramelos. Creo que en mi época de soltería los guardaba en el armario. No hay nada. Adela tomaba la píldora así que hace dos años que no follo con condón. De hecho, si tengo alguno seguramente esté caducado.

Como era de esperar en la cocina no hay nada aprovechable para comer. Siempre desayuno fuera de casa. Soy de esas personas que prefiere bajar al bar a por un café que preparárselo en casa con la Nespresso.

Un café de verdad no puede ser tan divertido ni tan pijo. El verdadero café es el que te hace arrugar la cara con cada sorbo. Nos han hecho creer que el café es algo delicioso y especial y no. Nos han comido la cabeza haciéndonos sentir que somos especiales por consumir el café en pastillas de colores, que somos mejores, más inteligentes, más guapos, más George Clooney. Al final del día somos clones, adictos a darle al botoncito de nuestra preciosa máquina de café que también hace espuma en la leche. ¿Desde cuándo la leche necesita tener espuma? Y, más importante aún, ¿desde cuándo el café necesita tener leche? ¿A quién se le ocurriría la brillante idea de mezclar un lácteo, que tantos problemas de digestión provoca, con un líquido ácido del color del agua del váter de un bar? Seguramente fue fruto de un error. Y ahora millones de personas en sus casas se sienten seguras tomando su café cremoso con espuma de leche.

Cuando le pido un café a Matías, Matías asiente, Matías saca el porta filtro de la máquina de café y lo sacude con toda la rabia de las siete y media de la mañana contra la encimera. Matías limpia los restos de café chamuscado con la fuerza de los mares y de su brazo. Matías lo rellena con café torrefacto porque a Matías no le importa demasiado el sabor de su café, un café que antes de tostarse ya huele a quemado. Coloca el vaso debajo de la salida doble, porque siempre hay alguien más que quiere un café y, aunque le digas corto o largo, a Matías poco le importa. Matías ya tiene la medida exacta cogida y no va a cambiarla porque tú le digas que lo quieres solo o americano. Matías no sabe qué es una nube en el café. A Matías no le vengas con gilipolleces. Si quieres un caramelo te vas al Starbucks. Aquí se sirve cafeína. Y cuanto peor sabe, mejor efecto hace. Eso lo sabe hasta un niño.

Adela tenía una Nespresso. Blanca. Silenciosa. Rápida. Compraba siempre las cápsulas de vainilla. Fue lo primero que trajo cuando se medio instaló en casa, y cuando un día se la llevó alegando que la de su casa estaba rota, supe que lo nuestro estaba acabado. Cuando se quedaba a dormir en casa se despertaba unos cinco minutos antes que yo y me preparaba un café con leche cremosa que yo me tomaba sin protestar. Dos años de relación y jamás le dije que odiaba ese café.

Las galletas siguen en la mesa.

Es lo mejor que le puedo ofrecer. Son las siete y cuarto... Quizá no. Hay una churrería en el barrio y es año nuevo. *Classic*. Me pongo las botas sin abrochar, cojo el abrigo, las llaves y bajo las escaleras. No veo los churros como algo muy romántico, pero tampoco me imagino a Clarisa como una persona a la que eso le importe demasiado.

Hace un frío horrible. El viento me azota al cerrar la puerta del edificio. Salgo disparado en dirección a la churrería agarrando el billete de diez que llevo en el bolsillo. El frío me corta la cara pero sigo caminando rápido. Giro la esquina con ímpetu y alguien viene hacia mí a la misma velocidad.

—Perdón, perdón.

Tengo la disculpa fácil.

—Joder, tío, *mida* por dónde vas.

Reconocería esa voz diciendo eso aunque estuviera sordo. Clarisa, sin embargo, aún no se ha dado cuenta de que soy yo.

—¿Estás muy... borracha?

Le sonrío.

—Tú estás *bodacha.*

Y se me echa encima. La agarro unos segundos antes de que pueda incorporarse.

—Marco, ¿eras Marco, verdad? Tengo que decirte algo.

Su lengua es de trapo. No se parece en nada a la persona que dejó mi apartamento hace unas horas.

—Dime.

Le aparto el pelo de la cara. Ella se agarra a mi brazo como una viejita y empieza a caminar en dirección a mi casa.

—Si como algo creo que voy a vomitar.

—Me haces un favor porque en casa no tengo nada de comer.

—Qué bien. —Y cierra un poco los ojos—. Entonces, lléveme a su cama, caballero.

Suelta una carcajada y dobla las piernas. Que no se caiga en la calle, por favor.

—¡A su casa! Quería decir casa. Ja, ja, ja.

La agarro con fuerza y caminamos. Lleva un pedo que casi no se tiene en pie. Yo llevo tal sonrisa que no me reconozco.

—Marco.

—Dime.

—¿Qué haces en la calle?

—He venido a por ti. Y ahora no te preocupes por las escaleras. Son tres plantas, pero cuando menos te lo esperas todavía vas por la segunda.

No puedo evitar soltar el chiste que le hago a cada persona que ha venido a mi casa alguna vez. Se ríe, pero no creo que se esté enterando de nada. Se apoya en la barandilla y en mí. No va a ser fácil. Media eternidad después lo conseguimos. Abro la puerta y entra corriendo, directa al cuarto de baño. Creo que va a vomitar.

Cierro. Le dejo cierta intimidad.

Miro el termostato de la calefacción y espero cinco minutos delante de la puerta del baño.

—¿Estás viva?

Silencio.

Llamo con los nudillos.

—¿Clarisa?

Clarisa no responde.

Abro con precaución la puerta y asomo media cabeza. La veo tirada en el suelo abrazada a la taza del váter. Parece que está dormida. Entro lentamente y trato de incorporarla. Se despierta lo justo para agarrarse a mi cuello. Le quito el abrigo con cuidado. La llevo a la cama y la siento en el borde. Se deja caer hacia atrás. Me pongo a sus pies para quitarle las botas. Le dejo el resto de la ropa y la muevo hasta que consigo centrarla en el colchón. La tapo bien. No ha abierto los ojos ni una vez. Me acerco con suavidad a ella y le doy un beso en la frente.

En el armario tengo un par de mantas. Las cojo y me las llevo al salón. Bajo las persianas hasta que vuelve a ser de noche y me echo las tres mantas por encima en el sofá. Intento dormirme, pero me parece imposible. Presiento que será una mañana larga.

Me duermo en dos minutos.

Me siento observado. No sé cuánto tiempo ha pasado.

Aún mantengo los ojos cerrados, pero puedo sentir cómo una mirada me atraviesa en la penumbra. Los abro pero apenas veo. Distingo una silueta frente a mí.

—He usado el enjuague bucal del baño.

Pego un salto en el sofá del susto. Se ríe con voz cazallera.

—No quería asustarte.

—No pasa nada. ¿Qué hora es?

—Son las una.

—Será es.

—¿El qué será?

—La una.

—¿Que la una será qué?

—Que la una es. Que es la una. No «Son las una».

Nos saco del laberinto.

—Creo que le pides mucho a un cadáver —contesta.

Sube un poco la persiana y la tarde se cuela en el salón. Se acerca al sofá.

—Gracias por no descuartizarme... Ha sido un detalle.

—Estuve tentado, no te creas..., pero no estaba de humor.

Se sienta en el borde del sofá. Me desplazo hacia el respaldo dejándole espacio. Vuelve a ponerse de pie para quitarse los pantalones.

—Es porque se me están clavando. No vayas a pensar nada raro.

—Por supuesto.

Luego se mete la mano por detrás del jersey. Hace un movimiento brusco en su espalda, mete el brazo por la manga del jersey hasta el hombro y saca el tirante del sujetador.

Repite la operación con el otro brazo. Desde abajo tira y lo saca completamente.

—Se me estaba clavando también.

No digo en voz alta lo que estoy pensando. Vuelve a sentarse en el sofá. Abre las mantas con cuidado y se mete dentro, tumbada a mi lado. Mira al techo. Yo, de perfil, a ella.

—¿Quieres dormir un poco más?

No sé qué contestar a eso. Digo sí.

Se gira hacia mí.

Apenas veinte centímetros nos separan. Me parece inalcanzable. Ella me mira con curiosidad, decidiendo algo. Se me están durmiendo las piernas y quiero moverlas, pero, como si fuera un cervatillo que se ha acercado demasiado, tengo miedo de moverme y espantarla. Sin embargo no parece asustada. Se desplaza lentamente, reptando por el sofá. Gana diez centímetros. Clava victoriosa su bandera. Puedo respirarla. Huele a resaca, a enjuague bucal y ceniza. Respiro más profundamente y restos de perfume luchan por salir a la superficie. El pelo conserva un poco de olor violetas.

Cierra los ojos y aprovecho para mover las manos por el sofá hasta que se encuentran con las suyas. Me roza y encierra las mías entre sus dedos. Aprieta mi piel contra la suya tan fuerte que parece que vayamos a fusionarnos. Acerca las manos a sus piernas y coloca las mías entre los muslos. Con el dedo pulgar puedo rozar sus braguitas. Su cara está pegada a mi cara. Su nariz contra mi pómulo. Su boca casi junto a mi boca. Sus labios pasan sobre los míos. Me trago su suspiro. Baja por mi barbilla. Su lengua caliente me lame el cuello. Libero una mano para meterla debajo del jersey y tocar su pecho. Empuja mi mano secuestrada contra sus bragas. Vuelve con su boca a mi boca. Me muerde la barbilla, lame mis labios y tira con fuerza de mí. Salgo de mi rincón. Me quito el jersey y la camiseta. Se sienta a horcajadas sobre mí y, al bajar a besarme, el pelo le tapa la cara. Retiro los mechones de su boca y la beso. Se balancea sobre mí. La libero del jersey y vuelvo a besarla. Sus manos bajan por mí hasta llegar al pantalón para desabrocharlo. La ayudo. Se incorpora un momento para quitarse todas las mantas de encima. Estoy a punto de decirle que no tengo condones cuando ella rebusca en el suelo y saca uno del pantalón que llevaba. Me besa la barriga y tira del calzoncillo hacia abajo.

Ninguno de los dos se ha quitado los calcetines.

15. ELLA

Mis bragas han debido de quedarse sepultadas en el monte de mantas. Cordilleras de poliéster y acrílico, valles de carne hecha polvo. Lo miro por última vez y tengo la tentación de despertarlo pero salgo de puntillas del salón. Vuelvo al dormitorio y me pongo los pantalones. Paso después por detrás del sofá y abro con suavidad la puerta. Cierro intentando no hacer ruido. En el felpudo me pongo las botas y el abrigo. Espero llevarlo todo.

Son las cinco de la tarde. Empiezo el día cuando está a punto de apagarse. Tengo esa sensación de estar completamente fuera de lugar, de no pertenecer al orden establecido. Me escondo entre edificios altos, boutiques que no puedo permitirme y gente que huele a nuevo. Decido volver a casa caminando. Los miro intentando imitar sus movimientos, sus gestos, pero me siento una impostora. Rezumo sexo por cada poro de mi piel y siento que cualquiera que se fije notará que tengo la cara de haber estado follando. Huelo a horas de penetración. Me subo el abrigo para taparme la barbilla roja y magullada. El frío me contrae las rodillas que parecen preguntarme qué coño estuve haciendo esta mañana.

Un tráiler con los mejores momentos en casa de Marco me pasa por la cabeza. Sonrío. Pienso en escribirle a Claudia y contárselo todo pero su última conexión es de las dos de la madrugada. A esa hora estaba metiéndose el dedo en la boca y diciendo cosas inconexas sobre el matrimonio.

Tengo un mensaje de mi madre de las dos de la tarde.

«Clarisa, hija, ¿estás ya despierta?».

Otro a las tres y media.

«Hija, ¿puedes mirarme el blog?».

El último a las cinco menos cuarto.

«Avísame cuando te despiertes. Feliz año, hija».

Pruebo mi voz antes de marcar su teléfono: la ronquera esperable de un día como hoy.

Llamo a mi madre al móvil. Como es de esperar no lo coge. Pruebo en el fijo. Vilanova i la Geltrú, Barcelona.

—Hija, por fin, que no hablaba contigo desde el año pasado —risas.

—Feliz año, mamá, ¿qué tal ayer?

—Muy bien todos.

—¿Papá qué tal?

—Nadie atragantado.

—Yo, con Claudia.

—¿Lo pasasteis bien?

—Sí, muy bien.

—¿Corriste?

—La carrera no es lo mío.

—Deberías haber entrenado antes.

—Lo sé mamá, bueno, dime qué era tan urgente.

—Ya sé que es año nuevo, pero tu hermano está de vacaciones y me gustaría que revisaras el vídeo antes de publicarlo.

—Dame media hora que llegue a casa.
—Ok, gracias.
—Si está bien publico, si no te llamo.
—Genial, gracias.
—Feliz año.

Mi madre, sesenta y dos años, vegana, yogui, youtuber.

Cuando tenía doce años leí un artículo sobre el sufrimiento de las langostas al ser cocinadas vivas. Me quedé tan impactada que rompí a llorar salvajemente como si esas langostas fueran carne de mi carne, familiares cercanos, amores de mi vida. Les supliqué a mis padres que, por favor, me dejaran no comer carne. Quería ser vegetariana porque no soportaba el tormento al que se veían sometidas las criaturas para que nosotros pudiéramos comerlas.

Mientras mi vida viraba hacia un mundo libre de animales entre mis dientes, la de mi madre lo hacía hacia una dieta salvaje conocida comúnmente como la dieta de las proteínas. Fue la culpable de la muerte de más de diez vacas, ciento veinte gallinas, cuarenta y dos conejos, trece cerdos, dos ranas, siete codornices, que acabaron en escabeche, y tres corderos. Y eso que nunca hizo la cuenta de los procedentes del mar, pero llegó a probar incluso la carne de ballena.

Mi etapa vegetariana duró quince semanas. El olor de las croquetas de puchero llenando cada rincón del hogar familiar, una amiga de mis padres diciéndome que hay propiedades de las plantas que solo podemos absorber una vez han sido procesadas por un animal rumiante y un doctor que me aseguró que las castas pobres de la India eran las que no consumían carne, y que si yo quería ser pobre como ellas, y que el mundo estaba mal por personas como yo, me hicieron volver a mi estado natural omnívoro. Curiosamente mi madre, que ya había perdido diez kilos con su dieta, se quedó muy impactada con los datos y se puso a investigar sobre la India, las castas y el vegetarianismo; y decidió convertirse poco a poco y hacer una denuncia de esa situación con su cuerpo. En esa búsqueda de su yo verdadero lo primero que quitó de su vida fue la carne, por lo que el mío se vio privado otra vez de croquetas de puchero.

Después empezó a dejar el pescado y, poco a poco, los lácteos: queso, huevos... Hasta que finalmente se transformó en un ser que no come nada que proyecte sombra. De su investigación en el mundo oriental aprendió yoga y meditación. Lo de hacerse budista calculo que será una cuestión de tiempo.

Mi padre asistió atónito y en primera fila a todo este proceso mientras sus gustos alimenticios se veían obligados a cambiar forzosamente y, aunque nunca comulgó con todas las leyes nuevas de mi madre, se adaptó sin rechistar a su nueva religión. Acogían, a veces, a galgos que habían sido maltratados y aprendió a meditar con ella. Al menos de cara a mi madre era meditación, porque estoy totalmente convencida de que se quedaba frito en cuanto nadie le prestaba atención. Se hizo un experto en el noble arte de dormirse en Padmasana.

El cambio culinario fue tan radical que mis padres tuvieron que volver a aprender a cocinar y reconozco que se lo pasaron en grande. Fueron tantas las novedades que incorporaron a sus vidas que algunos de sus amigos no supieron soportarlo. Pero otros disfrutaban escuchando las recetas de mi madre. Tan bien lo contaba y tanto había investigado que, hace tres años, por Reyes, les regalé una página web para que se explayaran con sus nuevos descubrimientos. Me parecía una manera de tenerlos ociosos y que sus conocimientos no cayeran en saco roto. Otras personas podrían disfrutar de su sabiduría ya que mi hermano y yo no pensábamos hacerlo.

La web empezó como algo sencillo. Un par de fotos mal hechas con el móvil donde contaban cómo hacerse vegano a los sesenta sin sufrir en el intento. Y funcionó. El target estaba tan claro que su público no hacía más que crecer. Cuanta más gente lo leía más cuidaban la manera de explicarlo y más ampliaban los consejos sobre este modo de vida zen.

Mi padre se unió al proyecto. Seguía siendo cristiano de cuna, ateo de práctica y carnívoro por encima de todas las cosas, pero encontró en la nueva pasión de mi madre un lugar para desarrollar una suya propia: las fotos de la web. Recuperó una Sony compacta que le regalamos por su cincuenta cumpleaños y en un año ya se había comprado una 7D. El paso a los vídeos llegó solo.

A sus sesenta y cuatro años mi padre había dominado una nueva profesión: novio de blogger.

De los vídeos montados con iMovie llegó la llamada a mi hermano. Como cualquier informático que se precie fue al primero al que se le comentó eso de «Oye, ¿esto está bien? ¿Cómo se monta?, tú que sabes de ordenadores. Mira a ver si me echas una mano». Acabó siendo el montador de los vídeos que grababa mi padre con las recetas y consejos sobre estilo de vida de mi madre. Eran un equipo infranqueable.

A día de hoy mi madre tiene unas cuatrocientas mil visitas por vídeo. Había conseguido monetizar su estilo de vida, el sueño de cualquier adolescente, pero a la temprana edad de sesenta y dos años.

El carisma de mi madre, su talento en la cocina, su flexibilidad y su edad hicieron que toda una generación que no encontraba en las redes sociales nada más que algo desconocido y desagradable se viera de pronto emocionada por un canal en el que hablaban su mismo idioma. Mi madre no usaba términos anglosajones y explicaba las posturas de yoga con el mismo lenguaje con el que preguntaba el plato del día en el bar. Y eso, a varias generaciones de amas de casa que, debido al momento sociocultural que les tocó vivir, no habían recorrido mundo, les llegó al corazón. La España de la cincuentena empatizaba con ella, quería ser su amiga, su hermana. Pero lo que no era de esperar era que quisiera ser también su hija. Ahí el proyecto se les fue de las manos. Muchos jóvenes que no encontraban en Dulceida o el Rubius un referente seguían a mi madre porque era *cool,* porque era lo más, porque «Tía, lo flipas con las recetas vegui de la yaya».

La yaya, mi madre. Abuela sin nietos. La abuela de España.

La carrera de filología inglesa terminada, un máster en turismo y dos cursos sobre dirección de empresas me habían permitido publicar un par de veces en una revista de viajes, conseguir mi trabajo más estable como recolectora de guiris para el autobús turístico y, lo más importante, el único trabajo serio hasta la fecha: ser la asistente y manager de la empresa familiar. Empecé simplemente revisando los vídeos que colgaba mi madre, asegurándome de que los *tags* estuvieran bien puestos, de que no hubiera faltas de ortografía, de que en el montaje no se hubiera colado un *frame*, de chequear qué tipo de publi salía... Y, poco a poco, pasé a revisar los cientos de mails que llegaban a la bandeja de entrada y a comprobar cuáles merecía la pena contestar, los que ofrecían una charla en alguna escuela de cocina o los que la invitaban a probar algún nuevo producto eco, bio, natural, *light* o *detox*.

Mi madre ignoraba todo lo que se escondía detrás de esos mails. Había entrado en el mercado vegano por pura pasión y no para beneficiarse de su éxito. Que le regalaran cosas que ya tenía y que no necesitaba solo porque era famosa le hacía ver los fallos de su proyecto, pues precisamente lo que ella vendía era lo contrario: un mundo sin atajos, sin chantajes, sin presiones comerciales.

Ella compartía sus descubrimientos por el amor que le profesaba a ese estilo de vida y no para que le regalasen una nueva trituradora. ¿Por qué a ella sí y a su vecino no? Precisamente era lo que trataba de criticar con su desapego.

Una vez acepté una batidora a espaldas de mi madre y cuando una tarde que estaba de visita en Madrid la vio en la encimera, lo supo al instante. Bastó una mirada de duda, curiosidad e incredulidad para hacerme ver mi error. Desde entonces he sido mucho más discreta.

La mitad de sus ingresos los donaba, íntegros, a diversas causas humanitarias. La mitad de la mitad eran para mi hermano y para mí, y la mitad de la mitad restantes eran para ellos, para vivir, cocinar, viajar a un parque natural a comer alfalfa o probar algún producto vegano nuevo. Sin sobornos, claro.

Algunas veces aparecía en casa la última Thermomix lanzada al mercado o una cesta de frutas y verduras. Cuando estos regalos aparecían sin avisar ella los volvía a regalar.

Vivo más cerca del infierno que de la vida urbana, así que cuando llevo cuarenta y dos minutos caminando con la nariz helada, me cojo el metro. Tiro el abrigo y el bolso en el sofá al llegar a casa. Busco un cigarro. Toso con la primera calada. Debería darle un respiro a mis pobres pulmones. Bah. Enciendo el ordenador. Me desnudo mientras el agua sale ardiendo de la ducha. El olor de Marco se cuela por el desagüe. Qué desperdicio. Me pongo el albornoz y una toalla en el pelo al salir. Abro Safari. Entro en el canal de mi madre.

El vídeo nuevo, aún oculto para el resto de los mortales, es de ella explicando cómo hacer un brownie crudivegano. Coco, anacardos, higos y cacao puro. Plano frontal. Ella explica qué va a hacer. Cada vez que menciona un ingrediente este aparece dibujado a la derecha. Gracias, bancos de imágenes libres de derechos. Paso a plano cenital donde, en un montaje picado, lo que debería suceder en cincuenta minutos ocurre, por obra y gracia de la tecnología y las hábiles manos de mi hermano, en dos minutos y medio. Finalmente presenta el plato, resume el proceso que ha seguido y hace un chascarrillo. Mi madre aprendió a cocinar con Arguiñano. Es algo contra lo que no podemos luchar.

Reviso la duración, el copy y acepto la subida desde el canal. Embebo el vídeo en la web. «"*Brownie* crudivegano", por Loles de Bruselas».

16. ÉL

Bocabajo. El charco de babas de debajo de mi boca empieza a secarse. Extiendo la mano comprobando empíricamente que no hay nadie a mi lado. Echo de menos su cuerpo caliente sobre el mío, pero este vacío guarda cierto placer. Como el de después de cagar.

En la mesa no hay ninguna nota y trato de ignorar mi decepción al comprobar que en el dormitorio tampoco. Son las seis y media de la tarde y he perdido todo día. El *jet lag* es insoportable. Cojo el móvil camino de la ducha. Ni rastro de ella. Me calmo. Me digo que es normal. Seguramente se haya quedado sin batería o, qué coño, acaba de pasar todo. Dale tiempo. La ducha me sentará bien. La ducha me calmará y despejará. La ducha me traerá claridad. La ducha me recuerda a ella. La ducha me cabrea. Ha sido una noche flipante. De verdad. Ha sido noche buena en Nochevieja.

Cojo el móvil todavía con la toalla en mi cintura y pequeñas gotas de agua serpenteando por mi cuerpo. Busco su chat. Clarisa. Está en línea. La imagino sentada en el sofá mirando mi nombre en su pantalla y decidiendo si escribirme. Dedico doce minutos a esperar a que aparezca «Escribiendo...» en su estado, pero no llega. Doce minutos de triste sospecha. Ni uno más. Relativizo. ¿Ha sido una noche genial? Pues sí. ¿Has tenido muchas otras noches increíbles? Por supuesto. ¿Te mueres porque te escriba y por quedar con ella otra vez? Exacto.

Estoy jodido. Eso me recuerda a Adela. Estar jodidos como estado permanente. La inercia me lleva a su chat, que aguardaba silencioso como una bomba esperando ser detonada, aquella que, tras varios intentos y casi al final de la película, solo puede ser activada manualmente por el protagonista. La bomba que sabes que le va a estallar en la puta cara. Miro el chat. El parlamento es un *Quijote.* Leo en diagonal. Leo en círculos. Empiezo tres veces. Bajo hasta el final. Vuelvo a empezar. Concluyo de las lecturas que me echa de menos. Que sabe que lo nuestro ha acabado. Que sabe que fue culpa suya, que pensaba que necesitábamos algo que desencadenase otro algo. Que pensó que serviría para dar un paso en alguna dirección, pero que esa dirección era la opuesta a la que había previsto. Que cree que está equivocada. Que sabe que lo está. Que no entiende por qué pero dejó pasar el tiempo sin intentar solucionarlo. Que ella sabía que lo estábamos mandando todo a la mierda y que era tan culpable como yo. Que ninguno de los dos lo ha intentado lo suficiente. Que merecemos una oportunidad. Que no podía recuperarme en la distancia. Que estaba dejando que el olvido ocupase el lugar que le pertenecía.

Sus palabras iluminan literalmente mi cara. Me pregunto si sería capaz de abrazarme a ese *frame* de lo que éramos nosotros cuando todavía éramos algo. Pero solo nos recuerdo hace tres meses.

Me esperaba en la puerta del bar con el final del verano en su vestido, con la sonrisa recién puesta. Cantó *Cumpleaños feliz* con su voz de maestra de primaria y me invitó a que pidiera un deseo aunque no había velas que soplar. Cerré los ojos y quise empezar de cero, quitarme los vicios, desaprender la comodidad. ¿En qué momento la confundimos con la confianza? Solo sé que, para mí, cada vez era más fácil tratarla como a una madre, pero no en un buen sentido. Me molestaba que no entendiera las cosas a la primera, me molestaba que dijera «Qué» después de mis frases, me molestaba no saber hacerla reír, me molestaba no querer quedarme con ella hasta tarde. Me molestaba nuestra relación.

Ella, con su tibieza, cogió mis manos en mitad de la calle, en mitad del cumpleaños más triste del mundo. Y me dijo que estaba dispuesta a ser cualquier cosa que yo quisiera: «Puedo ser tu novia, tu amiga, puedo estar a tu lado cuando lo necesites y apartarme cuando lo necesites aún más, pero no me pidas que esté en tu contra. No sé qué hacer con tu rechazo, no sé ser tu enemiga». Fue el empujón que le faltaba a mi corazón suicida. No era justo mantener la tortura.

La besé sabiendo que era la última vez y me sentí afortunado porque la mayoría de las parejas no saben cuándo llegará ese último beso y la otra mayoría está tan distraída que ni lo recuerda. Fui afortunado, al menos en eso.

Adela y yo nos conocimos en Carrefour. Coincidíamos cada lunes y cada jueves a las ocho de la tarde y lo que empezó como una bonita casualidad, acabó convirtiéndose en una búsqueda. Si algún día me retrasaba y ya no estaba, recorría los pasillos deseando que siguiese en la caja, vaciando su cesta, intentando meter los productos en la bolsa antes de que el cajero terminara de cobrarlos. Cuando no la encontraba sabía que me quedaban tres días para verla otra vez y la semana perdía todo su sentido. Los días se convertían en trámites que pasar hasta llegar al jueves, que volvería a encontrarla frente a las verduras.

Estar a la misma hora en el mismo lugar nos hizo creer, con la misma intensidad a cada uno en su lado del cuadrilátero, que estábamos hechos el uno para el otro. Esa fue la versión que contamos a todos nuestros amigos. Versión basada en hechos reales pero no totalmente cierta, porque la verdad es que solo me atreví a hablar con ella cuando vi su perfil en una aplicación para ligar. Fue como un oasis en el desierto. Adela. Estudiaba oposiciones para ser maestra. Su foto de perfil parecía la de su carnet. Castaña, pelo liso, delgada. Además yo sabía que tenía los dedos muy largos y que siempre llevaba un anillo en el dedo corazón de su mano izquierda con una piedrecita rosa en medio. Sabía que prefería la leche sin lactosa a la de soja, que debía comprar el pan en panadería y que cogía siempre la carne con etiquetas que evocaran algo sano. Sabía que usaba gel de ducha neutro y que antes de pagar miraba con deseo los ositos de gominola, pero nunca se llevaba ninguno. Me parecía que eran detalles que deberían aparecer en su perfil si quería conocer a un buen hombre, así que le pedí que me aceptara, solo para hacerle ese comentario. Resultó que no quería que nadie lo supiese así de primeras, que se guardaba lo mejor de sí misma para el chico con el que coincidía en el supermercado.

Tocado y hundido.

Me hago un favor y voy al dormitorio a por ropa. Me visto de año nuevo pero nadie notará nada. En la cocina me abro una cerveza y le agradezco a mi yo de hace dos días que no se terminase la bolsa de patatas fritas. Me las meto a puñados en la boca. Bebo directamente del botellín. Se me quedan algunos trozos en el jersey. La soledad saca lo peor de uno mismo.

Contesto.

Empiezo por lo bueno, porque soy de esas personas que cuando tiene que echar a alguien del trabajo dice tantas cosas buenas que el pobre acaba creyendo que va a recibir un aumento. Soy de los que evita decir las cosas malas hasta el final, de los que dicen primero todo lo bueno y lo extienden como un chicle Boomer hasta que no pueden más, hasta que sienten que va a partirse. Entonces, cuando no queda más remedio, suelto lo malo y pido perdón infinitas veces.

Empiezo por lo bueno. Lo bien que estábamos cuando estábamos bien, lo bonita que era y sigue siendo, lo fácil que era vivir con ella, lo bien que me trató, que por supuesto echaba de menos todo eso, que no era fácil, que me costaba adaptarme al día a día. Empiezo por lo bueno, pero sé que no puedo quedarme ahí mucho más tiempo. Tengo que enfrentarme a la parte negativa, la que odio, la que me da repelús, la que, ufff, no... No quiero ir al colegio, mamá. Por suerte la llamada de Luis me interrumpe.

Luis se acaba de despertar. Luis quiere irse de cañas porque es lo único que va a quitarle la resaca. Luis quiere verme porque voy a flipar con lo que le pasó anoche. Luis me pide que baje al bar de siempre. Creo que Luis está mucho más cuerdo que yo ahora mismo y le digo que me dé media hora y que allí nos vemos. Cuelgo rápido. Reaparece en la pantalla mi mensaje a Adela. «Salvado por la campana», digo en voz en alta. No sé qué es lo que está mal en mi cerebro pero acabo de darle a enviar.

17. ELLA

—¿Sí?

—¡¿Cómo que sí?! Soy yo, tía.

—Coño, Claudia, que estoy sobada. —Me estiro retirando el móvil de la oreja. Cuando vuelvo a acercármelo Claudia está hablando—. Todavía me dura la resaca de la despedida.

—*We are not young anymore, my dear friend.*

—¿Sabes algo de...?

—¿Del desgraciado? No. —Interrumpo.

—Ja, ja, ja, Clarisa, joder. No lo llames así.

—Pero es que ¿por qué no escribe? ¿A qué espera? tres putos días es lo justo. Nos lo explicó perfectamente *Sexo en Nueva York*. Un día es que está loco, si aparece al segundo es que es un impaciente. El tercero es el día ideal. Ni *crazy*, ni pesado, ni *creepy*. Persona cuerda que ha tenido buen sexo y quiere repetir. Más de cuatro días es que no está interesado.

—Igual es que no vio *Sexo en Nueva York*. Igual es más de *Girls,* donde las tías toman la iniciativa y está esperando.

—O igual pasa de mi culo.

—A ver, eso es imposible.

—No es imposible porque está sucediendo.

—Pero la noche fue guay, ¿no?

—Fuegos artificiales, caballitos pony, arcoíris con purpurina.

—Entonces, debe estar esperando tu llamada.

—Yo no voy a llamar.

—¿Por qué?

—Yo qué sé.

—¿Te has parado a pensar que igual está haciendo lo mismo?

—Se me han pasado por la cabeza varias opciones, desde que ha tenido mucho trabajo, que ha perdido el móvil, que está enfermo..., hasta lo que más deseo: que esté al borde de la muerte incapacitado para escribirme o manifestarse. No quiero llamarlo, quiero que nos veamos, que nos encontremos. Nena... ¿Quieres que salgamos a dar una vuelta?

—¿Ahora? No. No puedo ni bajarme del sofá. Mi futuro marido se está planteando lo de casarse conmigo.

—Eso sí que es imposible.

—Es verdad.—Oigo un beso al otro lado.

—¿Os estáis morreando?

—Hummm... No...

—Olvídalo. Solo quería salir por el Retiro a ver si lo veía.

—Pero él... ¿corre?

—No... Da igual. Mira..., voy a contestar mails que se me acumula el trabajo.

—Te llamará. Ya verás. Nadie puede resistirse a los caballitos pony.

—Dudo que los de Hidrogenesse opinen lo mismo.

Miro la pantalla esperando que aparezca su nombre aunque sé que no va a pasar. Me pongo las zapas de correr mientras fantaseo con la idea de cruzármelo en cada esquina, de tropezarme con él, de volver a tener un encuentro casual de esos que tan bien se nos dan. He decidido que eso es nuestra especialidad

Salgo a la calle y ya estoy helada. Mi cuerpo lleva toda mi sangre a calentar los órganos que considera importantes, que por lo visto son el cerebro y el corazón, y así mis deditos, mi nariz y mis orejas se congelan hasta que duelen. Guardo el vaho entre mis manos e intento que caliente mi nariz. Solo se me humedecen un poco. Soy incapaz de producir calor. Me abrazo a mí misma y bajo por General Ricardos. A la izquierda dejo el solar asqueroso lleno de litronas que en medio tiene un cartel gigante, blanco, con una frase grande en el centro. El cartel ha sido atacado varias veces y hay una mancha enorme, como si alguien hubiese tirado un cubo de pintura entero. También hay un hacha clavada en un extremo. En medio del cartel, en rojo, un texto que reza «Reconcíliate con Dios». Me reconcilio al entrar en la boca de metro de Urgel, en cuanto siento el calor de la calefacción. Me *desreconcilio* cuando, en el vagón, los humanos se apelotonan y me roban la parte del oxígeno que me corresponde. Aguanto mis pensamientos durante diecisiete minutos. Me cambio de línea en Ópera. Voy en la roja. Nada de lo que estoy haciendo tiene sentido. Me bajo en Retiro. Salgo del metro. Medio minuto en la calle y ya vuelvo a estar helada. La gente a mi alrededor no parece tener frío. Odio a estas personas que, aunque estemos a cuatro grados, salen a la calle con la bufanda como corbata. ¿Por qué no se abrigan? ¿Por qué creen que caminar con un abrigo abierto les hace más fuertes? Esas pijas con sus medias de rejilla 40 DEN y sus abrigos cortos que dejan que esos riñoncitos que no saben filtrar nada más que té verde se expongan a las ráfagas de aire. Pobres nalgas de culos prietos. Este frío convalida el gimnasio. Me compadezco de todos ellos mientras me doy otra vuelta con la bufanda. Pobres almas en desgracia absorbidas por un estatus social que les impide castañetear los dientes.

Cinco minutos caminando y ya he creído ver a Marco en catorce personas. Lo peor es que tres de ellos eran rubios y otro era una tía. Cualquier silueta un poco más alta que la mía me parece él. Imagino nuestro tercer encuentro, donde nos miramos muy intensamente. Me invento diálogos en los que soy muy ingeniosa y él se siente muy atraído por mí y se ríe muy fuerte. Tengo el pelo ondulado perfecto de peluquería, pero que no parece de peluquería. Caminamos cogidos de los guantes. No, en mi cabeza no llevamos guantes porque no tenemos frío. Somos todas las personas que odio. Somos todas las canciones de La Oreja de Van Gogh. O lo que creo que son esas canciones, porque la verdad es que no he escuchado ninguna conscientemente, pero me parece que hablan de cosas buenas y perfectas y de amor del verdadero. Y bailamos alrededor del ángel caído del Retiro, donde la gente nos envidia por lo felices que somos, donde hasta yo siento un poco de asco ante tanta felicidad.

Tengo que parar.

No, en serio. Tengo que parar de andar. No tiene ningún sentido nada de lo que estoy haciendo. Me he pasado más de media hora metida en el metro para llegar a un parque

que está cerca de su casa para ver si él ha pensado en salir a andar también para poder encontrármelo casualmente. Me siento tan idiota que en la rotonda de Alcalá me pillo un taxi que me devuelva a *Carabanputochel*. El taxista es limpio, no escucha música, no me habla, pero tiene una rendija bajada de la ventana por la que entra Siberia. «¿Puede subir la ventanilla? Gracias». Estoy un paso más cerca de la reconciliación. Le niego con la cabeza a una Clarisa imaginaria, no va a volver a pasar eso de encontrarnos casualmente. No será nuestra especialidad. Vivimos en puntos opuestos. Jamás vamos a volver a encontrarnos. Jamás de los jamases. Y aunque seguro que hay una persona en el mundo capaz de calcular cuántas posibilidades tenemos de coincidir en espacio y tiempo, lo más seguro es que yo esté muy lejos de esa persona. Una persona de esas que sabe que si en una sala hay veintitrés personas la probabilidad de que dos de ellas cumplan años el mismo día es de más del cincuenta por ciento. Qué puta locura saber eso. Yo ni siquiera puedo calcular la probabilidad de encontrar a la persona que calcule las posibilidades de encontrarme con Marco. Y aunque, imaginemos, la persona en el mundo capaz de calcular probabilidades sea mi vecino y me cruzara con él ahora mismo y hablásemos sobre «Qué casualidad y él dijera, hay un veintisiete por ciento de posibilidades de que nos encontremos cada día y yo le dijera, y cuántas de volver a encontrarme con Marco teniendo en cuenta que él vive en el punto A y yo en el punto B y él dijera, tendría que analizar la superficie de Madrid, su población y densidad, y saber vuestras costumbres, porque según el día la probabilidad sería distinta, yo le interrumpiría sacudiéndole por los hombros gritando: ¡pero qué coño significa todo eso! Entonces él me contestaría que hay que ajustar las variables lo máximo posible, pero que en cualquier caso la probabilidad sería pequeñísima. Difícilmente superior al 0'005 por ciento. ¡Nooooooo! Plano cenital, miro al cielo, alzo mis puñitos, grito».

La estadística no parece estar de mi lado.

Vuelvo a mi pantalla inactiva del móvil. Marco Polo, dónde estás. Después de pensarlo un rato escribo el mensaje más claro y directo que se me ocurre. Un mensaje de primero de tonteo. El típico mensaje que recibes y dices, mira, esta tía quiere algo.

Escribo: «Hola».

Enviar.

Doble check.

18. ÉL

Cuando entro en el bar, Luis me espera en la mesa de la ventana. Nuestra esquina está ocupada por una pareja de guiris ruidosos a los que les deseo una muerte lenta y dolorosa. Luis bebe lo que parece su segunda copa. No he tardado tanto para que ya vaya por la segunda pero, como si me estuviera leyendo la mente, traga lo que le queda y busca con la mirada al camarero para pedir dos más.

—¡Qué pasa, antisocial!

Le sonrío mientras me quito capas de abrigos. La rabia que me da que niegue mis movidas está a punto de entrar en *loop.* Hago un esfuerzo para que se desvanezcan mis pensamientos como en el final de *Tú serás mi baby.*

—Oye, ¿por qué hemos quedado en este barrio si no viene Miguel? Podíamos habernos visto en Malasaña que nos viene mejor a los dos. —Sí. A veces puedo ser extremadamente vago.

—Ah, pero ¿no viene Miguel?

—Luis, pensaba que me habías dicho que tenías que hablar conmigo.

—He dado por hecho que lo avisabas tú. Como siempre.

Nos reímos, pero ninguno hace el amago de escribir a Miguel. Luis emana hedor a desperdicios imposible de camuflar con varias duchas. Se incorpora para darme un abrazo antes de sentarme. Me golpea fuerte en la espalda y el dolor me recuerda que dormí sobre el teclado, que dormí en el sofá, que follé también en ese sofá y que volví a dormir en el sofá. Me cruje la cadera al sentarme. Le relato todos mis dolores mientras me voy sentando. Peleamos por quién está peor de los dos. Le dejo ganar. Por fin traen las dos copas de vino.

—¿Blanco? —pregunto.

—Demasiado tinto anoche.

—¿Y por qué no una cerveza?

—Demasiada cerveza anoche.

Presiento que va a ser el *running gag* de la noche. Pego un sorbo del único vino blanco que hay en el bar y que sabe exactamente a lo que se espera de él. Nos traen dos trocitos de pan con jamón. Ataco el mío. No sé cuándo fue la última vez que ingerí algo sólido, pero puedo sentir mis tripas, que han empezado a comerse a sí mismas. Recuerdo perfectamente a mi profesor de quinto de EGB un día cualquiera en clase de ciencias naturales comentando cómo el cuerpo se devora literalmente a sí mismo cuando tenemos hambre. Desde entonces cada vez que paso tiempo sin comer, siento el acto de canibalismo atroz que llevan a cabo mis entrañas.

—¿No te comes el tuyo?

—Demasiado jamón anoche.

Me como su ración mientras apura su tercera copa.

Otro vino para él, un pincho de tortilla para mí.

La mejor tortilla de patatas de Madrid. La mejor de las cuajadas, porque si entramos en las que llevan cebolla o las que están crudas o al punto estamos hablando de otra cosa. Pero esta, como tortilla cuajada de patatas, solo patatas, está genial. Él no quiere.

—Déjame adivinar, demasiada tortilla de patatas anoche.

—No, que es sin cebolla, tío. No me gusta. ¿No te has dado cuenta de que nunca como tortilla aquí?

Por lo visto, no.

Empieza a contarme sus aventuras nocturnas. Que si mucho emoticono de risa con llanto, que si tal que si cual, que si fulanito iba fatal, que si la gente está salida en Nochevieja, que si hubiese podido liarse con Perico o con Perica, que casi hace un trío, ¡un trío!, que no, no, no... Y el espíritu de Hilary Banks poseé su cuerpo grandullón y rechoncho cuando hace el gesto negativo con la mano.

—Eso no sale nunca bien. ¿Te conté cuando me lié con mi amiga Patricia y su chico? —Me contó, sí. No sale bien eso, nada bien.

Treinta minutos después de relatos erótico festivos acordes a la fecha del año empieza a ir al tema por el que me ha pedido quedar.

—Bueno, pues que estábamos en el Jose Alfredo, al fondo. Yo estaba con Laura hablando de su nuevo novio. Griñán fue a por copas pero no volvió. Parecía que nos había abandonado por un rollete que andaba por ahí, pero no nos preocupó, porque quedaba mucha noche por delante y Laura y yo íbamos a bailar fuerte, porque aunque soy antisocial

—para nada es condescendiente—, cuando estoy pedo no me entero de nada. Total, que estaba mirando hacia la barra por si Griñán no se había ido y vi a una persona aparecer entre la gente.

Me da un pequeño vuelco el corazón de manera automática ante la tensión del relato.

—¿Quién? —pregunto.

Hace una pausa para sorber su copa.

—Tu padre.

—¿Mi padre?

—Sí, tu padre en el Jose Alfredo.

—Y ¿qué? Déjalo que se divierta.

—No estaba solo.

—Eso espero.

—Estaba con otro hombre.

—Ve al grano, Luis.

—Tu padre estaba con el que parecía su novio, Marco. Tu padre es gay. Tu padre es gay. ¡Tu padre es gay!

Los guiris se giran pero no parecen entender nada.

Luis me mira también con la misma expresión. Espera una cara de sorpresa, de pánico, de algo, pero a mí solo me sale resignación. No por mi padre, que haga lo que quiera con su vida. Mi resignación es ante Luis, al que tendré que contarle la historia de mi padre.

—Luis, ya sé que mi padre es gay.

—¿Qué?

Los ojos se le salen un poco de las órbitas.

—¿Por qué no me lo has contado?

—Tú tampoco me cuentas la vida sexual de tus padres y te lo agradezco.

—Porque mis padres no tienen vida sexual, querido.

Me mira como si no me conociera en absoluto. Seguramente sea así. Pelea mi yo protector de mi intimidad contra mi yo antidecepciones y decido cuánto de mí dar.

—Mira, mi padre es gay desde... siempre. Solo que en la época en la que le tocó vivir no era fácil precisamente. Qué te voy a contar. Se casó con su mejor amiga y esto es genial. Y, bueno, de cara a la sociedad, cumplió.

—Dos veces al menos.

—Ya..., no sé por qué he dicho eso. No quiero imaginarme cuántas veces ni cómo cumplió mi padre. Apartemos esa imagen.

—No hay duda de que tu hermano y tú sois hijos de tu padre.

—Solo espero no heredar su calvicie.

—Bueno, pero ¿y tu madre?

—Mi madre, bien, gracias.

—¿No le afectó?

Resoplo.

—Cuando yo fui mayor de edad, mis padres nos lo contaron. Nunca pregunté desde cuándo lo sabían, si lo habían pactado o no. Me dijeron que se iban a divorciar, pero que se adoraban y que seguirían siendo amigos y nuestros padres.

Luis se lleva las manos a la boca.

—Qué historia más bonita.

—Bueno...

—Y ¿ahora?

—Basta, Luis. Creo que ya te he contado suficiente. Más de lo que le he contado nunca a nadie.

—Entonces soy tu mejor amigo.

—Por motivos ajenos a mi voluntad, pero sí.

Brindis. Trago. Otra copa. Otro pincho. Otra copa, por qué no. Me voy animando.

—Hablando de historias bonitas..., ayer me pasó algo muy raro.

—Raro o bonito. Decídete.

—¿No pueden ser ambas?

Tengo a Clarisa en la cabeza desde que me desperté así que no me cuesta contárselo.

—Volvía a casa, me crucé con una chica que corría San Silvestre, bueno, que corría muy mal San Silvestre y la llevé a casa, pero no pasó nada. Me dormí. Y cuando me he despertado esta mañana se ha venido...

—Espera, espera, espera —me interrumpe—. No me puedes contar esto así. Empieza por el principio, que eres guionista, hombre.

Se lo relato todo. Todo lo que no me importa compartir.

Guardo para mí los tres lunares que forman un triángulo isósceles de su hombro, su sabor a galletas de avena y el quejido suave que emite al tener un orgasmo.

Se queda callado un rato después de mi historia. ¿Estará demasiado borracho para haberse enterado de algo?

—Entonces, ¿con esta tía todo bien?

—Todo lo bien que te puede ir en una noche. O día. O tarde. No sé cuándo fue exactamente.

—Quiero decir, que, tío, te has quitado, ¡por fin! el luto.

—Ja, ja, ja, bueno... sí, ¿no?

—Claro que sí. Cuánto me alegro. ¿Cuánto has tardado?

—Tres meses, catorce días, siete horas.

—Para nada desesperado.

—Para nada.

—Entonces, ya le puedo decir a Adela que ella debería pasar página también.

—¿A Adela?

—Bueno, también es mi amiga y lo está pasando mal. Debería poder avanzar también. Está ahí, esperando que le digas algo, se va a agarrar a lo mínimo que le des. Pero si hablo con ella y le digo que tú no vas a volver... No hace falta que le dé detalles, ya sabes...

Sigue hablándome sobre lo que debería hacer. Sé que tengo que ser claro con ella, tengo que hacerle daño para que pueda odiarme y que así pueda empezar a querer a alguien que no sea yo. Tengo que romperle el corazón. Sacárselo, tengo que aniquilarlo, demolerlo de tal manera que no pueda coserse, que no pueda aferrarse a la mitad latente. Reventarlo hasta que no quede más que picadillo de válvulas y ventrículos. Nada que pueda volver a tener pulso en una temporada.

Me sobresalto al ver que me late la pierna. El bolsillo de la parte delantera del pantalón. Mi móvil acumula notificaciones de una Adela confusa que ha recibido lo que para ella es una declaración de amor cuando debería ser una sentencia de muerte.

Apago el móvil después de ver unas veintitrés notificaciones de WhatsApp.

Luis sigue con su runrún. Conecto con la realidad justo para oírlo decir que va a llamar a Adela. Está tan borracho que no tengo que esforzarme demasiado para arrebatarle el móvil. Aprovecho para quitarle también la última copa que ha pedido.

—Dame, que no quiero oírte mañana decir «Demasiado vino blanco anoche».

19. ELLA

«Hola».

«Hola, desconocida».

Tras treinta y dos minutos de apnea en los que he batido todos los récords, respiro. Me coloco el mechón de pelo detrás de la oreja como si pudiera verme a través de la pantalla del móvil. Me tiro sobre la cama con el cigarrillo en la boca y el abrigo todavía puesto.

«Escribiendo...».

«He estado tentado a escribirte cada minuto desde que te fuiste de mi casa. Bueno, desde que me desperté y no estabas».

¿Ha sido un reproche? Me mantengo a la espera. Suelto el móvil para quitarme el abrigo y me enciendo el piti. Vuelvo a la cama.

«Pero no recordaba cuántos días había que dejar pasar antes de escribir».

Hago pantallazo. Se lo envío a Claudia. Mi vida entera pasa por delante de mis ojos cuando creo que se lo he enviado a él. No. Claudia. Ok. Contraataco.

«Creo que son tres días, aunque tampoco lo sé seguro».

«Ah, yo pensaba que era una semana».

«Bueno, tampoco es que estuviera contando».

«Claro, ni yo, por supuesto».

Bromitas irónicas y después la nada. Sigue en línea y en silencio. Yo tampoco escribo. Ya está. Nos hemos sentido atraídos, hemos pasado una buena noche y poco más. No tenemos mucho más que decirnos. Lo normal. Lo que pasa siempre.

Me equivoco. Escribe.

«Sabes..., no te lo vas a creer, pero he salido a correr por el Retiro».

Taquicardia. Bradicardia. Parada cardíaca. Inyección de argipresina.

«No te lo vas a creer tú, pero YO he salido a correr por el Retiro».

«Oh, podríamos haber coincidido, qué pena, porque se me da bastante mal. De hecho, lo he intentado tres minutos y me he ido a una cafetería bastante pija que hay en la entrada de la Puerta de Alcalá».

Y he aquí el origen de todos los males del ser humano: su obsesión con la puta casualidad, la respuesta a por qué somos como somos. Esa coincidencia que parece tan improbable y que, por ello mismo, parece mágica y epifánica, como si hubiera cierta conexión, como si evidenciara una unión entre dos personas por un hilo que los comunica. Nos obsesionamos por creer que las coincidencias son algo más, cuando simplemente nos damos cuenta de ellas porque estamos mirando cuando suceden. No pensamos en las veces en las que el azar no ha estado de nuestro lado. Por supuesto, mi cerebro no está prestando atención a esta reflexión. Mi cerebro ignora todo este planteamiento. Se obnubila, se deja engañar. Mi cerebro es esa señora insomne que compra la batidora C.3000 de Teletienda porque dicen que es mucho mejor que la C.2000. Mi cerebro tiene el teléfono fijo en la mano. Mi cerebro está aprovechando la oferta de «Llame ahora y consiga dos por muy poco más». Mi cerebro ha anulado su suscripción a la revista Escépticos. Mi cerebro está leyendo a Esperanza Gracia preguntándose qué signo será Marco.

«Otro día podrías avisarme para correr», le digo.

Total, ya nos hemos corrido juntos, ja, ja, ja. Pero, por suerte, él escribe antes de que yo le dé a enviar. Borro a la velocidad de la luz.

«Seguro que también se nos da bien», escribe él.

Joder, misma idea mejor planteada. Se nota que es escritor.

«Aunque se me ocurren mejores cosas que hacer contigo».

¿Hay alguien al volante? No hay nadie al volante.

«Qué curioso, a mí también».

«¿Mañana?».

«¿Por la tarde?».

«¿En tu casa?».

«Parece un plan».

«Un buen plan».

20. ÉL

Hay un momento en la vida en el que sabes que estás pillado. Cogido por los huevos. Que la situación te sobrepasa. Nadie te avisa ni te prepara, pero el quinto día que pasas con esa persona al lado y no te molesta, no te incomoda, no te aburre, no te da pereza tenerla pululando alrededor, sabes que estás perdido. Todas las canciones que pones en casa le encantan aunque no las conoce y su comida favorita también es la que tú le haces. Pasas tanto tiempo con esa persona que los olores se mezclan, las ropas se intercambian y cuando tu camisa le queda mejor a ella que a ti decides no quitársela para follar. Y lo haces encima de la mesa. Y le gusta cenar en el mismo plato sin fregar de todos los días, pedir sushi para toda la semana y ver películas en ropa interior mientras te hace una paja. Sabes que algo va mal cuando suena *When my time comes* y canta con su inglés perfecto sin afinar ni una nota y te molesta que Dawes toquen tan fuerte porque tú solo quieres escucharla a ella; cuando cuentas los días que quedan de tus vacaciones, porque, oh sí, esta felicidad, como todas, es caduca y el fin del paraíso está programado para el lunes 12 de enero y ruegas a un Dios que no existe que no se acabe nunca y ella baila encima del sofá con los calcetines subidos hasta las rodillas y te pide bailar con las manos y te sientes Beyoncé y te mueves deseando que venga una lenta. Has perdido la cuenta de los rincones de la casa donde habéis practicado el noble arte del fornicio y ella ha perdido dos horas arreglando un G.I. Joe de tu infancia que guardabas en la vitrina del salón, al lado de tus libros favoritos. Y no sabía qué coño era un G.I. Joe pero, por lo visto, se le dan genial las manualidades. Y sus manos diminutas son perfectas para arreglar cosas pequeñas y estropeadas y piensas en el tamaño de tu corazón y alejas ese pensamiento porque no quieres reconocer que estás pillado, que estás cogido por los huevos.

Y ahora, con ella tumbada sobre mi pecho, en la cama, en unas sábanas que voy a tener que incinerar porque han participado de cosas que ninguna lavadora podrá lavar, temo mirar el reloj y que sea la hora en la que tenga que marcharse. Y sé que ella está pensando lo mismo y aunque su cara siga igual de indescifrable he aprendido a pillarla desprevenida y a veces, solo a veces, cuando se relaja, cuando cree que no la estoy mirando, cuando se siente como en casa, sonríe de par en par. Y pienso que no lo hace más a menudo para que no se le escape la felicidad de entre los dientes, y, joder, qué cursi soy. Y, joder, me está pegando lo de hablar mal. Y, joder, no quiero que se vaya.

Intento acariciar su pelo, pero está completamente enredado. Acerca su cara a mi cuello e inhala profundamente.

—Quiero llevarme tu olor conmigo.

—Podrías quedarte aquí.

—Podría estar todo el día pegada a ti.

—Sería un poco incómodo en el trabajo. Igual notarían algo raro, una chica conmigo todo el rato.

—Encima de ti.

—Claro.

—Pero no estaría bien. Tendremos que esperar.

—Qué pena. Qué injusto.

Se rasca la nariz. Pone sus pies descalzos sobre los míos.

—Igual podríamos tener una cita el próximo día —insinúa.

—¿Una cita?

—Sí, una como la gente normal. —Reflexiona—. Qué aburrido, ¿no?

—Es mucho mejor no salir de casa y follar todo el día.

—Eso es verdad, pero, no sé..., podríamos quedar, hacer algo divertido, que me lleves a tu bar favorito, dar un paseo, beber muchísimo y acabar aquí, seguramente... —Y empieza a cantar sobre la música que llega del salón—. *Live through this, and you won't look back...*

No presta atención a lo que está diciendo. No sabe que la canción que canta se llama *Your exlover is dead.*

La beso antes de bajar mi mano por su espalda mientras pienso en cuánta razón tiene.

21. ELLA

Llevo desaparecida casi una semana y los únicos mensajes que se han acumulado en mi móvil han sido los de mi madre preguntando cuándo iba a volver al trabajo y los de Claudia exigiendo un informe de lo sucedido en casa de Marco. A veces pienso en la tristeza de no tener a nadie más preocupado por mí, pero luego me doy cuenta de que lo que me da pena es no ser una persona que se apene por no tener más amigos.

Es bastante propio de mí no contestar diariamente los mensajes de mi madre, pero sí los del trabajo, porque el trabajo es el trabajo y trabajar para tu madre no lo hace más sencillo sino más incómodo. Y cuando la bandeja de entrada amenaza con reventar, tu jefa te da un toque de atención, pero tu madre te regaña; y no hay nada peor que esa mirada de decepción a través del Skype. Sobre todo cuando se queda colgada y media cara es una franja verde y la otra es un ojo fuera del contorno de la cara. El ser humano no está diseñado para enfrentarse a eso. Mi madre jefa entiende que es enero y que no hay mucho trabajo, que no pasa nada, pero que no me despiste. Mi madre madre está inquieta. «Pero ¿estás bien, hija?». Pues verás, mamá, estoy tan bien que parezco un puto anuncio de compresas.

Contesto que sí.

Estoy disfrutando un poco de estos días de inactividad antes de que vuelva la vorágine de mails y productos y charlas y eventos. Mi padre me escribe a escondidas, mientras mi madre me habla, diciendo que está muy inquieta últimamente con todos, que no me lo tome como algo personal. Esta doble moral de mi padre me fascina. Sonriéndole a mi madre, apoyándola en su decisión de echarme la bronca mientras me calma en secreto. Su amor dividido. Qué difícil ser padre y marido. ¿A quién querer más?

En cuanto cuelgo descubro que Claudia me ha acribillado a mensajes. Se acerca su boda. Lleva acercándose desde el día en el que Javi se lo propuso mientras sobrevolaban Château de Chaumont con sus viñedos y su castillo en globo aerostático, y aunque ella no era nada de eso no pudo resistirse. El diamante ayudó. Contármelo fue casi tan difícil como si me hubiera reconocido que había tenido un *affaire*. Se sintió más culpable que si hubiese encontrado una nueva mejor amiga, y es que, aunque yo sabía que la historia iba en serio, no podía imaginarme que las palabras «boda», «prometida», «casamiento», «dama de honor», «discurso» y «despedida de soltera» estarían en nuestro imaginario común.

¿Cómo iba a molestarme que mi mejor amiga, la única con la que podía eructar sin pedir perdón, la que una vez se me abrió de piernas para que le depilara el coño, la que tantas veces me había dicho que nunca nunca nunca iba a casarse ni se convertiría en una de esas, acabara enamorada y feliz con el hombre que podría hacerle comer perdices para siempre? Pues obviamente, sí, me molestó. Fue un acto de traición deliberado, fue una estaca de madera frotada en ajo mientras dormía, fue la manzana envenenada. Y ella lo sabía. Pero es que cuando el amor llega así de esa manera, una no se da ni cuenta y pronto entendí que no era su culpa y dejé de sentirme herida. Bendije esa relación con vino Don Simón, el único que quedaba en casa, y le supliqué que esperara un poco a tener hijos. No me podía quitar todo a la vez.

Mi Claudia se casa en dos semanas y está insoportable. Porque su boda no iba a ser una boda, porque nada de invitar a compromisos, porque pasa de tener que poner autobuses, pero ha hecho absolutamente todo lo que critica. Así que tiene el vestido más blanco de todos los vestidos de novia de Pronovias y el banquete se hace en un restaurante especializado en bodas a treinta kilómetros de Madrid. Se va a casar como toda una profesional, así que yo estoy tratando de escribir mi discurso intentando estar a la altura, pero por ahora no salgo de dar y recibir y recibir y dar.

Antes de llamar a Claudia intento trabajar un poco. Rechazo tres copas menstruales dando las gracias. Gracias por recordarle a mi madre que no tiene la regla *anymore.* Gracias, hijos de puta que enviáis las cosas sin tener ni idea de a quién os dirigís. Marco un mail sobre unas charlas en la universidad de Granada que tienen buena pinta para contestar con calma el lunes y archivo ciento veinticuatro mensajes de gente que escribe agradeciéndole la gran labor de concienciación que bla bla bla. Mira, me aburro. En otro momento me habría detenido a contestarlos uno por uno, pero hoy no es el día de ser amable con desconocidos. Por suerte activé la respuesta automática y esas ciento veinticuatro personas que han expresado el bien que los vídeos de mi madre les hacen se sentirán correctamente atendidas. Si es importante o necesitan más atención que la genérica, volverán a escribir. Siempre lo hacen.

Cinco minutos después, cuando siento que he trabajado lo suficiente, llamo a Claudia. Sujeto el teléfono entre mi hombro derecho y la oreja mientras abro la nevera esperando encontrar algo comestible que no haya generado su propio ecosistema. Claudia responde frenética.

—Cuéntamelo todo.

—¿Otra vez?

—Jo, es que es tan bonito cuando empiezas, cuando todo es importante, cuando solo te dejas llevar y follas como una salvaje, cuando no todo gira en torno al diseño de las invitaciones, a si el centro de mesa debe ser un haz de trigo o una copa de lilium, a las cosas que hay que tener en cuenta antes de firmar el contrato del banquete... ¿Por qué hay gente vegana en el mundo, Clarisa? ¿Por qué tengo que tener opciones veganas en mi boda? Si es mi boda. No vengáis si no queréis comer carne, ¿no? ¿Cómo pueden ser nuestros amigos si no comen carne?

—Yo vivo gracias a la gente vegana.

—He estado a punto de contratar a tu madre para que cocine para ellos.

—¿Te paso por mail sus tarifas? Precio amigo.

—Mejor no hablemos de comida.

—Mientras no hablamos de comida, voy a pedirme algo en Just-Eat porque como era de esperar no tengo absolutamente nada en casa.

—Mataría por una hamburguesa del Alfredo's.

—Buena elección. Voy a por ella.

—Te odio.

—¿Te pido una para ti, también?

—Tía, llevo sin comer nada que me aporte una mínima unidad de placer desde la despedida de soltera. Tengo que bajar un kilo y medio si quiero entrar en el vestido de la boda.

—Pero si ya entrabas.

—Pedí una talla menos.

—Entiendo.

—Tía. Tengo un problema de adicción.

—¿A la comida?

—A la báscula. Estaría todo el rato pesándome. Me peso por la mañana, por la tarde, por la noche, antes y después de ir al gimnasio, antes y después de cagar. Comería subida en la báscula.

—Necesitas una intervención.

—Es que quiero ser como esas novias delgadas increíbles que están divinas el día de su boda de todas las webs que veo.

—Estás divina cualquier día y estarás increíble el día de tu boda, porque eres increíble y divina. Y esas mujeres son modelos haciéndose pasar por novias.

Y entonces la recuerdo cuando veíamos *Girls* amando a Lena Dunham, esa mujer sin complejos, sin problemas para asumir su cuerpo, para lucir tetillas en cada capítulo.

—¿Dónde quedó tu admiración por Lena Dunham? Pensaba que querías ser como ella...

—Me encanta que ella sea así, pero yo soy demasiado presa de la sociedad en la que vivo como para no querer ser muy delgada.

Me agarro el michelín lateral que se instaló hace unos meses y que, además de la fianza, ha pagado un año por adelantado. Parece dispuesto a quedarse mucho tiempo. Quito las patatas del pedido.

—Tía, y no soporto la stevia. Está asquerosa. Y, ¿sabes lo peor?

—¿Que estemos hablando de stevia en lugar de lo maravillosos que han sido estos días con Marco y que me siento feliz y que deberías estar flipando con eso?

—No. Lo peor es que todos los días está mi suegra en casa, la delgada, la perfecta, la estupenda, la divina de la muerte. Y rechaza el edulcorante bajo en calorías con una superioridad moral como diciendo «Hey, puedo tomar azúcar, ¿sabes? A mí, plin». Y me mira con desprecio cuando ve que yo tengo que usar la stevia y que solo tomo yogures Activia cero por ciento materia grasa.

—Tienes razón, eso es mucho peor.

—Pero tú sabes que la adoro, ¿no?

—Por supuesto, Claudia.

—Es maravillosa, en general. Pero tengo que poder quejarme de ella con alguien.

—Y aquí estoy yo.

—Ya, tía, lo siento. Ay, qué tarde, nena. Tengo que dejarte. Venga, otro día hablamos de ti.

Al colgar veo que Marco me ha enviado la citación. Sonrío. Le contestaré después. Vuelvo a la pantalla. Añado las patatas fritas. Dos raciones. Aceptar.

«Su pedido está en camino».

Cuarenta minutos me separan de cientos de unidades de placer.

22. ÉL

Siempre he pensado que soy un tipo normal. No soy de los que se considera guapo, pero conozco algunos de esos y el peaje que hay que pagar es muy alto. Yo no puedo quejarme porque con mi metro ochenta, mis piernas firmes como Shakira y mi buena mata de pelo siempre me ha ido bien. Y todas mis ex dicen que tengo rollo. Tener rollo es más importante que ser guapo. La belleza se acaba con un grano inoportuno. El atractivo se mantiene en la vejez. Eso le digo al espejo mientras intento tener todo el rollo posible.

Tenía razón en que esto de la cita podía ser divertido. A mis treinta y cuatro ha conseguido que me ponga nervioso y viaje en el tiempo a los dieciséis, aunque habiendo pasado por la vida adulta, que es mucho más sencillo que cuando me gustaba Araceli, la chica de BUP a la que no sabía cómo acercarme. A las siete nos veremos en Alonso Martínez y, aunque estoy a diez minutos andando, he salido a las seis y media porque por más que me mire en el espejo no voy a molar más.

Quedar con alguien te da bastante información sobre esa persona. Si es puntual o si llega tarde pero al menos avisa. Se puede saber qué espera de la noche según cómo se haya vestido. Por ejemplo, si pudiera ver que he llegado veinte minutos antes pensaría que soy un loco desesperado, pero solo lo sabría si ella hubiese llegado mucho antes también, así que seríamos dos locos desesperados el uno por el otro. Eso sería muy bonito. Pero no pasa. Porque ella es puntual. De las de verdad. A las siete menos dos minutos asoma su melena rubia ceniza por la plaza. Yo disimulo, como si acabara de llegar también. Camina decidida con los pies muy paralelos. Adela siempre lo hacía con las puntas hacia fuera marcando las dos y diez. Me ha visto a lo lejos mirando en su dirección. Su pelo se mueve al compás de su pisada, me parece que está más guapa que nunca.

Cuando llega a mí se para de frente. No quiere sonreír pero sonríe. Me quiere besar pero no lo hace.

—Bueno, ¿adónde me vas a llevar?

—¿Yo? Pensaba que tú habías planificado la noche. La idea de la cita es tuya.

—Yo no he planificado nada en mi vida.

—Menos mal que yo siempre tengo un plan.

E improviso.

Nos miramos de reojo mientras bajamos la plaza. Me roza con su mano. Miro en los escaparates de las tiendas que pasamos lo bien que quedamos juntos y se entrelazan, a veces, los dedos. Giramos en San Mateo hasta llegar a Tipos Infames. Una librería donde puedes tomarte un vino y leer o hablar o escuchar música. Solo pienso en entrar con ella y pedirnos un vino cerca de la ventana y pasear entre los libros y regalarle uno de mis favoritos. Pongo en pausa mis pensamientos para escuchar cómo está cagándose en los muertos de mi local favorito. Presto atención a su magnífico relato sobre «Flipo con estos sitios, que son ¿una librería?, ¿un bar? Lo quieren todo, claro. Qué tipo de persona viene aquí a leer, si quieres leer te vas a una biblioteca o a tu casa o a un parque, no aquí a exponerte. En realidad la gente que viene aquí a leer viene a ligar, ¿no?».

Me río con más carcajadas de las necesarias. Mi cabeza busca un plan alternativo y solo veo todos los momentos cinematográficos en los que el chico o la chica dice «Ven conmigo» y van a una galería de arte escondida con las piezas favoritas de él, o a cuidar niños enfermos, o a tirarse en paracaídas. La vida real no tiene tantas opciones, la vida real solo nos ofrece un bar con libros que le parece un timo. Intento reconocerme que puede haber cierta pedantería en un lugar como ese.

Avanzamos dos pasos y nos cruzamos con Rafa, uno de los chicos que trabaja allí. Rafa me saluda enérgico, pero por suerte no dice mi nombre y yo giro ligeramente la cabeza y, en un movimiento digno de Matrix, esquivo su amago de parada. Clarisa me mira entornando los ojos.

—¿Os conocíais?

—¿A quién?

—Al que ha entrado en la tienda, barra bar, barra librería, barra cómo molamos los putos modernos.

—No, no... Para nada.

Quedarme sin opciones me hace pensar a lo grande ¿Qué haría James Dean en una situación como esta? James Dean la llevaría a un planetario vacío y bailarían bajo las estrellas. Vamos.

—Te voy a llevar a un sitio genial de verdad.

—Espero que no sea el planetario. Por Dios. ¿No te has planteado por qué en todas las películas siempre acaban yendo al planetario?

—Estaba pensando exactamente lo mismo.

—Y lo peor es que lo plantean como si fuera algo increíble. ¿Quién de edad adulta y en su sano juicio querría ir a un planetario?

Clarisa, desde luego no.

Mi lista mental se queda bastante desolada con un planetario tachado. Debajo, solo grillos grillando.

—En realidad pensaba llevarte al planetario.

—No...

—Sí...

—¿Sí?

—No.

Reímos. Ella con su cara fruncida, pero ríe.

Entonces veo la luz. Se me ocurre algo que tal vez puede funcionar. Algo que tal vez le guste y le sorprenda y le agrade. Algo arriesgado. Algo que podría hacer Colin Firth y que no es ir a un planetario.

Hemos comprado una botella de vino en un chino y nos la hemos casi bebido en el taxi. El taxista no parecía cómodo así que veinte minutos de trayecto después le he dejado dos euros de propina. Cuando Clarisa se baja me mira extrañada. ¿La he traído a este sitio abandonado en un descampado a descuartizarla? Por fin ha llegado mi momento.

Saco una tarjeta del bolsillo. Le pido que esconda la botella bajo su abrigo. Me mira con cierto asombro.

—Reconozco que tienes mi atención —dice.

—Continúa —digo.

Y se ríe muy alto.

En la puerta principal está Paco. Paco me conoce desde hace cuatro años. Paco sabe que a veces voy de noche a adelantar trabajo del día siguiente o a preparar un encargo de última hora. Paco se fumaba petas conmigo en la puerta de atrás hasta hace un año.

—Paco, colega, sé que ella no tiene tarjeta, pero tranquilo, solo voy a coger unos papeles y a dejar subido el guion al sistema, para que el lunes puedan empezar a trabajar antes de que llegue.

Paco abre la puerta con desaprobación, pero Paco se ríe cuando pasamos porque Paco sabe que no pasa nada, que soy un tipo de fiar, que no le he dado un problema a la empresa en los años que llevo trabajando allí. Cruzamos el patio de entrada y busco la puerta del garaje. Pasamos. Ilumino nuestros pasos con la linterna del móvil. En el segundo pasillo las luces se encienden con el sensor de movimiento. Saludo a Paco a través de las cámaras de vigilancia de los pasillos. Lo imagino mirando las pantallas, riendo. Solo están ahí, y además nadie va a revisarlas si no pasa nada, así que respiro hondo y me convenzo de que va a merecer la pena.

Entramos por la zona de los platós. Voy al cuadro eléctrico y subo todos los diferenciales. Luces fluorescentes iluminan pasillos de butacas, mesas de plástico brillantes, paneles que parecen de madera, ilusiones de cartón pluma.

La realidad de la hiperrealidad se deshace en cuanto te acercas un poco.

—Bueno, me fascina todo. Es la mezcla perfecta entre Disneylandia e Ikea.

Toca cada mesa. Prueba cada silla. Gotitas de vino caen sobre la alfombra. Empiezo a pensar que ha sido mala idea.

—¿Este es el plató de *Aprendiendo a vivir*?

—Exacto.

—¡Qué pequeño! Parecía mucho más grande.

That's what she said.

—Bienvenida a la magia de la tele.

Avanzamos por la zona de almacenaje. Pasamos entre cajas con miles de pelucas pelirrojas, una piscina de bolas, figuras de cartón a tamaño real de Errejón, Rajoy y Albert Rivera.

—Parece el pasaje del terror.

Y se acerca un poco a mí. Me besa lento ante la atenta mirada de decenas de Pablos Iglesias.

Por fin llegamos a mi plató.

—Todo esto es mío.

—¿*Noche con Tino* es el programa donde trabajas?

—Yo soy Tino.

Abre los ojos y la boca. Cualquier persona parecería una niña pequeña. Ella parece una persona normal.

—No me lo puedo creer. Es el programa favorito de mi madre.

Corre a sentarse en el sitio de Tino y se atusa el bigote como lo haría él. Bebe de una taza imaginaria y empieza a entrevistar a nadie en particular. Está totalmente fuera de sí.

—Es loquísimo este programa. ¿Y tú eres el guionista? Me encanta todo.

Soy Amelie cumpliendo deseos, poniendo a las personas en el lugar correcto, repartiendo felicidad, haciendo el bien en el mundo.

—¿Quieres subir a la Torre Eiffel?

—Por supuesto que quiero.

La arranco de la mesa de Tino y la llevo a nuestra pared verde chroma. Me arrodillo y le quito las botas con suavidad para después lanzarlas detrás de mí, sin mirar, espero hasta que escucho su sonido chocando contra el suelo y no contra un foco. Respiro tranquilo. Me descalzo también y la coloco enmedio.

—Espérame aquí.

Enciendo la cámara que hay justo enfrente de ella y me voy a la salita de edición. La tengo delante de mí, separada por una cristalera. Enciendo el ordenador y me llega la imagen de Clarisa sobre el fondo verde. Quito el color verde y lo sustituyo por la imagen de la Torre Eiffel pero no queda proporcionalmente bien. Cambio a un suelo lunar. De fondo, en segundo término, la Tierra. Hago una foto. La llamo a voces. Clarisa viene corriendo y mira la foto que le he hecho sobre la luna.

—Eres monísimo pero de geografía no tienes ni idea.

—Ah, pero ¿esto no era la Torre Eiffel? Espera.

Y sustituyo el fondo por la Estatua de la Libertad.

—Mucho mejor ahora.

—¿A dónde te gustaría viajar?

—A Oz. —Contesta sin pensarlo ni un segundo.

Busco en el archivo si tenemos alguna imagen *et voilà*. Se levanta y tira de mí. Le doy a grabar. El camino de baldosas amarillas es un fondo verde.

—Por fin tendrás corazón —le digo.

—Y tú, cerebro, hombre de hojalata.

Y la beso fuerte. La beso insistentemente y ella me devuelve todos los besos aunque los quiera. Pongo mis manos alrededor de su cuello y ella me mete las suyas por dentro de la camisa. Me muerde el labio. Me lame la boca. Se acerca a mi oído para susurrarme.

—Mucho mejor este plan que el bar de libros ese al que pensabas llevarme.

Me desabrocha.

El pantalón también.

23. ELLA

Marco se ha marchado a las siete menos cuarto. Beso de despedida él. Gruñido yo. Sigo durmiendo.

Cuatro sueños raros después, me incorporo en la cama ensimismada mirándome las uñas y me quito el esmalte de la mano izquierda con la uña del pulgar de la derecha. Me lleno las piernas de restos de pintauñas rojo. Las sacudo y se esparcen por la cama. Cuando entro en el salón, el equipo de música me informa de que son las diez de la mañana. Cientos de mensajes se estarán acumulando en la bandeja de entrada esperando una respuesta. Tengo que ir a mi casa ahora mismo. Cojo el móvil deseando que le quede un mínimo de vida, pero la pantalla en negro anula mis esperanzas de ir en Mytaxi. No tengo energía para pelearme con los taxistas sobre si me aceptan o no la tarjeta, así que decido coger el bus. En casa de Marco nunca hay nada para desayunar. Rescato una pera abandonada en el último cajón de la nevera. Salgo.

El barrio de Recoletos intenta saludarme. Yo lo ignoro camino de la parada del 34, esa línea de bus que conecta los diferentes estratos socioeconómicos de la demografía madrileña. Desde sus ventanillas puedes ver cómo van cambiando los edificios, paisajes con tiendas de lujo dan paso a puestos de fruta y verdura. Los paneles de la parada informan. Llega en dos minutos. Miro a los que serán mis acompañantes en el trayecto y dejo que unas señoras me adelanten levantando sus brazos para parar el bus. Lo hacen con un brío impropio de seres de su edad, con la bravura que solo les da el miedo a que el autobusero no las vea y no haga parada. Las ve, por supuesto que las ve. Al subir, el conductor malhumorado grita a unos chavales que llevan unos bocadillos de calamares grasientos en las manos que nada de comer en el autobús. Los muchachos miran extrañados sin entender ni una palabra. El conductor no quiere arriesgarse a que le llenen su autobús de migajas. «*No itin, no itin*», les avisa en lo que su sobrino, más ducho en idiomas, le ha dicho que es inglés. Paso al fondo del vehículo y me voy a esos asientos que tienen dos enfrentados, un espacioso *loft* dentro del autobús que puede convertirse en cualquier momento en un campo de batalla por un hueco donde colocar los pies. Los muchachos y sus bocatas se sientan en los de al lado. Los han guardado en la mochila, pero discretamente van arrancando trocitos de pan y se los van comiendo. Yo saco mi pera del bolso para unirme a su insumisión. Compartimos mirada cómplice. Le pego un bocado crujiente a mi fruta. Jugo azucarado me cae por la barbilla.

Jódete sistema.

Me limpio el caldo con el dorso de la mano. Me quedo toda pringosa. El karma se cobra su venganza a una velocidad espectacular. Y no ha terminado. En la siguiente parada entran más personas de las que la ley permite. Un grupo de niñas de unos quince años ocupan los asientos a mi alrededor, asediándome. «Mazo barato, tía. El rey de los tallarines. Pero ¿tienen algo que no sean tallarines? Pues claro, ja, ja, ja, mazo cosas. Se llama así, pero hay de todo. Hay otro que es asiático que está por Sol. Ese no sé cómo se llama. Tía qué guay, pero ¿es caro? No, qué va. Mazo barato. Ah, es que tengo mazo poco dinero. Pues entonces al rey de los tallarines».

Ahora sí he llegado al infierno.

Cambio una tortura por otra cuando llego a casa. La bandeja de entrada me recibe a rebosar. Me preparo sicológicamente para contestarlo todo mientras subo la calefacción al máximo. Pongo la radio y dejo que Gemma Nierga me hable con su voz sensual de *Hablar por hablar* a las once de la mañana. Dejo cargando el móvil. Me hago un café en la italiana y le pongo canela en el filtro. El truco lo aprendí de mi madre. Una de las pocas cosas que puedo aplicar de todo lo que veo en sus vídeos. Reviso el último que me ha enviado: «Cómo y para qué usar el agua de mar». Madre mía, mamá. ¿Qué será lo próximo?, ¿cómo tomar rayos de luna? El vídeo del *brownie* tiene ya casi ochenta mil visitas. *Not bad.* Archivo los mails de fans. Marco los importantes y me enciendo un cigarro para digerir mejor la mañana. Y trabajo. Cierro dos entrevistas para la semana que viene, rechazo elegantemente y dando mucho las gracias los productos que quieren regalarle y preparo un mail con la agenda de la semana para mi madre. Tiene que publicar dos recetas, hablar de las ventajas e inconvenientes del hot-yoga y dar un consejo para ahorrar en la factura de la luz en estos días de frío. Me siento útil. Me siento trabajadora. Me siento incluso realizada. Me siento tan bien que decido perder un poco de tiempo mirando Facebook. En mi *timeline* solo aparece mi madre, amigas de la infancia a las que acepté cuando todavía no sabía cómo funcionaba esto y Claudia y sus preparativos para la boda. Suena el móvil. Lo cojo.

—Por fin, desaparecida. Es imposible dar contigo desde que estás enamorada.

—¿Hola?

Y me atraganto con la sola posibilidad de que sea cierto.

—Ah, ¿no estás enamorada? Entonces ¿cuál es tu excusa para ignorarme?

—Que eres idiota.

—Pero no lo niegas, eh, tontorrona. Ay, pero si no pasa nada, si conmigo te puedes confesar. Si, además, yo me alegro por ti.

—Si es que no sé que es... Estoy como muy bien, pero paso a paso, no quiero entusiasmarme.

—Mira, disfruta que ya te tocaba, sobre todo después del sosaina de Jaime.

—No fue tan horrible, ¿no? Nos lo pasábamos bien.

—Por favor, pero si te estaba contagiando el aburrimiento.

—Pero yo era feliz...

—O quizá confundiste la tranquilidad con la felicidad.

Tres momentos de mi vida anterior me asaltan. Jaime y yo practicando el misionero. Jaime y yo en el sofá viendo todas las series americanas de médicos desde *Urgencias* hasta

Anatomía de Grey. Yo desayunando sola porque Jaime se había ido temprano a trabajar, yo cenando sola porque Jaime tenía guardia.

—Ya... Puede ser y eso es lo que me da más miedo de mi relación con Marco.

—¿Miedo?

—Miedo a equivocarme otra vez. A dejarme llevar y que me deje, a no dejarme llevar y a estropearlo, a que le guste ahora porque es divertido, pero cuando se acostumbre a mí no quiera continuar, a que sea demasiado pronto, a que esté confundiendo llevarme bien con amor, a estar cambiando una relación por otra...

—¿Qué? Perdona, que ha entrado una clienta y he tenido que quitarme el teléfono de la oreja.

—Nada.

—¿Qué decías?

—Da igual.

—Por cierto, ¿tienes ya vestido?

—Pues mira, justo ahora estaba pensando en eso.

—Por favor, Clarisa, que es en menos de dos semanas.

—He visto una oferta maravillosa de Nochevieja en rebajas. Combina terciopelo y lentejuelas. Te va a encantar.

—Tú no me harías eso.

—Podría. Podría ponerme también una pamela del tamaño de Gibraltar. Aunque da igual lo que lleve porque con el frío que va a hacer no me pienso quitar el abrigo.

—Dentro hay calefacción.

—Nunca es suficiente. Mi abrigo de peluche y yo somos uno.

—Lo lavarás al menos, ¿verdad?

—¿El abrigo? ¿Los abrigos se pueden lavar?

Claudia continúa a lo suyo.

—Además, las bodas en invierno son lo más, como la de Audrey con Andrea Dotti. Novia de invierno. Bueno, eso y que era la única fecha que nos daban en la Plaza Mayor. Pero tiene sus ventajas porque hay más fotógrafos disponibles. Y el salón ha sido más barato. Pero, vamos, lo importante es ser como Audrey.

—Espero que no acabes como ella.

—¿Divorciada?

—Muerta.

Intento concentrarme después de la llamada con Claudia pero es imposible. Tengo varios wasaps de Marco. El primero es de las siete y media. Lo imagino escribiendo al salir de casa. Cierra la puerta con suavidad para no hacer ruido. Escribe con los dedos fríos.

«Hola, preciosa. Estabas increíble esta mañana y no quería despertarte. No te imaginas lo duro que es dejarte ahí, desnuda en la cama».

Entonces me visualizo bocabajo, una muñeca hinchable. Recuerdo cómo ni me moví cuando se despidió, cómo no hice ni el intento de levantarme y acompañarle a la puerta. Ni siquiera un leve movimiento, aunque se notara que no iba a ninguna parte, como el de ir a pagar la cuenta a cámara lenta esperando que alguien sea más rápido. Me escuece haber sido tan indolente.

El siguiente es de dos horas y media más tarde.

«¿Recuerdas nuestro viaje a Oz de la otra noche? Pues han estrenado la película en mi trabajo. Eres toda una estrella».

¿Una película? ¿Oz? ¿Estrella? De qué coño está hablando.

Siguiente mensaje.

«Y a pesar del éxito de crítica y público estoy despedido».

24. ÉL

Sabía que algo no iba del todo bien cuando en lugar de Paco en el control de seguridad se encontraba Rodrigo. Debería de haber sospechado más cuando el director del programa me pidió que fuera directamente a verlo y cuando todas y cada una de las personas con las que me iba cruzando hasta llegar al despacho de Lorenzo López se me quedaban mirando. Todo apuntaba a que algo había hecho mal, pero no pensé que tuviera que ver con algo personal. Y mucho menos con un descuido. Porque yo no soy descuidado. Yo soy obsesivo, meticuloso.

Cerrar sesión. Eliminar caché. Borrar historial.

Y cuando después de yacer sobre el chroma me di cuenta de que había estado grabando, porque en realidad pensaba que íbamos a hacer el idiota y no porque quisiera tener una película porno casera, paré y borré la grabación. Por supuesto que lo hice. No estábamos tan borrachos como para irnos de allí pitando sin comprobar que nuestro amor había quedado inmortalizado. Por supuesto que no nos dejamos la botella de vino sobre la mesa del programa de Tino. Alguno de los dos limpió todo el desastre. ¿Verdad? Repasaba la noche tratando de deshacer mis pasos pero era incapaz de recordar con claridad qué ocurrió en el plató. Empezaba a tener mis dudas hasta que la cara de mi jefe las despejó del todo. Eso y dos segundos del vídeo con fondo de baldosas amarillas que mi jefe me obligó a ver. Lo peor no fue que Lorenzo decidiera prescindir de mi trabajo y que seguramente me vaya a costar encontrar otro en mucho tiempo. Lo peor fue que quien descubrió la obra de arte no solo decidió guardarse una copia para uso personal sino que hizo un montaje censurando nuestras partes nobles con emoticonos de cerditos. La proyectó en todas las pantallas internas, por supuesto.

Mientras firmo la carta de despido, sin oponer resistencia alguna, me imagino caminando por los pasillos hasta la salida entre los aplausos de mis compañeros. Porque la he cagado, sí, pero por todo lo alto. Sin embargo, cuando salgo, apenas me tropiezo con nadie. Paseo sumergido en el móvil para no establecer contacto visual con nadie. Lo único que leo es el chat de la empresa con pantallazos del momento, memes varios, mi cara insertada en el cuerpo de Julio Iglesias. Y lo sabes. Miguel solo me ha dado el pésame. Luis me ha llenado la conversación con emoticonos de aplausos. No iba tan descaminado.

Me intento relajar en el metro durante la hora que hay de camino a casa. Quiero gritar y cagarme en mis muertos, cagarme en todos los santos, cagarme en la madre que parió el cordero, pero en lugar de eso dejo que la úlcera péptica se expanda. Nadie nota nada. La vergüenza de ver la cara de vergüenza de mi jefe me sacude el estómago. Yo toso disimulando. Y he tenido suerte. Al menos no me he enfrentado a las caras del resto de guionistas, ni a Tino, ni al equipo de producción. Se reirán de mí a mis espaldas y eso es algo con lo que puedo lidiar. Salgo del grupo del curro despidiéndome, porque además de gilipollas soy educado. No me espero a leer los comentarios.

Vaciar chat. Salir del grupo. Eliminar grupo.

Cuando estoy a punto de llegar al barrio estoy agotado. Al menos tendré más tiempo para escribir, me consuelo con eso. Ya veré qué hago con la pasta. Igual tengo que reorganizarme con el piso. Da igual. No voy a pensarlo ahora.

Salgo del metro directo al bar de Matías. No juzga que esté allí a esas horas entre semana, no hace preguntas, no ve el pantano de estiércol en el que me hundo. Me sirve una cerveza a las diez de la mañana mientras le escribo a Clarisa en un tono que intenta ser divertido. Ya le explicaré. Se va a reír. Yo me estoy riendo muchísimo. No hay más que verme. Soy la alegría hecha persona.

25. ELLA

Acompaño a Claudia a la peluquería a la prueba de maquillaje de la boda. No es para que ellos practiquen, es para que la novia se vea tal y como irá en su gran día.

—¿No te quieres hacer nada, cariño?

¿Yo? La relación con mi pelo es como la que tengo con mi piso. Está tan mal que ya no quiero arreglarlo. Solo irme a otro.

—¿Tenéis pelucas?

—No, cariño, pero hay un tratamiento de células madre que te deja el pelo como nuevo y tenemos una oferta hoy por noventa euros.

¿Células madre?, ¿en mi pelo?, señora por favor, un respeto. A Claudia le han puesto un casco en la cabeza con aspecto de colador de lo que parece silicona y van sacando mechones de pelos. «Solo reflejos, para darte brillo en la cara». La miro a través del espejo y le digo que su cara no es el problema ahora mismo. Deberían prestar atención a lo que está pasando en su cabeza. Claudia quiere reír a carcajadas, pero en lugar de eso me dedica una risa contenida, como la de Pulgoso. Esa risa de nariz que no llega a ser risa.

Pensaba que mi estancia en la peluquería duraría una par de horas, pero solo en enumerar la cantidad de productos que va a utilizar para recuperar su melena y tener la piel divina ha empleado quince minutos, así que no creo que esto vaya a ser rápido. Digo alguna tontería más esperando que Claudia se ría, pero está demasiado dentro de su personaje de clienta de peluquería como para dejarse llevar.

Un asistente de la peluquera me ofrece café o té con pastas. Digo que sí al café y especifico que solo. Insiste en si quiero leche. No, solo. Solo. Solo. Y trae pastas. Cojo cinco. Me mira como si hubiese hecho algo mal. La señora de al lado de Claudia las rechaza con dignidad, pero las mira marcharse. El asistente va a meterse en el cuartillo en el que la señora visualiza la felicidad hecha de pastas almacenadas hasta el techo y, antes de perderlo de vista, le pide que vuelva, que «Por una no pasa nada, ¿verdad?». Se ríe como para sí misma, lo hace con esa sonrisa forzada intentado ser demasiado feliz y así compensar su falta de vida interior, y la mastica como una ardillita.

Claudia me regala la manicura. Insiste, «Así te entretienes».

Yo preferiría entretenerme hablando con ella, contándole cómo han echado a Marco del trabajo por mi culpa, cómo me he convertido en estrella del porno de la noche a la mañana y cómo, además de todo, grité como una loca durante dos horas porque pensaba que el gilipollas habría tenido más cuidado. Estaba tan fuera de mí y él se había encogido tanto que pensé que había echado a perder nuestra relación. Pero, no, él fue muy tierno y paciente y al final acabamos... Pues sí, otra vez. Pero en lugar de eso dejo que metan mis dedos en agua y aguanto que la esteticista, no estetición según acaban de informarme, me ponga verde. «¿Pero cómo llevas las uñas tan mal?, ¿te has hecho la manicura alguna vez? ¿Cómo las quieres?». Mira no sé, son demasiadas preguntas para alguien que no sabía que las uñas, esa parte del cuerpo dura, afilada y sucia, tenían que ser bonitas también. Elijo un naranja flúor, pero antes de que me unte la primera capa, Claudia niega con el dedo y escoge para mí el mismo que se va a poner ella. Un tono rosa pálido, «muy invernal, muy delicado y hará tus manos más morenas». ¡Justo lo que quería!

26. ÉL

Agarra el café entre sus manos para calentárselas.

Ha pedido un americano, para variar, porque a veces vive la vida intensamente. Hemos superado nuestra primera crisis. No parecía fácil. Por un momento pensé que me quedaba sin trabajo y sin novia y es la primera vez que digo novia, aunque sea en mi cabeza, y no ha sonado mal. Miguel me ha conseguido una copia de nuestra ópera prima y a veces nos la ponemos para reír y otras para follar. Hemos salido del bache, hemos conseguido convertir algo potencialmente catastrófico en arte y ensayo y polvo.

Le hablo durante una hora de mi libro. La historia de un adolescente y su relación con las chicas, su despertar sexual. Ella me mira con cara de concentración, lo más parecido a estar fascinada que he visto. Y la conversación es un vaivén de frases atropelladas, de por supuesto que te dejaré que lo leas, no me queda mucho, voy retocando cosas, no puedo evitar inspirarme en lo que vivo y que lo que voy viviendo modifique la historia, por eso tomas notas siempre, por eso, porque está inspirada en tu vida real, claro, pero no exactamente, me inspiro en lo que vivo para narrar, para dotar de realismo las situaciones, pero la trama es ficción, no soy un adolescente, obviamente, aunque a veces tengas la edad mental de uno, por lo general soy bastante viejo, en eso te doy la razón.

Ella acaba pidiendo un solo expresso sin azúcar porque el americano no es café, concluye, y nos quedamos un rato en silencio. Lo mira sin tomárselo, está dándole vueltas a lo mismo desde hace un rato. Quiere pedirme que vaya con ella a la boda de Claudia, pero claro, no la conozco y es muy pronto, lo sabe. La cuestión es que odia a todas las amigas de Claudia y su personalidad no funciona bien en el marco de una boda; así podríamos no encajar juntos. Además, no tengo que preocuparme por hacerle un regalo de bodas. Pero no me lo dice. Aún. Remueve con cara de rana Gustavo y piensa cuál es la mejor manera de hacerlo, sin precipitarse, sin espantarme, sin acojonarme. Nada de eso va a pasar. Yo estoy encantando con la idea de estar con ella, estoy tan encantado que conocer a su mejor amiga e ir a uno de los lugares que menos me gustan del mundo me parece un peaje aceptable. Me tienes, Clarisa, me tienes. En este punto podrías pedirme que hiciera la cola del StreetXo por ti.

Me traen el segundo café de la tarde. Cuando voy a pegarle un sorbo está frío. Me quejo por inercia, es solo una apreciación, no va a ningún sitio. Al menos así ha sido en treinta y cinco años de vida.

—Que te pongan otro.

—No, no. Si da igual.

—Claro que no da igual. He visto cómo lo han sacado de la cafetera hace diez minutos y lo han dejado en la mesa. El camarero ha tardado tanto que por supuesto que está frío.

—De verdad, si da igual. Me gusta frío también.

Y estoy a punto de pegarle un sorbo. Ella me lo quita de las manos.

—Ni hablar.

Se acerca a la barra con mi café en la mano. Yo observo con admiración la escena. Tengo tanto que aprender a la hora de reclamar lo que es mío... Vuelve a la mesa con el nuevo café solo y caliente.

—¿Ves? Nada como decirle a la gente cómo tiene que hacer su trabajo para que lo hagan bien. Y encima no nos van a cobrar.

Las palabras de Clarisa me llevan a mis catorce años, a mi verdadera adolescencia. Una mesa junto al mar en Chipiona. El reclamo del chiringuito era el pescado fresco del día. Pedimos parrillada. Mi padre siempre ha tenido el gusto bastante refinado por lo que, cuando se metió la primera gamba en la boca, supo que le estaban timando. El pescado fresco era más bien congelado y muy mal congelado. Empezó a alterarse. Toqueteó todos los peces de la bandeja con sus dedos, desmenuzó los salmonetes, mordisqueó los calamares y cuando hubo completado la autopsia de todos los animales de la bandeja de metal reclamó al camarero el dinero de la parrillada. «No pienso pagarla», dijo. El camarero señaló el plato asustado, mostrando que había sido prácticamente devorado, y osó retar a mi padre con un «Si tan malo estaba no te lo hubieras comido». Mi padre se levantó y provocó uno de los momentos de más ansiedad de mi juventud. A mí me daba igual todo. ¿Acaso no teníamos dinero para pagarla e irnos a otro sitio a comer? Además, yo creía que el camarero tenía razón, con la tontería se había fundido media parrillada. Yo me había comido los boquerones, de hecho, y sabía que mi madre había apurado hasta la cabeza de las pescadillas. Al final mi padre pagó solo por la ensalada y las bebidas. Nos fuimos comidos.

Aprendí una lección muy grande sobre mí mismo en ese momento: jamás iba a poderle reclamar nada al sector servicios. Supongo que un sicólogo sabría decirme si el episodio de vergüenza ajena exacerbada originó mi pavor a enfrentarme a una cuenta donde me han cobrado algo que no he pedido o a meterle prisa a un taxista; o si ya estaba dentro de mí y mi padre solo aceleró el proceso.

Me recupero del flashback y le agradezco el café. Se lo agradezco de verdad porque la madurez me ha enseñado que el hecho de que yo no sea capaz de reclamar no quiere decir que no me sienta cómodo dejando que otros lo hagan por mí. Va a ser cierto que al final buscamos en nuestras parejas lo que hemos vivido en nuestra infancia. Parece ser que yo me estoy enamorando de mi padre.

27. ELLA

—Claudia, no puedo ser todas las Spice Girls. Vas a tener que elegir una. Dejé de ser Geri Halliwell para jugar a ser la Spice deportista, pero hoy no puedes elegir. Soy Victoria no Emma. No se puede tener todo.

—Pero es mi boda, Clarisa.

—No es suficiente.

Estamos en el hotel de la familia de Javi, que está bastante cerca de la Plaza Mayor. Allí podemos cambiarnos, peinarnos y dejar las cosas. Claudia corretea en bragas, liga y sostén por la habitación. Tiene medio pelo ondulado con tenacillas y se le ha roto una media.

—Todo está mal, Clarisa.

—Nena, nadie va a verte las medias debajo del vestidazo de princesa que llevas.

—Pero yo lo sabré.

—Por suerte, lo que tú sabes no sirve para nada.

Y se limpia los mocos con el dorso de la mano.

—Nena, estás guapísima, estás preciosa y te casas con el amor de tu vida. Y todo va a ser maravilloso. Y no está nevando ni lloviendo. Eso es bueno.

La peluquera espera delante del espejo con el secador en la mano mirando todo el espectáculo.

—Oye, ¿por qué no nos traes dos copas de champán?

—¿Yo?

—No, Claudia. Que salga así medio desnuda por los pasillos del hotel. Vamos. Cárgalo a la habitación. Venga.

La peluquera sale de la habitación. Corro el pestillo.

—A ver, no te parece bien que vaya de traje. Prefieres el vestido, ¿no? Has sido muy lista trayendo un vestido para mí. ¿Cómo has tenido tiempo con todo lo que estresa la boda?

—Por eso estoy así.

—Claro.

Y me quito el esmoquin de chica que me había pillado en El Corte Inglés por ochenta y nueve euros para ponerme un vestido rosa chicle que ha encargado para mí. Me miro en el espejo. Parezco un muffin.

—Ok. —Me resigno—. Pero olvídate de los tacones.

Claudia me mira de arriba abajo y empieza a reírse.

—Vale. Me parece justo.

Me abraza, ¿se ha limpiado los mocos en mi cuello? Y se sienta delante del tocador. Se pasa un clínex por dentro de los ojos absorbiendo la humedad. Se echa biopel en los labios. Yo le escribo a Marco para decirle que tiene permiso para reírse cuando me vea, pero que sea discreto. Nadie va a entender por qué lo hace, porque por lo visto la gente va así a las bodas.

Nuestra peluquera favorita vuelve con dos copas de champán y se pone manos a la obra. De vez en cuando echa miradas de desaprobación a lo que estoy haciendo con mi pelo que, básicamente, es dejarlo natural, libre, con sus ondas encrespadas, este pelo fosco sin fundamento. Con el vestido vienen unas horquillas con flores. Me pongo dos para recoger los mechones de lo que antes fue un flequillo. Cojo los zapatos que había pensado para el traje, unos Oxford negros planos de charol. El vestido arrastra un poco. Me da exactamente igual. Cuando estoy lista a Claudia aún le queda una hora, pero no me desespero. Marco ya ha llegado al hotel y me va trayendo copas de champán. Bebemos en el pasillo de suelo enmoquetado y cada vez que vuelve a verme se olvida de que llevo el vestido de otra. Me dice que estoy preciosa, que estaría preciosa de cualquier manera, con ese vestido, con un pijama y, sobre todo, desnuda. Intenta entrar en la habitación pero le empujo fuera y empiezo a cerrar la puerta mientras le digo que da mala suerte ver a la novia antes de la boda. Aunque creo que eso solo funciona con el novio.

Claudia por fin está lista. Lleva un vestido increíble con transparencias, flores blancas, brillos y vuelo. El disfraz más caro que se va a poner en su vida. Jamás pensé que la vería así, pero reconozco que es emocionante, incluso para alguien como yo. Se mira en el espejo. Se gira. Me mira.

—¿Qué tal estoy?

—¿Qué quieres transmitir? ¿Belleza? ¿Seguridad? ¿Amor? ¿Elegancia?

—Delgadez.

—Dios mío, Claudia.

—Lo sé, lo sé. Se me ha ido de las manos. Hoy vuelvo a comer de todo y se acabó. He cumplido mi sueño de ser una novia raquítica y ahora ya puedo permitirme ser una mujer casada normal.

Me despido de ella con un beso en la frente.

—Vas a hacerlo muy bien.

Cojo mi abrigo de peluche, sin lavar por supuesto, y mi bolso y le doy el relevo a su padre que entra en la habitación. Marco me espera afuera. Está guapísimo. Había dedicado tanto mi atención a Claudia que no me había dado cuenta de lo guapo que se había puesto. Lleva un traje entallado con una camisa clara y pajarita. Entorno los ojos como si estuviera mirando un cuadro en 3D y lo beso con suavidad. Caminamos de la mano por los pasillos del hotel. Nada más salir a la calle me enciendo un cigarro y vamos hasta La casa de la panadería, donde será la ceremonia. Por suerte durará solo quince minutos, porque allí no se andan con hostias. Nos colocamos en la tercera fila, dejando los sitios importantes para los familiares cercanos.

Son las doce y veinticinco cuando ya está todo el mundo sentado esperando. Javi, el novio, se balancea junto a la mesa donde está la señora que los va a casar. Son exactamente las doce y media cuando suena *It must have been love* de Roxette. No hay duda de que será Claudia la que entrará del brazo de su padre en la sala. Todos nos ponemos de pie como si estuviéramos en misa. No sé qué hay que hacer en estos casos, pero sigo a la multitud. «Donde se pongan las bodas tradicionales de verdad que se quiten todas estas moderneces de ahora. Una boda en una iglesia siempre es mucho más bonito». Las señoras de atrás no paran de expresar su opinión como si a alguien le importara y me giro con mi cara de mala hostia, que por lo visto es mi cara natural, para mandarlas callar.

No pensé que me pasaría, pero están tan perfectos que me pongo a llorar cuando la señora del ayuntamiento recita el código civil. Marco me mira boquiabierto.

—Qué maravilla, te conozco desde hace un mes y todavía puedes sorprenderme. Pensaba que llorar no estaba en tu programación.

—Cállate, tonto.

Y me sorbo los mocos porque por supuesto no he traído pañuelos, porque no pensaba que esto me pudiera pasar a mí.

Cuando firman y la señora dice que ya están casados, todos nos ponemos en pie otra vez y aplaudimos muy fuerte. Ellos se quedan dentro un rato más, pero nos obligan a desalojar el espacio porque van a hacerse fotos con la familia. Siento un poco de desilusión al comprobar que, a pesar de ir de rosa, yo no lo soy.

Esperamos fuera con una bolsita de arroz y confeti que nos han dado, y en cuanto aparecen se lo arrojamos a la cara. Y ya está. Se acaba ahí. Es como bañarse en la playa desnuda con un desconocido. Estás en la arena borracha de noche y os decís «¿Nos bañamos?» y lo hacéis. Os quitáis la ropa aprovechando que la luz de la luna apenas ilumina y corréis a meteros en el agua lo más rápido posible, porque aunque esté fría será la única manta que esconda vuestras vergüenzas. Y una vez llegas al agua, ya está. Ya ha pasado. Se acaba la emoción y la diversión. ¿Ahora qué?

—¿Y ahora qué? —Y suena en estéreo cuando Marco lo pregunta a la par que mi recuerdo.

—Ahora creo que hay que ir a los autobuses que ha preparado para poder ir al banquete y hartarnos de comer y beber. Ellos van en ese coche tan hortera que les han regalado los padres de Javi. Pero antes, un piti.

Marco me mira con cierta desaprobación. ¿Le molestará que fume pero no me lo dice para no condicionarme? Enciendo mi cigarrillo y mantengo mi cara de inquisición. Él aparta la cara cuando expulso el humo en su dirección. Me entretengo en mi acto de crueldad. Dos caladas y subimos al autobús. Apoyo mi cabeza en su hombro y cierro un poco los ojos. Pienso si yo alguna vez podré casarme. No es algo que me haga ilusión, pero me pregunto si llegará un momento en el que me apetezca, en el que al decir «Sí, quiero» haga llorar a mis amigas. En el que tenga amigas. No soy capaz de visualizarme bailando un vals rodeada de gente que nos quiere y que él me bese y yo girarme para decir, de verdad, que es el día más feliz de mi vida. Con Jaime por supuesto que no. Imposible. Él no pensaba casarse, no entraba en sus planes aunque, paradójicamente, teníamos una relación de casados en muchos sentidos.

Me incorporo para mirar a Marco. Parece absorto en sus pensamientos. Lo miro en su viaje astral, me siento igual de invasora que si leyera una carta que no ha sido escrita para mí. Qué estarás pensado, Marco Polo de mis amores. ¿Estarás pensando lo mismo que yo?

28. ÉL

Clarisa dice que lo odia, pero la verdad es que la veo bastante cómoda convertida en parte del decorado. De eso tratan las bodas, ¿no? La ceremonia ha sido fugaz y, si no fuera por las ganas que tengo de fumarme un cigarro, estaría bastante bien. No sé cómo decirle que me gustaría que fumara menos. Y lo sé, el cigarro en la boca venía incluido cuando la conocí, pero me gustaría que tuviera un ápice de solidaridad conmigo y con mi esfuerzo diario por no fumar. No hay nada que eche más de menos en mi vida que tener un cigarrillo entre mis labios, así que a veces la beso esperando llevarme la nicotina que queda en su saliva, aunque la idea de fumarme su boca no se parece en nada a la realidad de besar un cenicero.

En el autobús que nos lleva por la M-40 hasta donde será el banquete, aprovecho para dar vueltas sobre eso, sobre mi futuro, sobre qué voy a hacer, cómo me voy a organizar con los ahorros que tengo y el paro que me queda, qué voy a hacer con la maleta de taras pasadas que arrastro. Apoya su cabeza en mi hombro; me mira de reojo. Un ligero remordimiento aparece en forma de vibración. Lo ignoro.

Nada más bajarnos del autobús, Clarisa tira de mí hacia dentro a por la copa de recepción. Coge dos de tinto y enreda nuestros brazos para beber. Es la una y media. No he terminado el primer sorbo cuando veo que Clarisa sigue con el codo empinado apurando la copa. ¡Vamos! Voy.

Cuando miro a mi alrededor entiendo por qué no quería venir sola. Hay varios grupos de gente joven, repeinada, remaquillada, revestida, que ríen muy fuerte pero que no parecen estar pasándoselo muy bien. Nadie se acerca a saludar a Clarisa. Me alegra que así sea. Me giro hacia ella y nos besamos apasionadamente, seguramente por el efecto del alcohol. Nuestros labios saben amargos. Nos reímos en las bocas el uno del otro. Alguien nos trae otro par de copas. Seguimos bebiendo. Seguimos besándonos. Dice que se ha traído maría y me parece un buen momento para fumar un poco. «No es lo mismo que tabaco, no pasará nada», me repito.

Salimos de la salita donde estamos y nos vamos fuera, alejados de las setas de calor. Se le congelan los dedos intentando liarlo, se le cae la mitad. Estamos bastante pedo así que no nos importa. Consigue liarse algo parecido a un porro y me deja que lo encienda. El humo bendice cada alvéolo. Toso en señal de agradecimiento. Nos fumamos la mitad y guardamos lo que queda para otra escapada. Cuando decidimos entrar, Claudia ya está en el centro con su recién estrenado marido saludando a todo el mundo. Nos colamos entre la multitud como si nada de lo anterior hubiese sucedido. Cuando se acerca a nuestra posición, Clarisa se suelta de mi brazo y se tira a por ella. Claudia tiene una sonrisa gigante. Embriagada de amor como está, no se percata de que su mejor amiga está embriagada del vino de su boda.

Buscamos dónde estamos sentados. La hija de puta de Claudia, palabras textuales de Clarisa, nos ha puesto en la mesa de los niños. Caminamos atontados hasta que en el asiento vemos una nota con nuestra verdadera ubicación. Cuando nos sentamos al lado de las amigas de Claudia, Clarisa ruega que haya otra nota con nuestra, ahora sí, verdadera ubicación; pero eso no sucede.

Al menos pronto nos sirven la bebida, llegan los entrantes, más bebida, nos comemos todo el pan, intentamos pelar las gambas con cuchillo y tenedor y le sale una cabeza disparada al centro de mesa. Siguen echándonos de comer. Salimos entre plato y plato a pegarle un par de caladas al porro. Los porros. Volvemos cada vez más tontos. Bebemos cada vez más rápido. Cuando parece que ya no se puede comer más, llega el solomillo. Clarisa empieza a meterse mano. Su cara de diversión se convierte en una de horror.

—Mis notas, mis notas, mis notas...

—¿Qué notas?

—No noto nada. Digo que no tengo mis notas. Las había guardado en mi traje, pero la idiota de Claudia me ha hecho cambiarme y ahora me he dejado el discurso en el smoking que no llevo puesto. ¿Qué voy a hacer?

La sujeto por los hombros y me río. Sé que no debo porque ella tiene cara de pánico de verdad, pero es que no estoy en mi mejor momento.

—¡¿Qué voy a hacer?!

Y por primera vez desde que hemos llegado parece que habla en serio.

—A ver, seguro que te acuerdas de qué decía, ¿verdad? Por encima, seguro. Lo importante lo tienes. Al haberlo escrito, algo se te ha quedado dentro. Espera.

Me levanto y le pido un bolígrafo al camarero y una servilleta de papel. Intentamos hacer un guion con lo importante: cómo cambió todo cuando la conoció, cómo es la persona más importante en su vida, cómo nunca la juzga, aunque a veces le regañe por no hacer deporte, cómo no se esperaba que se casase y aunque no quería que lo hiciera nunca lo ha hecho con la única persona en el mundo que sabe que es para ella y que eso le da esperanzas para creer en el amor porque si el amor existe debe ser lo que ellos tienen.

—Muy bien, casi lo tienes.

—Sí, sí. Va bien.

Sonríe con dientes violetas de vino.

Cuando traen la tarta, los novios se levantan y cogen una espada como la de la casa Stark de *Juego de Tronos.* Mi corazoncito seriéfilo late de emoción. Ahora me caen mejor estos dos. Hacen un corte sobre la torre de tartas rojas y ya está. El paripé acaba para que los verdaderos profesionales preparen las porciones. Solo pienso en hacerme una foto con la espada y enviársela a Miguel.

Llega el turno de las intervenciones. Habla el padre de la novia. Se emociona tanto que no le salen las palabras. Observo a Clarisa para ver qué siente, cómo de tranquila está. Parece que lo tiene todo bajo control. Después habla la madre del novio. Mucho más relajada que el padre, desde luego. Ha escrito lo que dice en un papel como de pergamino y lee calmada un relato sobre el amor. Todos aplauden. No ha habido lágrimas, pero la gente está muy dentro de la movida. Le toca el turno al que parece el mejor amigo de Javi. Lo hace muy bien. Amigos de la infancia. Relata con bastante gracia pasajes de sus vidas. Está lleno de bromas internas que solo pillan ellos, pero aun así es bastante gracioso. Este tío tiene estilo. La cara de Clarisa se va transformando en espectro. Puedo ver en sus ojos el deseo de haber hablado antes que él, cómo tenía que haber cerrado él porque lo de ella es una tontería comparado con lo que él acaba de decir. Y ella no tiene gracia y va a ser un desastre. Le cojo la mano para tranquilizarla. Le sonriso. Le doy un beso en la mejilla. Como los que se dan los actores antes de recoger el Oscar. Ella se termina su copa y la mía. Se pone de pie. Todo el mundo callado, observándola. Los ojos de Claudia atravesándola. Mantiene el silencio más de lo que resulta cómodo y algunos familiares empiezan a carraspear.

—Bueno, Claudia, Javi. Os prometo que yo había preparado algo mucho más gracioso que lo de tu amigo, pero claro no quiero dejarlo mal. —Se oyen algunas risas—. Además me he dejado el discurso en el traje que me iba a poner, que por supuesto no es este. Este me lo compró Claudia. ¿Os lo podéis creer? No se fiaba de mí, así que me compró este vestido horrible para no desentonar con vosotros. —Por supuesto, no está leyendo ninguna de las cosas que hemos apuntado en la servilleta. Continúa—: Porque Claudia siempre me ha querido como soy y nunca me ha juzgado, menos a veces, cuando sí que lo hace. Pero, hey, que tía, yo te quiero muchísimo y me alegro mucho de que te hayas casado con

Javi. Javi, tío, te quiero, aunque me hayas robado a mi mejor amiga, eso te lo guardaré siempre. Pero me alegro de que la hayas convertido en una mujer de bien, porque parecía imposible con lo zorra que ha sido siempre. —Alguien tose—. Bueno —le quita la copa a la persona que hay a su derecha y la levanta—, que seáis muy felices. Os quiero. —Y termina su discurso bebiéndosela.

Aplauden cuatro viejas que no han entendido nada, pero que sirven para provocar el aplauso general. *Sugar Town* de Nancy Sinatra apaga rápidamente el aplauso. Parece que va a aparecer alguien con un hacha a cortar cabezas. Claudia concretamente. La de Clarisa exactamente.

Se sienta.

—¿Qué tal he estado?

—Perfecta.

La tarta está buenísima pero no nos entra nada más. El vestido de Clarisa está lleno de manchas de vino y de grasa. Los novios se han pasado por todas las mesas menos por la nuestra, así que les ahorramos el disgusto al resto de comensales y nos vamos a la barra a intentar beber algo duro. El camarero nos dice que hasta que no empiece el baile no se puede beber, pero que no debe quedar mucho. Nos sentamos en unos taburetes, apoyados en la barra, esperando. Clarisa vuelve a ir al baño. Aprovecho para mirar los mensajes de Adela, una montaña de mierda que he dejado crecer sin medida. No contesto. Empieza el baile de los novios. Clarisa vuelve justo para verlos abrazados en el centro de la sala bailando *Angel of mine*. El resto de invitados graban vídeos, miran a través de sus pantallas de móviles el momento más emotivo de la tarde. Guardan en sus memorias digitales lo que no registrarán sus retinas. Clarisa observa en la distancia y se le saltan las lágrimas. Suelta mi mano y camina directa hacia el centro de la pista. Se abraza a Javi y a Claudia y bailan los tres. Lloran los tres. No entiendo nada, pero imagino que será algo de ellos. Antes de que acabe la canción se retira. Puedo leer como dice «Lo siento». Claudia sonríe. Acaba el baile nupcial para dar paso al baile general, la barra libre, el lanzamiento del ramo. Gloria Estefan al ritmo de *Oye* abre la veda, la pista de baile es territorio libre. Clarisa vuelve a la barra. Se pide un gin-tonic, ajena a la coreografía que las amigas de Claudia han preparado para los recién casados. Bebe abrazada a su copa de balón. Yo me pido otro. Ignoramos los gritos a nuestras espaldas.

—¿Otra calada?

Por favor.

Y justo cuando se levanta para marcharnos, el ramo de la novia le cae en las manos.

—La madre que la parió. Seguro que lo ha hecho aposta la cabrona.

Las amigas nos miran horrorizadas en una mezcla de envidia y rabia. Claudia sonríe de oreja a oreja.

—Pues supongo que ahora tendremos que casarnos. —Le digo.

—Por supuesto.

—Lo digo en serio.

—¿El qué?

Y ahora me enfoca.

—Sé que es demasiado pronto, que hace menos de un mes que nos conocemos, pero desde que me quedé sin trabajo he estado pensando que estaría bien...

—Sí, quiero.

—No hablaba de casarme.

—Ya. Ya. Hablabas de...

—Vivir juntos.

—Por supuesto.

—Sé que no es muy romántico.

—Odio el romanticismo. Odio mi piso en *Carabanputochel.*

—Solo una cosa, no se puede fumar en casa.

—¿Me vas a hacer bajar y subir tres plantas para fumar?

—Sí.

—Bueno. Vale.

Las letras «T h e E n d» ocuparían la pantalla, la pareja se besaría y todos a sus casas tan felices.

Aquí lo dejaría yo. Por todo lo alto. Un final épico, bonito y bueno como si esto fuera ficción, como si esto no fuera la puta vida real, como si esto no fuera solo el principio.

PISO

1. ELLA

Me despierto en la humedad de mis propios sudores nocturnos. Marco lleva una hora trabajando. Lo admiro desde el dormitorio y salgo en bragas hacia el estudio a darle un beso en la nuca. Estoy de buen humor, sonrío espontáneamente, mato por un cigarro, pero aguanto. La verdad es que desde que subo y bajo las escaleras para salir a fumar tengo el culo más duro. Y todo eso se lo debo. Se lo debo a él.

A cambio yo le he llenado el salón de cajas de mudanza que, después de meses, ya se han integrado perfectamente en el hogar. Ni siquiera recuerdo lo que hay dentro. Después del beso voy a la cocina y hago el café. Le estoy enseñando en qué consisten los pequeños placeres de trabajar en casa. Mi favorito, poder hacerlo en pijama. A media mañana nos vestimos para saludar a Matías y a por el segundo o tercer café. Matías nunca empieza las conversaciones o habla sobre el tiempo, por eso es mi nuevo mejor amigo, y se lo debo. Eso también se lo debo a él.

He puesto mi estudio en su estudio. Trabajamos codo con codo. Literalmente. Desde mi silla puedo tocarle el pelo solo estirando la mano. Cuando está distraído y yo estoy cansada de ver a mi madre en torsiones poderosas y saludos al sol, me giro en mi asiento giratorio cual maligno de serie B y nos besamos hasta aburrirnos para luego continuar con lo nuestro.

Dejar mi casa fue fácil. Todo lo fácil que es meter una vida en cajas, claro. Pero archivar mis últimos seis años fue más sencillo de lo que imaginaba. Estaba tan ilusionada con Marco que pude enfrentarme al cadáver de mi relación pasada con bastante fortaleza y decidí aprovechar el poder regenerador de los traslados. Vendí los muebles en Wallapop y doné toda la ropa que no me había puesto en el último año. Prácticamente toda. Me sentía estupenda despidiéndome de mi vida anterior y comprobando cómo el amor me estaba sentando tan bien. Aun así, no quería que Marco viera el grado de caos al que se enfrentaba al vivir conmigo y, como Claudia estaba de luna de miel en la *nosequenesia,* tuve que avisar a mi familia para que me ayudara. Pasé tres días con mis padres y hermano empaquetando mi exvida. En la parte de arriba del último armario encontramos varios libros de medicina y apuntes de Jaime. Quise tirarlos, pero mi madre insistió. Tan despegada como es ella, estaba pasando una época extraña llena de apegos y demostraciones de amor físico. «Jaime me caía bien, hija, ¿por qué lo dejasteis?». Mi madre.

Cuando mi familia se fue, quedé con Jaime; cuatro meses después de haber roto. Se había dejado una perilla que necesitaba urgentemente una intervención y estaba un poco más gordo. y estaba un poco más gordo.

—Estás muy bien —le dije.

—Tú también.

E intenté verme desde fuera y analizar si yo también estaba más gorda y me había dejado perilla.

—Toma tus cosas.

—Gracias. Bueno... Bueno... ¿Quieres un café?

—La verdad es que no.

—Vale.

—Vale. Pues adiós.

—Adiós.

Beso. Beso. Bye.

Seis años de tu vida con una persona y solo eres capaz de decirte seis frases.

2. ÉL

Me giro para abrazarla. Su cuerpo caliente se pega al mío. Paso mi brazo por debajo del suyo y toco su pecho desnudo. Me acerco más a ella hasta acoplarme, como si fuera una estación espacial, como si yo fuera el transbordador Atlantis. Beso su espalda. Ella sigue durmiendo sin inmutarse. Le doy otro beso suave en la cabeza y me levanto. Son las ocho y media de la mañana. Aprovecho la calma matutina, el silencio antes de la vorágine, para escribir concentrado. Ni café ni ducha. Solo palabras que se amontonan, que cambian, que vuelven.

He reescrito varias veces la novela porque, bueno, es curioso, cuando empiezas sabes lo que quieres decir pero no siempre tienes claro el cómo; y cuando por fin llevas media novela es cuando has encontrado la voz de los personajes y tienes que volver sobre tus pasos y repetir la jugada. No pasa nada. Es bonito saber cómo se comportan, a qué huelen, qué sienten y que a lo mejor lo que escribiste en la página catorce contradice totalmente al personaje que has creado. Tarda uno más de lo que cree en darse cuenta de lo que tiene entre manos. Y estoy feliz, pero acojonado, claro, porque llevo seis meses siendo únicamente escritor y se agota el dinero. Lo importante es que no se agote la creatividad, me dice Clarisa.

Cuando ella se despierta la casa se llena de sonidos en un orden preciso, de acuerdo a su manera rigurosa de conjugar el caos. Puerta que se abre, pies arrastrándose, beso en la nuca, pies arrastrándose, cisterna, agua en el lavabo, cepillo eléctrico, más agua, pies arrastrándose, lavavajillas que se abre, platos y tazas, cafetera gargareando, más tazas, pies arrastrándose, taza contra escritorio y su respiración mientras me mira. «Te quiero» y nada se desmorona, nadie se esconde. He vuelto a aprender a hacer feliz a alguien y solo he tenido que fijarme en lo que ese alguien hacía conmigo. Estoy puesto de amor hasta las cejas. Pupilas dilatadas, alegría absoluta, hiperactividad, tensión muscular, pérdida del sentimiento de dolor físico. Cualquier entendido en la materia diría que me he caído en la marmita del MDMA.

Se sienta a horcajadas sobre mí. Nos encajamos en la silla y nos mecemos hasta hacernos. Yo voy primero a la ducha. No hemos encontrado el punto de temperatura óptimo para los dos, así que no es un lugar común. Ella se queda contestando mails. El agua helada impacta contra mi piel y la culpa me ataca cuando estoy solo y desnudo. Vulnerable e indefenso ante esta culpa que tiene nombre propio, esta culpa que estoy enterrando tan profundo como puedo. Pero de la tumba crecen flores que me recuerdan que no puedo huir de mis propios errores y me siento como el niño al que se le olvida devolver *Casper* al videoclub en los dos días de rigor. El niño que recuerda que tiene la película una semana más tarde y piensa que ha pasado demasiado tiempo para devolverla. El niño que odia la película porque ahora no puede volver al videoclub porque se muere de vergüenza, porque lleva un mes con ella y ni siquiera le gustó. Y la esconde para no verla y da un rodeo para volver a casa del colegio y no pasar por el videoclub porque no quiere que le reclamen la película con la que lleva medio año. El niño que nunca más alquilará nada en ese lugar. Ese niño soy yo. Mi película se llama Adela, la maldita Adela. Me enjabono con fuerza intentando que el gel se lleve mi conciencia, pero Adela es un tumor que crece en mi cerebro y que no soy capaz de extirparme. Y cuanto mejor estoy con Clarisa más sé que tengo que arrancar este nódulo enquistado, pero la culpa y la cobardía compiten en un duelo a muerte y ya sé yo el nombre del difunto.

3. ELLA

Mi madre está rarísima. Mi padre está rarísimo. Nada más colgar, compro un billete de AVE hasta Barcelona para esa misma tarde. Dejo a Marco con su ordenador y me voy al dormitorio. Abro el armario principal. Dos perchas vacías delimitan su lado del mío. Sus camisas planchadas de mis dos vestidos cortos, sus pantalones colgados de mi montaña de camisetas y vaqueros. Cojo las dos camisetas que salen al meter la mano y tirar y un par de bragas. En casa de mis padres conservo la ropa de mi juventud que, para envidia de Claudia, todavía me cabe. Cada vez que vuelvo a Vilanova vuelven a mí los *shorts* con flecos, las chanclas con lentejuelas, los vaqueros blancos y las camisetas con juegos de palabras. La que ponía «Sofokolin» con el logo de Pictolín sobre rayas verdes era mi favorita.

—¿Me escribirás todos los días? ¿Me echarás de menos? ¿Te morirás de pena sin mí?

—Por supuesto que sí. Todos y cada uno de los dos días que estés fuera.

Y nos damos uno de nuestros tres mejores morreos en la puerta de casa.

—Piensa mucho en mí. Sobre todo si te tocas, piensa mucho en mí.

Me levanto la camiseta para que tenga una imagen reciente en su cabeza a la que acudir cada vez que lo necesite.

—Voy a hacerlo ahora mismo.

—Qué envidia.

A las seis y media salgo desde Atocha con mi mochila rosa, el portátil, mis gafas de sol y uno de los libros que he visto en la estantería de Marco. No he terminado de leer la contra cuando me quedo sopa con el libro entre las manos, la cabeza tronchada, la baba haciendo puenting. A las nueve y dieciséis minutos me despierta el anuncio de nuestra llegada.

Tren amb destinació Barcelona.

Propera Estació, Barcelona Sants.

Fi de trajecte.

Antes de coger el ferrocarril hasta la casa de mis padres, salgo de la estación para pegarle dos caladas a un cigarro. Inspiro el humo que se mezcla con el aire salado. Marco no contesta mis mensajes, pero estará muy liado con la masturbación.

Cuando llego, mi padre me recibe con el dedo entre los labios indicando silencio y señala al fondo del pasillo donde, en una cartulina colgada del pomo de la puerta del salón, se lee «SILENCIO, ESTOY GRABANDO». Entre susurros me pregunta por el viaje, me coge la mochila, me indica que me quite las zapatillas. Me empuja hacia el salón. «*Ves, ves,* pero no hagas ruido». Es imposible corregir su dicción a estas alturas.

Camino pisando el suelo de baldosas frías y tras la puerta me encuentro con la niña del exorcista. Gira su cabeza hacia mí sin inmutarse mientras sigue explicando cómo colocar el brazo una vez se ha llegado a esa posición. Inspira, sube; exhala, baja. En momentos como este dudo sobre si realmente soy hija de mi madre. Cuatro minutos de Cirque du Soleil después se coloca en Siddha-asana, la postura de flor de loto, y da por concluida la sesión. Namasté. Namasté.

El espíritu de mi madre regresa a su cuerpo.

—Hija, qué alegría, qué bien que hayas venido, qué mala cara traes.

—Gracias, mamá.

—¿Qué quieres?, ¿tienes hambre?

—Pues la verdad es que me encantaría un entrecot.

—Pero, hija...

—Pero, mamá...

Pero al final cenamos puré de remolacha, zanahoria, patata y ensalada con vegetales de la huerta, con semillas de sésamo, chía y lino, con superalimentos en polvo. Ingiero lentamente, masticando bien para que mi madre se sienta orgullosa mientras me repito que son dos días, que son dos días, que son dos días. Escudriño la cara de mis padres tratando de averiguar qué les pasa, pero solo hablan de las comidas, de lo bien que va el blog, de que si mañana quiero practicar yoga con ella en la playa. Le digo que sí a lo de la playa.

Abro las ventanas del dormitorio, me esparzo el spray antimosquistos por todo el cuerpo y me meto entre las sábanas de algodón orgánico con el móvil en las manos.

«Marco».

«Polo».

«¡MARCO!».

«¡POLO!».

«Te encontré».

«¿Qué tal tu familia?».

«Sinceramente, no lo sé. Están muy raros, pero no dicen nada. Le he escrito a mi hermano, pero tampoco he conseguido sacarle información. Pensé que iban a soltarme un rollo sobre que se iban a separar, pero parecen más unidos que nunca. Mi madre ha querido enseñarme cómo preparaba la cena pero obviamente yo he preferido poner la mesa».

«Si no has aprendido viendo sus vídeos durante los dos años de vida de su blog, no creo que aprendas ahora».

«Eso es lo que le he dicho».

«Chispas».

«Hablando de chispas... ¿Estás en casa? ¿Te apetece jaleo jaleo?».

«No he llegado todavía. Salí con estos».

«Oh».

«Ya».

«Bueno...».

«Lo siento».

«No pasa nada. Jugaré sola entonces. Pásalo bien».

«Tú también».

Emoticono corazón amarillo. Emoticono corazón amarillo.

Cojo el libro, me coloco en una posición cómoda para leerlo y me quedo frita en el acto.

A las ocho y media de la mañana mi madre ya está con un batido de plátano, espinacas, proteína vegetal y leche de almendras esperándome. Lo deja en la mesita de noche. «Venga, tómatelo y nos vamos a la playa. Rápido que se le van las vitaminas». Cierro la puerta y me voy a la ventana a pegarle dos caladas a un cigarro. El poder omnisciente de mi madre la hace aparecer en ese mismo instante en el balcón de la cocina, desde donde me ve perfectamente inhalar monóxido de carbono y amoníaco. Arrastro el cigarro contra el alféizar hasta que se apaga. Si tuviera quince años le gritaría «Te odio». Me lleno la boca de batido pero soy incapaz de tragarlo y lo vuelvo a escupir dentro del vaso. Voy en busca de un café, pero mi madre hace unos meses que dejó de tomarlo porque la cafeína lo único que hace es impedir que tu cuerpo se despierte por sí solo. Pero ¿y si yo no quiero que mi cuerpo sea tan autosuficiente? ¿Y si prefiero una ayuda extra porque no necesito ser una heroína? Me pongo el bikini de mi juventud con estampado de piñas. La parte de abajo es un pantaloncito que impide que los cachetes del culo se pongan morenos. En el 2001 todavía no se imaginaban que las chicas irían por la calle con pantalones más cortos que esas bragas.

Mi madre me esparce todos los productos protectores por el cuerpo como si tuviera cuatro años. Temo que en cualquier momento se lama un dedo para limpiarme un churrete con su saliva. De camino a la playa me pillo un café doble para llevar en el primer bar que veo abierto. Caminamos bastante porque mi madre conoce ese lugar que está más vacío, que no se llena de turistas y donde podremos pasar la mañana tranquilamente.

Veintidós minutos de caminata después estiro la toalla de *Friends* al lado de la de mi madre y me tumbo. Ella dedica un rato a colocar la sombrilla, poner la botella de agua y la fruta bajo la sombra. Saca del bolso de Mary Poppins una especie de cojín y apoya la cabeza. Se encierra en su revista *Yoga, hoy.* Yo no me he traído el libro, pero trato de entretenerme mirando a la poca gente que camina por la orilla. Corre un poco de brisa esta mañana, así que retiro la toalla de la sombra y me pongo al sol, bocabajo, me quito la parte de arriba y remeto el pantaloncito por el culo para que estas nalgas cremosas cojan algo de color. Cambio de postura cada dos minutos exactos y al final opto por ir al agua. Meto solo los pies y dejo que las olas me vayan enterrando. Intento averiguar cuánto tiempo necesitaría para que la arena me absorbiera completamente. Me pregunto si acaso eso es posible. Me saca de mi ensoñación una voz que me llama, que me pregunta.

—¿Clarisa?

—¿Qué?

—Clarisa, ¿eres tú?

—Sí que soy yo, ¿y tú eres...?

—Quique. ¿No te acuerdas de mí?

En este momento me doy cuenta de que estoy en tetas delante del chico que me gustaba en el instituto.

Tenía trece años y era la única de las chicas de clase que no se había besuqueado con nadie. No era de fácil acceso. En ningún sentido. Pero Quique me gustaba. Oh, sí. Quique tenía una melena lisa, pelo a tazón, los ojos separados, oscuros. Era delgado y bailaba hip hop. Yo lo esperaba todos los días a la salida de clase para irme con él hasta casa, aunque vivíamos en puntos opuestos de la ciudad. Buscaba cada día un motivo para acompañarlo y llegaba tarde a comer a casa, porque después de hacer el camino juntos y dejarlo en la puerta de su urbanización yo salía corriendo, deshacía todo el camino y seguía en dirección opuesta hasta mi casa. Apuntaba en una libreta las cosas que le gustaban para poder tener un tema de conversación. Memorizaba sus bandas favoritas, los colores que le gustaban y llevaba una bolsa de pelotazos, que eran su *snack* preferido, para poder compartirlo con él durante el trayecto.

Una tarde me invitó a su casa. Por fin. Aquel día era el día. Me latía el corazón tan fuerte que temía que lo oyera y descubriera que estaba loca por él. Me dijo que si quería escuchar música. Esos grupos de los que hablábamos y yo no tenía ni idea. Me puso a Los Piratas primero y yo movía la cabeza al ritmo de la música, como si estuviera sintiendo cosas especiales. Cuando pasó a Los Planetas tuve que hacer un gran esfuerzo por comentar algo, para que viera que estaba interesada y que estaba en la onda, así que me lancé a la piscina sin mirar si estaba llena. «Molan Los Planetas, sí. Pero ¿si son de Granada por qué cantan en inglés?». Y en ese momento aprendí dos grandes lecciones: uno, que lo que yo creía inglés era una falta de vocalización, jamás volvería a cometer ese error; y dos, que cuando un adolescente se quiere morrear contigo le dan igual las tonterías que puedas llegar a decir. Sepultó mi ignorancia con un beso. Mi primer beso, el momento soñado.

Quique, el hombre de mi vida, estaba ahí, acercando sus labios húmedos a cámara lenta a mi boca seca. Sus labios que abrieron mis labios como si fueran un espéculo dejando la vía libre para insertar su lengua y buscar la mía. La removió como si fuera un Cola Cao y dejó que litros de saliva ajena se metieran por mi garganta. Me separé en la primera arcada, justo a tiempo para no vomitarle en la boca. Así acabó mi primera incursión en el sexo: restos de mi estómago por el suelo. «Himno Generacional nº 83» parecía haber sido escrita para mí.

—Joder, Quique, no has cambiado nada.

La melena ha dado paso a una calvicie incipiente. La tripa cervecera sobresale por encima del pantalón. Tiene un tatuaje con forma de mano pequeña en las costillas. Supongo que de un vástago.

—Tú sí, estás mejor que nunca.

Y tiro del pantaloncito hacia fuera para taparme el culo, como si eso pudiera hacerme estar menos desnuda.

—Deberíamos quedar un día de estos, si quieres.

Estoy tan en shock que le digo que sí. Me habla de un millón de cosas a las que no presto atención. Por fin se despide.

—Adiós

—Adiós.

Vuelvo disparada a la toalla, me lanzo bocabajo y aprieto mi cabeza contra la arena esperando ahogarme un poco, lo suficiente para quedar inconsciente y olvidar la vergüenza. La mano fresca de mi madre me unta protección 50 en la espalda. Quiero quejarme pero me dejo hacer. Quiero convertirme en crema, fundirme con ella, dejar de existir...

—Clarisa.
—No tengo hambre, mamá.
—No es eso, hija. Date la vuelta anda.
—Qué pesada, mamá.
—Tengo que contarte algo.
Ahora sí. Puñal. Dolor de vísceras. Desaparecer.

4. ÉL

Agosto de 2015.

«Arde la calle al sol de poniente, hay tribus ocultas cerca del río». El asfalto exhala incandescencia. Radio Futura es una consecuencia inevitable. Corro a refugiarme en cada sombra que encuentro libre, pero no es fácil, se cotizan los portales fresquitos más que los apartamentos en Benidorm. A pesar de la temperatura agosto sigue siendo mi mes favorito en Madrid. Calles despejadas, nuestra esquina del bar libre, cerveza fría para todos.

Clarisa se ha ido con sus padres y a Miguel, a Luis y a mí el alcohol nos sube rápido debido al calor o quizá es lo que nos hace beber sin parar. Sea como sea estamos bastante tontorrones. Se acerca mi cumpleaños, dicen; pero todavía queda un mes, digo. No tanto, dicen. Mucho todavía, insisto. Insisten más aún, no tanto si queremos planificar algo. Y ahí paro la conversación.

¿Desde cuándo he celebrado mi cumpleaños con algo que no sean unas cañas y un pincho de tortilla en el bar donde estamos? Pero esta vez tiene que ser diferente. Porque esta vez cumplo treinta y cinco y ¿sabes lo que eso significa? Que estoy a la misma distancia de los veinte que de los cincuenta, que lo mejor de mi vida ya ha pasado, que se acabó el hacer locuras, que ahora viene la parte de la sobriedad, de las decisiones importantes, de dejar de ser una promesa para cumplir lo prometido. Parece más una tortura que una celebración, pero no hay manera de librarse de ella. Me rindo, pero me libero de cualquier responsabilidad. Le recuerdo a Miguel lo que me sucedió con el libro que me regaló por Navidad, una versión moderna del «Elige tu propia aventura» de toda la vida. La historia comenzaba con un tipo en un andén del metro que observaba a una mujer vestida con un abrigo amarillo. Estaba terminantemente prohibido bajar a la zona de vías. Tenías que tomar la primera decisión ahí, en la primera página. Yo decidí comportarme como en la vida real y el propio libro me echó de sus páginas. Me dijo que empezara otra vez y que fuera más atrevido, que así no se podía jugar.

Mi alegato final sirve para dejar la fiesta de cumpleaños en sus manos. Nos despedimos en la puerta a las diez de la noche.

Siempre he pensado que los problemas son como un Tiranosaurio Rex, si no te mueves, no pueden verte. Puedes adentrarte en su hábitat, pero solo si eres sigiloso. Y cuando está hambriento, debes quedarte quieto. No respires, no te muevas, no parpadees, ignóralo, no te ve. Hasta que un día el Tiranosaurio te pilla desprevenido y te ve a lo lejos. Se acerca abriendo sus fauces y tú no tienes más remedio que dejarte devorar, huir o intentar pelear. Adela, frente a mí, se despide de la amiga con la que va hablando mientras me hace un gesto para que espere. Me dejo comer.

—Qué sorpresa.

—¿Verdad? En la puerta de mi bar de siempre. —No sé por qué me sale este tono cínico.

—Ya...—Busco alguna frase que pueda hacernos sentir mejor, pero no existe—. Creo que deberíamos hablar —concluye.

—También lo creo.

—Hay una cafetería aquí al lado.

—¿Una cafetería a estas horas?

Interrumpo pensando en cómo Clarisa habría propuesto un bar y sonrío hacía dentro y me odio por hacerlo.

—Lo decía porque no hubiera ruido.

—Tienes razón, perdóname, Adela.

Perdóname por todo, perdóname por no saber hacerlo mejor, por no saber parar a tiempo, por no saber prescindir de ti, perdóname por no soltar nunca el lazo, perdóname por ser un cobarde, perdóname.

Y empieza a caminar en dirección a una de esas franquicias a las que nos gustaba ir a pedir el desayuno completo. Mi mente me acribilla con todas las secuencias de felicidad y cruasanes de mantequilla compartidos. Elige la mesa del fondo, al lado de la ventana, detrás del árbol. Una vez más, ella empieza a hablar. Estaba aprendiendo a entender que lo nuestro no podía ser y sabe que no estuvo bien escribirme en Nochevieja, pero cuando le contesté diciendo esas cosas tan bonitas, volvió a dudar y a pensar que tal vez había una pequeña posibilidad entre nosotros y se agarró a la liana con fuerza.

El camarero la interrumpe para preguntarnos si sabemos qué queremos. Ojalá, pienso yo. Té blanco con leche de soja pide ella, una cerveza para mí. Nos quedamos en silencio hasta que nos traen la bebida. Tras el primer sorbo, hablo.

—Fue un error, Adela.

—¿Romper?

—No, aquel mensaje. Aquel mensaje en el que te decía que te echaba de menos. Se supone que no acababa ahí, tenía que decirte que sí, que te añoraba, pero no de la manera que tú necesitabas. Pero no fui capaz, no fui tan valiente. No tenía valor para volver a hacerte daño.

Y sé que evitar el dolor no lo impide. Solo es dar un rodeo, poner una dosis de anestesia cada vez mayor mientras haces el agujero cada vez más grande. No parpadea. Retiene las lágrimas en el lacrimal. Me mira con una tristeza insoportable. Quiero tenderle la mano para consolarla, pero me doy cuenta, por fin, de que ese es el problema.

—Y en seis meses, en estos seis meses que han pasado, no has tenido tiempo para decírmelo. En lugar de eso has seguido y seguido contestando cada vez que te apetecía, escribiéndome cuando estabas aburrido. Y lo sabía. Lo peor es que lo sabía.

—¿El qué?

—Todo, Marco. Que cuando lo dejé te estaba haciendo un favor. Pero me negaba a aceptarlo, pensé que éramos más fuertes que todo eso, pensé que éramos mejores de lo que éramos. Y en Navidad me aferré a ese pedazo de esperanza sabiendo que era una mentira. Pero sigo enamorada de ti.

Y tú me mientes porque no quieres hacerme daño y crees que estás ahí para mí, pero no es cierto. Solo estás ahí para ti. Porque te resulta menos doloroso mantener el contacto conmigo, aunque no vaya a ningún sitio, que cortar de raíz esta relación. Y sé que no puedes, Marco, lo sé. Como sé que yo no puedo soportarlo más, que no puedes pretender tenerme ahí para cuando quieras sentirte bien, pensando que cuando hablas conmigo estás haciendo algo bueno. Tengo que encontrar la manera de sentirme bien yo también y tú solo puedes estar en mi vida si quieres estar conmigo.

—Pero es que yo te quiero en mi vida.

—Marco, no hablo de ser tu amiga. Y no quiero serlo, no me interesa eso. Yo quiero ser tu novia, tu esposa, la madre de tus hijos. ¿Quieres eso?

—No...

—Entonces ya está. Déjame ir. Tú tienes que ser el fuerte, tú eres el que no me quiere, no me cargues con esa responsabilidad a mí también.

Se levanta antes de que pueda decir algo aunque no tenga nada que añadir. Bebo mi cerveza a sorbos lentos mirando su té en la tetera. La jarrita con la bebida de soja sin servir. La taza vacía. Me pongo mi escafandra, cierro los visores, conecto el suministro de oxígeno del traje. Gravito sobre mis escombros.

5. ELLA

En el vagón silencioso no se puede comer, no se puede mantener una conversación larga, no se puede viajar con niños, no se puede hablar por teléfono.

En el vagón silencioso no se puede llorar.

Así que programo el llanto para las ocho de la tarde cuando llegue a casa y Marco me abrace. Como el niño que se golpea con la puerta y espera a que su padre lo vea para empezar a quejarse. Como si el dolor se pudiera dejar en la sala de espera hasta que le toque el turno de poder expresarse. El dolor rellena su ficha. ¿Ha venido con alguien que pueda acompañarlo mientras aguarda su vez? Sí, este dolor viene con ansiedad y falta de apetito. Mejor, no es bueno dejarlo solo. No se preocupe, le atenderán enseguida. Y el dolor, paciente, se comprime mientras el taxista pone la mochila en el maletero; al dolor no le sale la voz para decirle que no hace falta y el taxista es imbécil, pero este dolor está ansioso por llegar a casa y no tiene energía para nada más que reprimirse. Y llama al telefonillo y el dolor sube los cuarenta y ocho escalones conteniendo las lágrimas en el temblor de la barbilla.

Marco abre la puerta y la sonrisa se esfuma ante mis ojos hinchados; y ahí, por fin, a las ocho en punto de la tarde suena la alarma. En los cálidos brazos de Marco se permite llorar.

Me fumo tres cigarros mientras Marco baja al bar de Matías a por una tila. Y aunque encuentro las palabras, decirlas en voz alta hace que sean verdad y eso impide que me salgan de la garganta. No quiero decir que mi madre se está muriendo. Me lío un porro y empiezo a fumar en la ventana. Me consiente esta excepción. Fuma conmigo. Los ojos están enrojecidos pero al menos he dejado de lagrimear. Inhalo el humo y lo retengo en los pulmones mientras le digo que le han detectado algo a mi madre y que no tiene buena pinta. Expulso el humo. Él me coge la mano y dice lo siento. Ya está, ya está. Solo tengo que asumirlo. Le harán más pruebas. Pero y ¿su canal? Seguirá por ahora. Está muy motivada. De hecho, ella estaba bien. Me lo contó y ni se inmutó. Supongo que ha tenido tiempo para aceptarlo. Me sorbo los mocos y le paso el porro apagado a Marco. Lo aprisiona entre sus labios y observo la belleza de un acto tan repugnante. Dejo que lo encienda, una calada y lo beso tragándome su humo.

—Hazme el amor, por favor.

—¿Ahora?

—Sí.

—¿Aquí?

—Sí.

Y me desnuda con una delicadeza exquisita y, bajo la ropa, mi corteza es natrolita, y con cada beso mi piel de vidrio se estremece y allí mismo, en el sofá en el que hicimos el amor por primera vez, vuelve a hacerlo, muy lento, sin apenas moverse, sin dejar de mirarme. Y soy cada vez más sedosa y puedo dejarme ir en sus brazos y soy algodón de azúcar que se deshace.

6. ÉL

A través de la ventana vemos la ropa tendida de los vecinos. Camiseta de rayas, vestido de algodón, braguitas blancas se mecen al viento. Desde que Clarisa volvió de casa de sus padres el aire parece más denso, como si nos costase caminar a través de él. Movimientos que se ralentizan, danza flemática. El poso de tristeza nos ha hecho más delicados y a la par ha puesto el humor a favor. Cuido mis silencios, cuida sus respuestas. Llevo tres días sin saber de Adela y eso ayuda. He dejado de tener una patita fuera de la relación. Subo escalones de enamoramiento sin distracciones y cuidarnos nos sienta bien. Salvo porque he levantado el veto de fumar en casa, al menos estos días, al menos en verano, al menos si es en la ventana. Pero todas las noches nos sentamos en el alféizar y vemos la ropa de los vecinos acunándose y escuchamos a Laura Veirs cantarle al estío. Clarisa canturrea *Can I call you mine?* envuelta en su nube de cannabis. Pienso en regalarle clases de canto por su cumpleaños.

—Ey —dice echándome el humo en la boca—. ¿Dónde estás?

Le sonrío y me doy cuenta de que llevo media hora absorto. Esta mañana me han escrito de la editorial y desde enero no les envío nada nuevo porque no hago más que reescribir, caminar en círculos.

—¿Quieres dejarme leerlo de una vez?

—Sí, claro que quiero.

—¿Pero?

—Me da miedo que no te guste y decepcionarte.

—Eso no va a pasar. Primero porque tú me gustas a pesar de tu talento. Y... de lo segundo no me acuerdo.

Deja el porro en el cenicero y se incorpora.

—¿Ahora?

—Claro.

Busco en el estudio la primera parte de mi novela. Una de las copias varias veces corregida. La sostengo en mis manos y estimo su peso, su importancia, su valor. El momento en el que alguien lee tu obra la hace real y yo no sé si estoy preparado para eso.

—Vamos, seré buena. Además, no tengo ni idea. Quiero decir, así sabrás qué le parece a una persona normal.

—Tú eres muchas cosas menos una persona normal.

—Eso es muy bonito y, ahora, entrégame la novela.

La dejo con temor en sus manos y coge el manuscrito como si fuera el mapa de un tesoro escondido.

—Qué emoción.

—Si no te gusta, no me lo digas. Bueno, sí. Solo dime primero lo bueno y luego ya lo que piensas.

Pasa las primeras páginas y echa un vistazo, vuelve al principio. Enciende la lamparita al lado del sofá, coloca los cojines detrás de su espalda y empieza a leer. Intento descifrar su cara mientras sus pupilas se mueven en círculos. Se para en seco.

—¿Te vas a quedar ahí mirando?

—No, claro. No.

Me separo desconcertado. Y doy vueltas por la casa como un robot aspirador. Vuelvo a los diez minutos y está completamente dentro de mis palabras. Eso es bueno, creo. Me acerco silencioso y le doy un beso en la frente. Cojo lo que queda del porro, el móvil, algunas monedas y las llaves y bajo a que me dé el aire en la calle. Matías no abre a estas horas así que me meto en el primer bar en el que me ponen una cerveza y aguanto lo que considero el tiempo necesario. Tiro la chusta en la acera antes de subir. Abro la puerta como si estuviera robando mi propia casa y la encuentro en la misma posición en la que la dejé. Me mira desde el sofá. No hay nada en su mirada que me dé una pista.

—Hmmm... —dice.

—¿Hmmm?

—Está muy bien. Quiero decir, me ha sorprendido. Sabía que lo harías bien, pero tiene algo que me gusta mucho. El niño me encanta. Sus pensamientos, lo mal que lo pasa, su infancia; me ha enganchado muchísimo, de verdad.

Una explosión de felicidad está a punto de reventarme el pecho pero la contiene a tiempo.

—Solo que...

—¿Sí...?

Y pone su gesto contrariado, ese que hacía tanto tiempo que no veía, ese que casi había olvidado.

—Hay una cosa que no me gusta. Pero supongo que a mí en particular, no creo que al resto le moleste.

—Bueno, a mí me importas tú, así que será importante.

—Salgo yo en la novela

—¿Qué?

—Sí. La chica que aparece en el cuarto capítulo. La que le gusta al chico. Clara. Vamos, es que ni te has esforzado en cambiarle el nombre. Soy yo. Me has metido en tu novela.

—No exactamente. Claro que hay cosas de ti. Me inspiro en lo que vivimos, pero no eres tú.

—No solo es rubia y pequeña como yo, sino que además les pasan cosas que hemos vivido nosotros. Cosas nuestras que ahora todo el mundo podrá leer.

—Pero nadie sabe que son nuestras... Además, pensé...

—¿Que me sentiría halagada al ver cómo cuentas nuestras intimidades en un libro?

—Que te gustaría que me inspirara en ti.

—¿A mí? ¿Por qué? ¿Quién quiere eso? ¿Con qué tipo de chicas has salido?

No entiendo absolutamente nada de lo que está pasando, así que me retraigo, me pliego sobre mí mismo, espero el siguiente ataque. No tarda en llegar.

—Además, ¿dónde está la imaginación? Si todo lo que cuentas te ha pasado..., ¿dónde se queda la creatividad?

—Pero eso es muy injusto. No me dirías lo mismo si fuera un músico e hiciera una canción. Todas esas canciones que tanto te gustan, que cantas a pleno pulmón, están basadas en alguien. Y cuanto más reales son, más te gustan. ¿Por qué en la música está bien pero en la literatura está mal?

—Me da igual lo que hagan otros. Tampoco querría salir en tus canciones y que contases nuestras discusiones o cómo follamos.

—No sé qué decir.

—«Lo siento» sería un buen punto de partida.

—Tendría que haberte preguntado..., supongo. Pero es que siempre lo he hecho así. Escribo sobre lo que conozco. No puedo evitarlo.

—Pues si no puedes evitarlo entonces prefiero no seguir leyendo. Porque seguro que me encuentro esta discusión dentro de tres capítulos y va a generar otra que también estará y así entraremos en un bucle infinito de vivencias que todo el mundo leerá. Porque lo peor es que va a ser un éxito seguro. Porque es buena, joder. Eso es lo que más rabia me da. Lo peor es que es puto buena.

7. ELLA

—Yo me sentiría halagada.

Niego con la cabeza.

—No está bien. No sé... Ha sido muy decepcionante. Y me jode, porque la novela es la hostia. En serio, al menos lo que he leído. Pero cada vez que aparezco me siento desnuda y me hierve la sangre.

—A mí me encanta escuchar las canciones de los músicos a los que me tiré buscando la frase que habla de mí. Hay palabras que escucho y digo: «Eso es mío, eso pasó en esa habitación». Uno me dijo una vez: «Hazme algo que pueda contar en la furgoneta». ¿Te lo puedes creer? Yo ayudo a hacer arte, no pajas.

—No quiero saber cuántas canciones he escuchado que hablan de los prodigios de tu vagina.

—Yo tengo cuatro que sé a ciencia cierta que hablan de mí.

Me río con el cigarro entre los dientes.

—Venga, reconócelo. En el fondo te gustó un poco —insiste—. Sé sincera. Estás en la casa de la verdad. —Y coloca dos copas de rosado sobre la mesa de su comedor de señora casada. Se sienta enfrente de mí y me coge la mano que tengo libre—. Mírame a los ojos y dime que no te gustó ni un poco que escribiera sobre ti.

Sonrío mientras titubeo.

—Estoy bastante cañón en el libro, la verdad.

—Pues ya está. No es para tanto. Además, salen más personajes, ¿no? Nadie se va a fijar en si su novia se parece a una de las del libro.

—Ya... Igual me he pasado. No sé. Ya lo arreglaré.

—¿No lo arreglaste?

—Sí, más o menos... Le dije que su novela era buena. No hay nada mejor para hacer sentir bien a un hombre que una mamada a su autoestima.

—Y a lo que no es su autoestima, querida.

Escupo el vino con la carcajada. Cuando termina de reírse me roba una calada del cigarro y se pone un poco seria.

—Tengo que contarte algo.

—Javi y tú os vais a separar.

—No. Joder. Quiero contártelo ya para hacerte partícipe de todo y que no me digas que te dejo a un lado.

—No estoy segura de querer seguir escuchando.

Y me levanto de la silla con la copa en la mano.

—Clarisa, escúchame.

—Que no sea que estás embarazada, por favor.

—No estoy embarazada.

—Bien.

Me siento.

—Estamos intentándolo.

—¿Ya? Pero si no hace ni ocho meses de la boda, no nos hemos emborrachado lo suficiente. Corre, tómate esa copa de vino ahora mismo. Salgamos a lo loco. Disfrutemos cada momento que te queda.

—A ver, con calma. No hace ni un mes que dejé la píldora. Hay gente que empieza a intentarlo y no se queda en años.

Y entonces rompo a llorar. Claudia me abraza tratando de consolarme, pero no es eso. Me alegro por ella, joder. Claro que me alegro. Es solo que estoy asistiendo en primera fila a la demolición de mi vida. Todo estaba bien, tranquilo, controlado, estable. Ahora los pilares se tambalean y no sé qué va a quedar de mí cuando empiecen a caer uno a uno.

8. ÉL

Es agotador creerse en posesión de la verdad durante mucho tiempo y mucho peor no escuchar al que tiene algo que decir. Si quería que la leyese y me diese su opinión es porque valoro lo que piensa. De nada sirve ignorarla ahora. Por mucho que me moleste, ¿hay algo de verdad en lo que me dijo? Quizá sí. Reviso lo escrito bajo su prisma y me planteo reescribir algunos pasajes. Oigo la puerta que se cierra con violencia seguida de un *«sorry»* nasal. Chocan las zapatillas contra una pared. Respiro hondo. Empieza a hablarme desde el salón a toda velocidad. Imposible seguirla, imposible entender lo que dice. Salgo al salón.

—Claudia quiere tener hijos.

—Qué bien, ¿no?

Se gira desde la mesa del salón donde se está abriendo un botellín. Me mira con ojos rojos y su ceño fruncido.

Empiezo de nuevo. ¿Qué bien?

—Ella sí está bien. Yo no estoy bien.

Y empiezo a encajar las piezas del puzle. No suelo ser muy rápido con esto, pero tiene cierto sentido. Entiendo todo lo que le está pasando por la cabeza.

—Sabes que ella va a seguir siendo tu amiga aunque sea madre, ¿verdad?

—Sí, sí... Lo sé. No es eso. Pero dejará de beber, de fumar, de salir, hablará todo el rato de cómo está y, cuando empiece a engordar, va a ser insoportable. Y luego cada vez que quedemos, llevará la cosa esa encima y ella estará acostumbrada, pero yo pensaré que se va a morir en cualquier momento y que va a sacarse un ojo con el pico de una mesa. Pero, bueno, ya estoy bien, he decidido que vamos a salir cada noche de aquí a que se quede preñada para vivir todo lo que podamos lo que le queda de vida. Y cuando el niño vaya a la universidad podremos retomarlo y quizá sigamos teniendo cosas en común.

—Veo que lo tienes todo controlado. Me alegro mucho.

—Todo controlado, sí.

—Imagino que lo de no querer tener hijos no es solo para tu amiga, ¿no?

Sí que empiezo a ser bueno en esto de encajar piezas.

—¿Yo? Yo no quiero tener hijos, claro que no. Bueno, no lo sé. O sea, ahora sé que nunca quiero tener hijos. Pero no sé si me levantaré una mañana y diré que quiero tener uno o cinco. El no deseo de ser madre es tan poderoso como el de serlo, pero creo que una no es presa de lo que su yo de ayer piensa y tengo derecho a cambiar de opinión tantas veces como crea conveniente. Aunque por ahora no lo he hecho.

—Estoy muy de acuerdo, aunque pregúntame mañana a ver si he cambiado de opinión.

Y entorna los ojos en esa mirada verdosa suya.

Yo la imito hasta que se ríe. Se acerca, aún recelosa, criatura herida, y mete su hocico entre mis brazos buscando refugio.

—Todo va a ir bien. Vas a ser una tía genial.

—Seré quien consienta todo, ¿no? Eso es guay. Le compraré sus primeros discos de música, se podrá refugiar en casa cuando discuta con su madre, se vendrá conmigo de fiesta. Sí. Puedo afrontar eso. Pero hasta que no tenga edad para beber que no cuente conmigo.

—Parece un plan.

—Una mierda de plan. ¿Quieres ahogar las penas un rato conmigo?

—Tengo que terminar el capítulo de hoy.

—¿Aparezco yo?

—Ja, ja, ja. Te he eliminado. Ya no existes.

—A ver, que está bien. He estado meditando y no me parece tan mal. Pero cámbiale el pelo, por lo menos. Y que no folle tan bien, porque ahí mucha gente va a saber que soy yo.

—Tomo nota.

—Y quiero el veinte por ciento de los beneficios.

—Me parece justo. Es lo mínimo para una musa.

—Déjame que me gane mi porcentaje entonces.

Se quita torpemente el vestido y me arrastra hacia el dormitorio. Camino de espaldas, besándola. Me choco contra el marco de la puerta. Se ríe. Me empuja encima de la cama y se tumba sobre mí. Le ha crecido tanto el pelo que le cae alrededor de la cara, me hace cosquillas en la frente. Se lo aparto con suavidad. Tira de la camiseta y me besa el pecho. Levanta la cara a la altura de la hebilla de mi pantalón y dice:

—Que sea el treinta.

9. ELLA

No le he dicho nada a Claudia de mi madre. No quiero que se convierta en el tema recurrente. No quiero preguntas sobre cómo está cada vez que nos veamos. No quiero tener que explicarle que seguimos a la espera, que están haciéndole más pruebas, que ella se mantiene en pie, que es una roca y que eso me obliga a mí a ser más compacta que ella. Hablarlo estropearía todo este set que me he montado a mi alrededor donde soy la reina de un castillo de naipes. Prefiero centrarme en su búsqueda del embarazo. No es mi tema favorito, pero al menos me entretiene. Tener la información de la frecuencia e intensidad de los actos sexuales de Javi y Claudia era algo que necesitaba incorporar a mi vida. No sé cómo he llegado tan lejos sin saberlo.

—Tienes mucho tiempo libre últimamente, ¿no?

—Bueno, mi madre se está tomando el blog con calma. Los vídeos funcionan solos y ha decidido hacer menos y vivir más.

Al decir esto, un escalofrío me recorre la espalda.

—Yo haría lo mismo. —Señala al camarero que se acerca y le pide otro par de gin-tonics—. Pero sin gilipolleces. No nos los llenes de plantas, por favor.

El camarero nos mira ofendidísimo y trae el kit de preparado de gin-tonics. Cuchara mezcladora, lima, cardamomo. Asistimos a la creación en silencio y cuando, seis minutos más tarde, ha terminado, brindamos con nuestro vaso de balón.

—Cada dos días, ¿te lo puedes creer? Yo pensaba que era estar todo el día dale que te pego, pero por lo visto es cada dos días para que el semen esté bien espeso, bien concentrado, como el café que te tomas por las mañanas.

—Gracias, Claudia, por esta información tan relevante.

—De nada.

Chinchín.

—Por el esperma concentrado de Javi.

Sorbo. Sorbo.

Dos gin-tonics más tarde Claudia va al baño. Camina con sus tacones de aguja y su falda de tubo y trato de imaginármela con barriga de ocho meses. Miro mi móvil pero Marco no me hace mucho caso. Cuando empieza a escribir y se concentra, no hay quien lo saque de su ensimismamiento. Son las dos menos cuarto y, francamente, estoy muerta, pero no pienso reconocerlo delante de Claudia. De hecho, cuando vuelva y me suplique que quiere irse a casa, yo me haré la dura y la convenceré para ir a bailar. Y, aunque sea lo último que haga en mucho tiempo, pienso dejarme los pies en la pista. La observo contonearse mientras camina de vuelta. Se ha ondulado las puntas, acaba de retocarse los labios rojos en el baño y camina metiendo barriga.

—Bueno, ¿dónde vamos ahora?

Esto sí que no me lo esperaba.

—A bailar, espero.

—Por supuesto.

Pagamos. Trago rápido a los hielos derretidos y salimos a la calle en dirección a Tribunal. Se nota que es casi septiembre y todo el mundo ha vuelto a la ciudad. Por desgracia. En la puerta del Ocho y medio me piden el carnet. ¿Hola? Me muero por darle un abrazo, pero no soy ese tipo de persona. Dentro la música está altísima, la DJ se mueve al ritmo de lo que pincha, entregada a la causa; nosotras vamos directas a la barra. El sudor de jóvenes descontrolados se me pega en los brazos. El aire acondicionado pelea por refrigerar un ambiente denso, concentrado de transpiración, de vapores de diseño, con lejía que huele a pino y hormonas frescas de niños bien.

La camarera tarda medio minuto en servir el *gin-tonic* en vaso de tubo. El primer trago me hace arrugar la frente. No han escatimado en alcohol. Claudia coge su copa y grita como una loca. Yo llevo sin mear desde que salimos, así que esta es la mía.

—No te muevas de aquí.

La cola en el baño es infernal. Todas mis compañeras de espera tienen diez años menos y el doble de copas que yo encima. Estoy perdiendo ritmo. Veinte minutos más tarde vuelvo a mi posición pero Claudia no está. Lo sabía, me la ha jugado, se ha ido a casa. Me giro sobre mí misma buscando la puerta cuando la veo en mitad de la pista con dos tíos bailando a lo loco. Joder con Claudia. Me acerco a ella tratando de no rozarme con el resto de humanos.

—¿Qué haces, tronca?

Me sale Madrid por la boca. Me dice «¿qué?» pero no la escucho con el volumen de la música. La agarro por el brazo y me pego mucho a ella.

—¿Qué haces bailando con estos niños? Podrían ser tus hijos.

—Tía, tenías razón. Si se va a acabar esto quiero disfrutarlo todo lo que pueda.

Se separa de mí y sigue bailando. Brazos en alto, cadera a los lados. Yo intento imitarla, pero solo muevo el brazo para llevar la copa a la boca. Sin duda soy la que está llamando la atención entre tanta extremidad descontrolada. Aguanto lo que creo que son tres canciones, aunque igual eran ocho, y le digo a Claudia que esto es una mierda, que está lleno de niños, que soy demasiado mayor, que si nos vamos a otro sitio. Y ella me dice que está bien, que si no conozco a Alejandro. No, no conozco a Alejandro. Alejandro me coge de la cintura y me da dos besos babosos en las mejillas. Yo me limpio con el dorso de la mano.

—Tía, paso de Alejandro. ¿Te vienes conmigo o te quedas?

—Una canción más, por favor. Una canción más.

Cuando subimos las escaleras de salida, Claudia está cabreadísima.

—¿Para qué me sacas de juerga si luego no quieres quedarte?

—¿En serio querías quedarte aquí con Alejandro, tu amigo nuevo?

—Me daba igual. Solo quería bailar. Dicen que es el deporte más completo para alargar la esperanza de vida.

Lleva los zapatos de tacón en la mano.

—Seguro que recomiendan hacerlo con cuatro gin-tonics en el cuerpo. Eso es salud.

—*Edes* una sosa. —Y su lengua de trapo escupe al hablar.

—Pero si no puedes con tu alma.

Paro un taxi. La meto dentro.

—Me lleva bien a la niña a casa, por favor.

Le quito el pelo pegajoso de la cara.

—Llega bien. Escríbeme cuando llegues.

—Sí, mamá. Tú eres la que debería tener el hijo.

Y su risa es lo último que oigo mientras cierro la puerta; su cuerpo tirado en el asiento de atrás, lo último que veo cuando arranca el taxi.

Vuelvo caminando a casa. Son las tres y media y Madrid ha decidido que es el último día en la tierra y que hay que aprovecharlo. Me cruzo con tres borrachos que me sueltan alguna burrada y a los que ignoro. Cuatro manzanas antes de casa ya llevo las llaves en la mano.

Cuando llego, Marco está en la cama durmiendo. Compruebo que no me ha mandado ningún mensaje de buenas noches. No pasa nada. Está bien. Termina muerto de escribir y se tira directo a la cama. No me preocupo. Estamos muy bien. No significa nada. Yo tampoco le he escrito casi en toda la noche. Todo está en orden. Todo bien.

10. ÉL

Llevo tres horas trabajando cuando por fin se despierta. Aparece en el estudio con una de mis camisetas y las braguitas. Se abraza a mi cuello.

—Estoy cadáver.

—Pero bueno, alguien lo dio todo anoche, ¿no?

—Ni siquiera. Ojalá. Los bares ya no son lo que eran. Están llenos de gente a la que odio, gente joven, gente que se divierte con la música a todo rabo, gente como Claudia.

—Vaya, y ¿eso?

Se sienta encima de mí en la silla giratoria.

—Bah... Da igual. ¿Qué tal tu novela? ¿Trabajaste mucho anoche? No me hiciste ni puto caso.

—Eh, eh. ¿Y ese humor? ¿A mí también me odias?

—No, no, perdona. Es la resaca la que habla. No..., es que como no me decías nada...

—No quería molestarte en tu noche de chicas.

—Tú nunca molestas.

—Ahora lo sé.

—Ahora ya lo sabes.—Bosteza—. Por algún milagro increíble no habrás hecho café, ¿verdad?

—¿Yo? Ni sé usar la cafetera.

—Vaaaaaaaale.

Y se levanta directa a la cocina. Oigo el traqueteo de los vasos. Guardo lo que llevo escrito. Estoy contento. Es un buen domingo. Hace un día estupendo, son las doce de la mañana y ya he escrito dos capítulos. Me siento bien. Aprovecho que Clarisa está entretenida en la cocina para llamar a mi madre. No nos vemos mucho. En general desde que se separaron la relación con mis padres pasó a ser algo relajado y distante. En un buen sentido. Cada uno ha respetado siempre lo que el otro ha hecho, sin juzgarnos, sin preocuparnos demasiado, y está bien. Hablo cada domingo con ella. Chequeamos que estamos vivos, que nos queremos, que está feliz con su novio nuevo de ese mes y que yo no necesito pasta.

Clarisa aparece en el marco de la puerta completamente desnuda sosteniendo una taza de café. Creo que intenta decirme algo. Me desnudo en el salón mientras sigo al teléfono. «Sí, muy bien. ¿Hoy? Escribiendo, he terminado varios capítulos y estoy bastante contento». Clarisa me echa un vistazo y confirma. Asiento un par de veces a lo que parece una pregunta pero ya no escucho a mi madre al otro lado.

Al llegar a la habitación se tiende sobre la cama bocarriba. Me acerco a ella tirando del calzoncillo hacia abajo. Sigo hablando: «Y nada, muy bien, la verdad, sí». Y ella empieza a lamerme. Mi madre habla tan alto que se puede escuchar a través del teléfono cuando pregunta: «Bueno, y Clarisa, ¿qué tal está? Ocupada ahí, ¿no?». «Exacto», respondo, y la saliva le resbala por la boca.

11. ELLA

—Me gustaría que mi madre entrara en razón. Que pasara del blog, de la gente, de las gallinas explotadas, del alga chlorella y la espirulina y que se centrara en ella, solo en ella. Pero es imposible. Ni siquiera quiere que me vaya una temporada allí con ellos porque «No es necesario, sigue con tu vida, ven a vernos cuando te apetezca pero no cambies nada, como yo tampoco lo estoy haciendo». Pero es que a lo mejor sí hay que cambiar cosas, a lo mejor hay que replanteárselo todo.

—¿Y qué vas a hacer?

—Nada, no puedo hacer nada... Mi madre no quiere que vaya, así que no voy a ir. Eso la va a poner más nerviosa y he hablado con mi padre, que secunda cada cosa que dice ella. Supongo que él me diría si se está haciendo la dura. Pero de todas formas, si quiere que vaya me lo va a exigir. No se anda con tonterías y, por lo que sé, con mi hermano están igual.

—Me refería más bien a qué plan tienes tú.

Miro a Marco hurgando en su mirada. Qué coño quiere decir.

—¿No estarás insinuando...?

—No, no. Lo digo por ti. Me refiero a que siempre he supuesto que esto de trabajar para tu madre era algo provisional, ¿no? Con la carrera, los másteres que tienes... Y escribes muy bien. ¿No has pensado en volver a escribir sobre viajes?

—¿Viajes? Pero si mis únicos desplazamientos son del sofá a la silla del estudio, de la silla a la cama y de la cama al portal a fumar. No creo que haya muchas revistas interesadas en eso.

—Bueno, no sé. Era una idea. Sinceramente pensaba que ahora mismo estabas cómoda haciendo esto, pero creía que te habías imaginado haciendo otra cosa.

—Haciendo otra cosa como qué.

—Algo personal, tuyo. No sé...

—Algo como lo que haces tú, dices.

—Bueno, yo estaba en la tele pero sabía que quería hacer algo más. Siempre tenía mi libro como proyecto personal.

—Tú no estás en la tele porque te echaron, no porque quisieras irte.

Supongo que eso ha sido un golpe bajo porque responde con otro en el mismo lugar.

—Si me echaron fue por tu culpa.

Busco la mueca que me haga ver que está bromeando, pero no encuentro nada.

—¿Por mi culpa? —Entonces mira al suelo. A sus manos. A mí. A sus manos otra vez en un silencio que empiezo a reconocer—. ¿Por mi culpa, en serio? ¿Estás diciendo que porque decidiste llevarme a tu trabajo de noche y grabar un vídeo erótico la responsabilidad es mía?

—No, no..., no quería decir eso.

Respira lentamente con la mirada confundida. Continúa hablando.

—Lo siento. Ha sido una tontería... Tienes razón.

Se acerca a mí desconcertado.

—Esa noche solo quería impresionarte, divertirte. Quería hacer algo por ti y me salió mal.

—Una parte salió bien. Ahora puedes dedicarte a tu sueño.

—Sí.

Nos quedamos mirándonos, respirando hondo, quitamos el dedo del gatillo pasándolo por la parte externa del seguro. Mi teléfono suena rompiendo toda la tensión. Es Claudia.

—Tengo que cogerlo.

—Claro.

—Claro.

Claudia está llorando al otro lado, así que el cambio de escenario me ayuda a calmarme. «Cuéntame. Nos vemos, claro».

—Voy a ver a Claudia. Te busco luego en la presentación del libro.

—Vale.

—Vale.

Salgo disparada hacia la puerta.

—¿No me das un beso?

—Claro. Perdón.

En el marco de la puerta nos damos uno de nuestros tres peores morreos.

12. ÉL

Me siento un traidor cuando, nada más cruzar la puerta, enciendo el ordenador y empiezo a escribir. Sé que no debería, pero si esto ha sido una discusión, si he sido desafortunado con mis palabras, si he metido la pata hasta el fondo como siento que he hecho, al menos tengo que sacar algo bueno.

Escribo un capítulo en el que mi protagonista y Clara, su vecina, tienen una discusión horrible por la falta de implicación de ella en la relación. Tres páginas de enajenación después le doy a guardar. No releo. Que repose. Apago el ordenador y me pongo las zapatillas. Borja Navarro presenta su libro *Belugas en el Amazonas.* Borja Navarro es el típico gilipollas al que no aguantas en el trabajo, pero del que no te libras aunque ya no estés en él. El típico que siempre tiene una idea de última hora que tumba el guion en el que llevas currando toda la mañana, el típico que cuando acabas de pagar te dice que él podría haberlo sacado más barato porque el restaurante está en El Tenedor, el típico que suelta una gracia cuando todavía no tienes confianza y sientes que te está vacilando, el típico que te pregunta cómo estás para hablarte de sí mismo, el típico que usaba Snapchat antes que nadie y te miraba mal porque tú no sabías ni lo que era, el típico que escribe poesías en la intimidad. El típico.

En la puerta de La Central ya está Miguel esperando. Me saluda con la mano. Clarisa no es ninguna de las personas que hay a su alrededor. Le mando un mensaje. Me dice que sigue con Claudia, que va para largo, que ya nos veremos en casa. Decido que solo puedo apagar un incendio si estoy delante de él y lo pospongo para cuando llegue a casa.

—Aquí hasta el más tonto tiene un libro —me suelta Miguel nada más verme mientras me da unas palmadas en la espalda. Se coloca las gafas con el dedo corazón.

—No lo dices por mí, ¿verdad?

—Tú aún no lo tienes. Estás a un paso de serlo.

—Quiero pensar que te refieres a escritor.

—Qué poco me conoces.

—Y toda esta gente ¿habrá venido como nosotros, irónicamente, o son fans de verdad?

—Aquí hasta el más tonto tiene su público.

Pasamos. La sala de presentaciones está a rebosar. No damos crédito. Luis se ha rajado a última hora. Ha llevado el sarcasmo a un nivel mucho más inteligente que el nuestro.

Diez minutos de cortesía después, una tal Manuela Nosequé de la editorial presenta a nuestro amigo. Va a leernos unos cuantos poemas y sentimos que no podemos tener tanta suerte. Veinte minutos de polvos matutinos, de odas al sexo esporádico, de viajes por sudores y salivas y procede a la firma. No hay ruegos ni preguntas. Hemos tenido suficiente. Cogemos un libro para diseccionarlo mientras nos tomamos un café, un libro que pensamos devolver en cuanto nos terminemos la bebida. Antes de ser atendidos, pasa por nuestro lado Leonor Watling. Yo la observo sorprendido esperando que no sea amiga de Borja. Ella mira distraída a su alrededor hasta que nos ve. Entorna los ojos. Camina hacia donde estamos, decidida. No viene a por mí. Conoce a Miguel de aquella vez que Marlango tocó en *Noche con Tino*. ¿Dónde estaba yo ese día? ¿Ya me habían echado?

Leonor, Marco. Marco, Leonor.

Tras cinco minutos de charla descubro que solo estaba de paso, pero que al ver que había una presentación le había parecido interesante. Interpretará a una escritora en su próxima película. Le venía bien documentarse.

—Vaya, qué casualidad. ¡Marco es escritor! —declama Miguel.

—Ah, ¿sí?

Intento decir que más bien un conato de escritor, pero Miguel me interrumpe.

—Tómate un café con nosotros si quieres. Así te cuenta cómo es esto de dedicarse a la escritura. Tal vez te venga bien.

Por un momento dudo sobre si Miguel se está riendo de mí o de ella.

Nos atienden por fin y nos sientan en una de las mesas de la entrada. «Un café solo; un té con leche de soja, aparte, por favor; un café con leche, normal». Nos acomodamos. Miguel y Leonor están enfrascados en una conversación sobre el programa, de lo bien que se lo pasaron, lo bien que la trataron, lo bien que todo. Yo estoy esperando mi turno para poder decir algo, para meterme en la conversación, para hablar de mi libro. Me siento tentado varias veces a interrumpirlos y declararme fan absoluto de Leonor. Desde que la vi en *Raquel busca su sitio* supe que era una actriz especial, una de esas que tiene verdad a pesar del guion. No me atrevo. Le doy vueltas a las frases en mi cabeza sin llegar a pronunciarlas en voz alta. No sé cuánto tiempo ha pasado cuando Borja aparece hablando con una fan. Nos mira sorprendido y nos saluda enérgico. Ahora empieza la diversión. Borja le da dos besos a la chica y viene a nuestra mesa. Por el camino para a un camarero para decirle que quiere un cortado y mientras nos señala.

—Pero qué alegría, habéis venido, no me lo esperaba. Ni siquiera sabía que os gustaba la poesía. —No nos gusta—. Y lo habéis comprado y todo. Sois la hostia. Por cierto, yo soy Borja. Nos conocimos en el programa de Tino.

Beso. Beso.

Leonor asiente con cara de no recordar quién es en absoluto. Cuando queremos darnos cuenta ya tiene nuestro libro en las manos y un bolígrafo preparado.

—¿A quién de los dos se lo dedico?

—No hace falta, de verdad...

Pero Miguel insiste.

—Dedícaselo a Marco que ha sido al que más le ha gustado. Si te soy sincero, yo no soy mucho de poesía.

Giro mi cabeza cual muñeco diabólico hacia Miguel. Borja agarra el ejemplar y se pone a escribir con caligrafía de médico.

Me lo entrega, y me dice que lea la dedicatoria después, que con él delante no, por favor, que qué vergüenza. Y entonces se centra en Leonor. «Qué alegría volverte a ver, no te esperaba a ti, ¿no tienes una copia del libro? Déjame que te regale uno, por favor». Y saca de la bolsa que lleva uno para ella. Leonor le cuenta que no sabía quién era, se disculpa con una elegancia exquisita, que ella pasaba por allí, que está preparando su nuevo papel. Borja se ofrece voluntario a explicarle los entresijos del mundillo, cómo es ser escritor, sacar un libro, la emoción del momento. Leonor le pide que no se ofenda pero que prefiere hablar conmigo, le interesa más el proceso de creación de una novela. El café se me hace bola.

Pasamos una hora hablando sobre literatura, sobre la soledad del escritor, sobre el proceso de creación de los personajes, sobre cómo cobran vida y los ves por la calle, te encuentras con ellos, miras el menú en los restaurantes pensando qué pedirían y concluimos que cuando por fin toman sus propias decisiones, más allá de lo que uno como dueño y señor de todo eso quiere, es que se ha llegado al punto en que ese texto es por fin una novela. Cada vez que paro para beber, pensar o respirar, ella ataca con otra pregunta. «¿Cómo es el miedo al folio en blanco? ¿Qué haces cuando te quedas bloqueado? ¿Sigues algún tipo de rutina...?». Le hablo tanto del libro que estoy deseando llegar a casa y ponerme a escribir. Me pide con prudencia el teléfono. Solo por si tiene alguna duda más o le puedo recomendar algún libro o lo que sea. No me tiembla la voz cuando se lo doy. El adolescente que se enamoró de ella cuando la vio por primera vez en la televisión está gritando como un loco.

«Adiós, adiós, gracias por todo, beso, beso, beso». Y los tres nos quedamos viéndola partir, como al avión en el aeropuerto al que no hemos llegado a tiempo.

Borja se gira hacia mí y me llama bribón. ¿Perdona? «¡Cómo te la has camelado!», me dice. Pero no me deja contestarle «Te equivocas».

—Bueno, chicos, ahí os quedáis. Voy para casa con la parienta. Chao.

No ha pagado la cuenta, como era de esperar. Al pedirla, el camarero nos dice que la chica ya se adelantó y todo está en orden. Miguel y yo nos miramos y negamos con la cabeza. Suspira él. Suspiro yo.

—¿Qué hacemos con esto? —Señalo el libro firmado.

Lo coge de la mesa y me empuja fuera de la cafetería. En la primera papelera que encuentra lo tira sin mirar atrás. Ni Tom Cruise dejando un coche explotar a sus espaldas sin despeinarse tiene tanto estilo.

—Me voy a arrepentir de haberlo tirado.

—¿Tú lo has pagado?

—¿Yo?

Y me abraza para despedirse.

—Ahora se lo contamos todo a Luis en el chat —me dice mientras baja Preciados.

Cuando se marcha miro el móvil buscando alguna señal de Clarisa. Clarisa no está. Un número extraño me ha dejado un mensaje: «Escribir es como intentar seducir a alguien. Tienes que dar lo mejor de ti mismo, solo que durante más tiempo.

Me ha encantado esta frase, igual le propongo al director usarla en la película. Gracias. Ha sido un placer. Leonor».

Boom.

13. ELLA

Cuando llego a casa de Claudia, ya está algo más calmada. Me ofrece una calada de lo que está fumando y una copa de vino. Me alegra ver que, aunque deprimida, no ha perdido sus dotes como buena anfitriona.

—Me ha venido la regla.

—Espera. Todo este drama es por eso.

Y entonces recuerdo todas las conversaciones sobre querer tener un hijo.

—Pero, ¿de verdad esperabas quedarte a la primera?

—Sí, tía. Joder, soy superfértil. Ya he tenido dos abortos. Me quedé embaraza de dos gilipollas en un par de noches torpes y ahora que intento quedarme y sigo las instrucciones de la ginecóloga a rajatabla no consigo que se enganche un espermatozoide.

—Igual es que todavía no estás produciendo óvulos válidos. Tras la píldora, quiero decir... O igual es que falta pasión. Lo estás haciendo medicinalmente.

—No lo sé. Puedes tener razón. Uno se pone a tener hijos y se olvida de follar, solo piensa en engendrar. Yo solo quiero ser madre para poder ser buena persona.

—Claro, porque todo el mundo sabe que es una cualidad que se desarrolla junto con el superolfato y el producir leche cuando oyes a tu bebé llorar.

—Piénsalo. Estar embarazada es de buenas personas. Tú ves a cualquier persona en el metro, una mujer primordialmente, y piensas: «Menuda cara de hija de puta que tiene esa». Pero ponle una barriga. Una de cinco meses, que ya se note. Es imposible pensar que es mala persona. No. Piensas que es buena.

Y vuelve a llorar. La abrazo y le paso la copa de vino.

—Es que me ha venido toda la regla cuando pensaba que ya estaba preñada y, entre la desilusión y la regla en sí, estoy hecha una mierda.

—Míralo por el lado bueno, si estuvieses embarazada seguramente el niño te habría salido tonto con todo el alcohol que ingeriste la otra noche. Casi ha sido mejor. Ahora tienes la oportunidad de hacerlo bien desde el principio. —Consigo hacerla reír—. Además, pensaba que, no sé..., al verte la otra noche tan entregada a la causa, querías disfrutar más de tu juventud.

Entonces me mira muy seria y, si no fuera porque sé que no está embarazada, pensaría que va a decirme que está embarazada.

—Tía, tengo que serte sincera. Estuve intentando aguantar toda la noche por ti. No quería decepcionarte.

Suelto una risotada espectacular.

—Fue horrible, Claudia.

—Fue terrorífico.

—Sentí la muerte en vida.

—No estamos hechas para la noche. Ya está. Ya pasó ese tren. Hay que aceptar el relevo generacional y dejar lo que sucede a partir de las dos de la madrugada a quien tiene cuerpo para aguantarlo.

—Las dos, dice... Me habría ido a las doce. La última copa en el bar pijo me sobró.

—Qué feliz me hace saber que no estoy envejeciendo sola.

—Llámalo madurar.

—Exacto. Sabemos elegir. Ya no nos va cualquier copa barata en un garito de mierda.

—Claro. Somos adultas que beben, por supuesto, pero en restaurantes, en casa, en bares seleccionados.

—Si no me llegas a meter en el taxi me habría desmayado allí mismo.

Nos reímos hasta que nos duele la tripa.

—Esto equivale a ciento veinte abdominales.

—Estás loca, Claudia.

Y seguimos quemando calorías a golpe de carcajada.

14. ÉL

Mi cuerpo se enamoró del cuerpo de Clarisa antes de que fuéramos capaces de reconocérnoslo y, aun estando nosotros inconscientes, ellos se buscaban entre las sábanas.

Cada mañana cuando me levanto, está pegada a mí. Me abraza de espaldas, cae sobre mi pecho o yo la rodeo con mis brazos.

Hoy, no.

Anoche se quedó en el borde de la cama, en su lado, dejando un vacío enorme entre nuestros cuerpos. El mismo con el que me he encontrado al despertarme. Estiro mi brazo intentando llegar hasta ella, pero mis manos parecen zarpas. Retrocedo. Miro su nuca durante lo que me parece una eternidad, atento a cualquier movimiento, un gesto, una respiración que me indique que está despierta. Nada sucede.

Me levanto de la cama y saco los mismos pantalones de ayer del armario. Me visto rápido y bajo a la pastelería a por cruasanes. Cuando vuelvo, Clarisa está despierta en mitad del salón. El pelo le cubre media cara. Sus piernas delgadas aparecen debajo de mi camiseta, que usa como pijama. No me debe odiar tanto si se sigue poniendo mi camiseta, pienso, y me acerco a ella.

—He bajado a por el desayuno.

—Todo un detalle. —Camina hacia mí rascándose la cabeza—. No me ha gustado nada no dormir abrazados esta noche.

—Ni a mí —le digo.

—No está bien. No puede volver a pasar. No podemos meternos en la cama cabreados.

Temo decirlo en voz alta pero siento que es justo.

—Te recuerdo que fuiste tú la que se metió en la cama dándome la espalda.

—Podrías haberme abrazado...

—Parecía que si te abrazaba iba a molestarte.

—Ya... Seguramente me habría cabreado más. Pero no está bien. No puede volver a pasar. He dormido fatal.

Da el último paso hasta mí y me envuelve. Su cuerpo está duro, aún tenso, aún iracundo. La beso en la cabeza y nos mecemos de pie un rato.

—Siento ser tan testadura.

—Siento haberme metido en tu vida.

—¿Por qué no me abrazas con la mano derecha?

—Porque tengo los cruasanes y no quiero pringarte con la grasa.

—Bien pensado.

Para nuestro baile y coge la bolsa de papel manila. Desaparece con ella en la cocina. Dos minutos más tarde suena la cafetera italiana. «¿Quieres café?», me grita desde la cocina. Entro para contestar que sí, para darle otro beso, para decirle otra vez que lo siento, para tocarle el culo debajo de la camiseta.

Vuelvo al estudio y releo todo lo que escribí ayer. Me gusta. Cuando oigo a Clarisa entrar, cierro Word. Como el examen que tapas cuando el profesor merodea por tu mesa. Clarisa me inspecciona con la mirada.

—¿Ya no quieres que siga leyendo?

—Claro que sí.

Me levanto del ordenador.

—Solo que prefiero que lo hagas cuando esté más seguro, cuando lo que tenga sea definitivo.

—Me tienes miedo.

Lo niego, por supuesto.

Ella no me cree, por supuesto.

—¿Desayunamos?

Apago el ordenador y la acompaño al salón.

Dos tazas pequeñas con los cafés y, en el centro de la mesa, un plato con los dos cruasanes formando un corazón. Órgano de mantequilla. Coge una esquina despedazándolo, deja la víscera desmigajada. Siento un pinchazo.

15. ELLA

Hay un tipo de personas a las que los problemas se le revientan en el estómago por no hablar de ellos. Bien, yo no soy una de ellas.

Puedo estar un rato dejando que escueza, pero un rato. Nada de tener un problema putrefacto en las entrañas. Una noche mala, ok, pero solo una. Así que cuando me despierto dispuesta a mostrar mi bandera blanca y veo que él ya lo ha hecho en forma de desayuno, no me queda otra que rendirme ante el amor. Porque a veces una se cabrea, sí, a veces una no quiere que se metan en su vida y que le dejen tomar sus decisiones, a veces una no quiere que le planteen preguntas que no ha sido capaz de formularse, pero eso no excluye que una sepa cuándo no hay una guerra de por medio o cuándo hay que pararla a tiempo.

Bandera blanca, bandera blanca.

Yo preparo el desayuno, él escribe en el estudio. Todo bien. Pero si todo está bien, ¿por qué no me deja que lea lo que ha escrito? Dejo que el desayuno transcurra en paz y armonía y en cuanto terminamos le pido que me deje leer lo que lleva. Quiero saber si ha tenido efecto en él todo lo que hablamos y, más aún, si de verdad soy su musa. Me pide algo de espacio y tiempo. Se lo doy. No hay que forzar la creatividad. Tiene razón. Me siento a su lado en el estudio y hago como que trabajo, pero en realidad estoy más pendiente de qué está escribiendo él. Parece concentrado, absorto en sus propias palabras. Dejo que la mañana transcurra entre su concentración y mis cancelaciones de todas las entrevistas de mi madre para la semana que viene. Me da igual que quiera seguir trabajando. Voy a aligerar su carga quiera o no, para eso soy la persona que se ocupa de ello.

Pasamos la mañana sin hablar. No parece que él se haya dado cuenta de nada, aislado en su máquina del tiempo y del espacio viaja a otra realidad a la que no tengo acceso. Cuando se acercan las dos de la tarde, interrumpo mis tareas y sus pensamientos para hacer la comida.

—¿Te apetece ensalada de aguacate y pollo a la plancha?

—Sí. Genial.

Contesta con tal automatismo que repito la pregunta poniéndolo a prueba.

—¿O prefieres sacapuntas con orina y renacuajos con babas?

—Sí, sí, lo que te apetezca a ti.

Salgo de la habitación rebuznando, pero tampoco nota nada, por supuesto, y mientras pelo los tomates en la cocina, me siento egoísta. «Déjale su espacio, joder, Clarisa. Está creando. Algo que tú nunca sabrás lo que es». Termino la ensalada, ajo y perejil para el pollo, emplato. En la mesa del comedor coloco dos salvamanteles, cubiertos, dos copas de vino, la botella, por lo que pueda pasar, papel de cocina porque hace dos semanas que se acabaron las servilletas y no parece que se vayan a generar espontáneamente, y pan. Lo llamo. No viene. Vuelvo a insistir. «Ya voy», se oye desde el estudio. Lo primero que me dice es que prefiere agua. Desapruebo su decisión con la mirada. Insiste. Está concentrado. No quiere despistarse. Vale. Claro. Agua para ti. Vino para mí. Sonríe con la mirada en Parla.

—Bueno, y ¿qué tal tu libro? Se te ve muy bien. Muy enfocado.

—Sí. La verdad es que he conseguido centrarme. Y tenías razón, hay que dejarse llevar, salirse un poco de lo conocido y crear.

—Vaya, me alegra haberte ayudado. Ganas de leerlo.

Sonríe. Sonrío. Masticamos.

—Y ¿qué tal la presentación del libro? Claudia estaba de bajona y no podía dejarla.

—Bien. Normal. Miguel y yo nos reímos mucho de él, claro.

—Me habría encantado ver la cara de Borja cuando se dio cuenta de que estabais ahí.

Asiente sonriendo, pero no añade mucho más. Picotea el pollo, marea el tomate. Se levanta.

—¿Te importa?

Sé perfectamente a qué se refiere, pero aun así le pregunto «qué». Me dice que no tiene mucha hambre y que prefiere seguir escribiendo.

Por supuesto que no. Vete. Claro. Qué me va a importar. Ya termino de comer sola, me beberé la botella de vino y me fumaré lo que queda de porro tranquilamente como postre.

—Por supuesto que no.

Empiezo a dudar sobre qué tipo de persona soy cuando me arde el estómago con la segunda copa de vino. Ignoro mis dudas. Será la acidez de la digestión. Cojo el móvil y escribo a Claudia.

«Marco se ha echado una amante».

Contesta en cuanto le doy a enviar.

«¿Qué
me
estás
con
tando?».

«Sí. Marco me engaña con su novela».

16. ÉL

Cojo el portátil y un libro e insisto por última vez. Ella me mira desde el sofá. Las piernas cruzadas, el móvil en la mano y la negación en la cabeza. Con la mano que tiene libre hace un gesto como de «Vete y ya si eso te llamo para ver dónde estás». Pero sé que no va a venir. Ha sido un fin de semana raro. Yo apenas he salido del estudio y ella ha trabajado poco. Le está dando espacio a su madre y no para de cancelar proyectos. El tiempo que ha ganado no teniendo que organizar su agenda lo dedica a hablar con ella por teléfono. «Dale un beso de mi parte», grito antes de cerrar la puerta, pero no me espero a ver si lo hace. Bajo las escaleras de dos en dos y cuando llego al rellano, cojo el móvil. Miro hacia arriba prestando atención a los sonidos y salgo a la calle en dirección a Malasaña.

Tengo un mensaje sin contestar de Leonor de hace diez minutos. Está por el barrio, cree recordar que le dije que vivía por aquí. Va a una librería que está cerca de la Plaza de San Idelfonso, donde también se puede tomar algo, a por un par de libros. Que si quiero acompañarla. Sí quiero. No quiero. Pero sí quiero. Me paso todo el trayecto justificando cada paso que doy. Llego a Tipos Infames, la veo a través del cristal curioseando entre los libros. Cuando entro, aprovecho que está detrás de una columna y no podrá verme para buscar un libro que creo que puede venirle bien. Lo encuentro. Me acerco por detrás, con cuidado. Llevo el libro en la mano. Pretendo extender el brazo y que sea lo primero que vea mientras le digo que en este libro encontrará los elementos fundamentales del oficio de escribir. Pero cuando empiezo a hablar, pega un grito y se gira espantada.

—Lo siento, lo siento. No quería asustarte.

Recobra el aliento mientras se ríe.

—Qué absurdo, ¿no? —Respira profundamente y se apoya en una de las estanterías—. No sabía que vendrías al final.

—Había salido a escribir un rato a algún bar, a veces en casa me saturo, y justo acabo de ver tu mensaje.

—Qué casualidad.

No.

Se centra por fin en el libro que le voy a regalar. *Escribir ficción.*

—Es un libro destinado a aquellas personas que quieren escribir, pero creo que, como tu personaje se dedica a eso, tal vez te pueda dar ciertas claves para hacerlo más coherente.

Me observa sorprendida y agradada. Su sonrisa es de niña pequeña.

—Muchas gracias. Qué curioso, claro... No había pensado en algo así... Pero tienes razón, me va a venir muy bien. ¿Tú lo has usado? Con tu novela, digo.

—Bueno, este y muchos otros, sí.

Le empiezo a contar mientras caminamos hacia una de las mesas de la ventana. Me interrumpe para decir lo mucho que le gusta esta librería. Poder comprar libros, leer un rato, beber vino. Le parece el lugar ideal para pasar una tarde. Yo me siento sucio, enfangado, y a la vez contento. Despertar admiración en alguien, descubrirle tu librería favorita, que te escuche con devoción como si lo que tienes que decir fuera importante es muy goloso. Saboreo el caramelo mientras dejo que la corriente de lodo me arrastre. Nos pasamos la tarde anotando conversaciones ajenas, viendo a través de la ventana la gente que pasa, hablando de libros, de su personaje, de mi novela. No me doy cuenta de que han pasado casi tres horas y no he mencionado a Clarisa en toda la tarde. Miro por primera vez el móvil y parece que Clarisa tampoco se ha acordado mucho de mí. Nos despedimos rápido. Esto hay que repetirlo, claro que sí. Y el camino a casa está lleno de fuego burbujeante, arenas resplandecientes, roedores de aspecto gigantesco...

17. ELLA

Dejo pasar diez minutos de prudencia y me despido de mi madre. Voy al estudio y enciendo mi ordenador. Dejo abierto el correo y lolesdebruselas.com con el último vídeo de ella haciendo invertidas en *loop.* Me dirijo a la zona restringida, temblorosa, y enciendo su ordenador de mesa. Antes de hacer lo que voy a hacer, salgo al rellano y miro asegurándome de que no vuelve de la calle. Me tiembla la mano cuando la pongo sobre el ratón pasando por todos los borradores, tratando de descubrir cuál será el más reciente. Me fijo en que está por orden alfabético y cambio a fecha de modificación. Aquí estás, maldito. Ochenta y dos páginas a 11,5 arial me separan de ser una curiosa a ser una hija de puta. Enciendo la impresora y coloco un buen taco de folios. Le doy a imprimir tragándome mis escrúpulos. No estoy haciendo nada que no haya hecho antes. Seguro que Claudia me da su aprobación. Pero no la consulto. El ruido de la impresora retumba en la casa. Decido abrir Spotify y tapar la débil voz de mi conciencia con *Holy Shit* de Father John Misty. Me parece muy adecuada.

Sus casi treinta mil palabras tardan en hacerse carne los cuatro minutos que dura la canción. Perfecto. Deshago mis pasos y cuando apago el ordenador, nada indica que acabe de ser mancillado. Paso mi mano por encima, como el vecino descarriado sobre la frente de la niña del primero, acaricio el flequillo con ternura y aquí no ha pasado nada. Será nuestro secreto. Extraigo el códice de la impresora. La apago. Mi ordenador también. Vuelvo al salón. Enciendo la lamparita, aunque hay luz suficiente. Me hago un cigarro de liar y lo coloco con suavidad en mis labios mientras camino con él hacia la cocina. Vuelvo con un cenicero en las manos y una cerveza de lata. Abro la ventana de par en par intentando que no se cargue demasiado el ambiente y me alegra que en septiembre siga siendo verano. Con la primera calada continúa mi caída.

Pasadas tres horas y media, oigo la llave en la puerta y me quedo rígida, almidonada en el sofá. Entonces reacciono, tapo el texto con uno de los cojines y lo espero de pie, en mitad de la lona. Debajo de su barba de tres días, siempre de tres días, asoma una película de culpabilidad. Es imposible que sepa lo que he estado haciendo y si así fuera la cara sería de cabreo por haber violado su intimidad, y con razón, pero no. Así que la utilizo para crecerme en mi ataque y voy al grano, sin suavizantes ni analgésicos, sin exordios ni rodeos.

—¿Has conocido a alguien, verdad?

El directo le da encima de la nariz a la altura de los ojos.

—¿Qué dices?

—Sé sincero. De verdad. No pasa nada. Prefiero que me lo cuentes tú.

Gira la cara a la derecha, fruto del segundo impacto. Agarrotado. Busca en su disco duro las respuestas. Pero ahí no están, querido. Repasa el salón y observa el cenicero rebosante de colillas. Tregua de medio minuto. Le paso el cigarro de liar que acabo de hacerme. Inspira buscando una respuesta en la habitación y la encuentra asomando debajo de uno de los cojines del sofá.

—¿Qué has hecho?

Contraataca.

—¿Yo? —le digo—. ¿Qué has hecho tú?

Crochet con la izquierda seguido de golpe directo con la derecha.

—Yo no he hecho nada. Absolutamente nada.

Se desliza evitando el siguiente golpe.

—Entonces ¿me quieres explicar en quién te has basado para crear a Lourdes?

—¿Lourdes?

Su cabeza ata cabos. Su cuerpo zigzaguea, evitándome.

—Seguro que se llama Lorena o Lupe, con la poca imaginación que tienes, no habrás cambiado ni la inicial. De verdad, qué asco. Y yo pensando que te estaba inspirando, sintiéndome bien siendo tu musa. Pero, joder, ya veo que tienes otras.

Y ahí para el juego exigiendo un tiempo muerto. Me tiemblan las manos vendadas cuando me quito los guantes. Él pega una calada larga al cigarro comprobando que no es un porro y me lo pasa. Se acerca tranquilo. Eso no me cuadra. Deja sus guantes sobre las cuerdas.

—Vamos a dejar aparcado el tema de que has leído mi novela sin mi permiso y lo retomaremos más tarde. Y ahora hablemos de aquello que me pediste, que me criticaste en este mismo salón. ¿No querías creatividad? ¿No querías que me inventara cosas y que dejara de basarme en mi vida? Pero no te gusta, claro, no te gusta si me invento a alguien que no eres tú. Estás celosa de un personaje ficticio.

—No estoy celosa por eso. Estoy celosa porque sé que existe. Porque el que está inspirado en mí ha perdido relevancia y aparece este otro que le genera dudas a tu protagonista. Que ese protagonista eres tú. —Y le empujo. Se oye «¡Juego sucio!» desde las gradas—. Eso no me lo puedes negar. ¿Dónde me deja eso? Dime.

—¿Estás diciendo que no puedo inventarme un romance en mi novela porque creerás que te estoy siendo infiel?

—Mírame a la cara y dime que me equivoco.

Empiezo a pensar que he estado paranoica, que puede que tenga razón, que tal vez se ha inventado a alguien y encima gracias a mí.

—Te equivocas.

Pero, joder, algo no me cuadra. No me cuadra nada.

—¿Y por qué no querías que la leyera entonces?

—Quería, precisamente, explicarte que había cambiado cosas.

—No tiene sentido.

Niego con la cabeza y doy vueltas en el ring con el cigarro en la mano.

—Salvo por el hecho de que has conocido a alguien y me he enterado así, la novela está muy bien. De hecho deberías terminarla de una puta vez. Pero, claro, si estás esperando a que pasen cosas en tu vida que te inspiren a lo mejor no la terminas nunca. Porque es como Tinder, siempre puede haber alguna mejor ahí fuera. Quién sabe.

—Igual estás siendo un poco dura, ¿no?

Puede. Pero niego con la cabeza.

—No sé qué pensar, Marco. En cualquier caso, siento haber leído la novela a tus espaldas. Pero es que sabía que tramabas algo, joder, lo puto sabía.

Camina hacia mí con las palmas hacia arriba.

—Iba a dejar que la leyeras mañana mismo. Solo quería pulir bien algunas partes.

—Te he anotado algunas correcciones de estilo. En rojo. Por si las quieres ver.

—Gracias.

Y nos medimos las fuerzas sin tocarnos. Empiezo a barajar las posibilidades de haber errado. De que tal vez tenga razón y manoseo mi rabia hasta que se calma. Esta inquina mía de acceso directo, esta ira sedienta de segundos asaltos.

18. ÉL

Hemos sobrevivido a esta semana.

Los primeros días tuve que convertirme en el hombre invisible. Era necesario para soportar las inspecciones de Clarisa. Cuando no teníamos más remedio que cruzarnos, cuando evitarnos no era posible, cuando intentar escapar de su mirada habría ahogado al mismísimo Houdini, me ponía los guantes de algodón y, con cuidado, Clarisa, figurita de Lladró, y yo bailábamos evitando pisarnos los pies.

Porque soy un experto en buscar problemas con tal de sentir algo, lo reconozco, pero Clarisa es la reina de hacerte sentir mal con un solo parpadeo. Y a veces, mientras, sentados en la mesa cada uno tragaba su bolo alimenticio sin mencionarnos siquiera si estaba falto de sal, yo pensaba en su enorme poder para joderme la vida si quería. «Clarisa, puedes hundirme si te apetece. Cuida ese don. Puedes destrozarme». «You can make me feel bad», susurraba ella con la lechuga entre los dientes mirando a través de su copa de vino.

Lo más difícil fue abrazarse ese mismo lunes. Porque la norma es dormir abrazados, y aunque decirse «Buenas noches» no fue cómodo, lo hicimos. Los dos. Lo bueno es que cada mañana amanecíamos más calmados. Ella empezaba a olvidar los motivos y yo me autoconvencía de que tenía razón. Y así, esta mañana de sábado hemos tenido, por fin, una mañana de sábado.

Se gira hacia mí y me mira sin lanzarme rayos mortales. En lugar de eso me acaricia la cara y se pone sobre mí. Nos besamos un rato. La agarro por la cintura y me alegro de que sea pequeña y manejable porque puedo moverla con facilidad y colocarme encima de ella. Dedicamos casi una hora a hacer el amor y al terminar se queda en la cama mirando el techo.

—¿Quieres desayunar? —me dice.

—No hay nada —le digo.

Y nos vestimos con lo primero que pillamos y bajamos de la mano por las escaleras. Matías nos saluda con la cabeza y se pone a preparar los cafés solos. ¿Tostadas vais a querer? Vamos a querer. Y mientras esperamos los dos minutos y medio que tarda, me coge la mano. Yo suspiro feliz de haber suturado esta brecha. A Clarisa le suenan las tripas.

—¿Son las tuyas o las mías?

—Imposible saberlo.

Al salir de la cafetería hace algo de fresco. Clarisa se pega a mí y su piel de gallina se frota con la mía. Decidimos salir a pasear y vamos hacia el Retiro sin soltarnos. Nuestros pasos avanzan sincronizados como la primera vez que caminamos juntos hacia mi casa y entonces, en medio de esta felicidad, aparece un precipicio de tristeza que no sé identificar. Los rayos del sol hacen brillar su pelo, huele a casa, su vestido se mece con la brisa, pero, sin embargo, soy incapaz de amputar esta sensación incómoda. Hemos sobrevivido a esta semana, el barco sigue a flote, no parece haber áreas dañadas.

—Qué bien todo.

—Sí. —Y le tapo la boca a mi taquicardia.

—Y el martes, por fin, tu cumpleaños.

—¿Mi cumpleaños?

—Sí, Marco. Tu cumpleaños.

Una nube se pone delante del sol. La brisa se convierte en viento. El azul se vuelve grisáceo. ¿Por qué no nos volvemos a casa?

19. ELLA

—Creo que lo que necesitamos es hacer algo juntos. Está obsesionado con su libro, no sale del estudio y yo cada vez paso menos tiempo ahí.

—Algo que os una y os distraiga. Estoy muy a favor.

Y coge los cofres de experiencias, estudiándolos.

—Bueno, Clarisa, es tu día de suerte. Aquí ya hay uno que se llama «Feliz cumpleaños». Toma, ni te lo pienses. Mira qué cara de felicidad tienen estos dos. Sois vosotros, claramente.

Cojo la caja en la que se ve a una pareja en una bicicleta. Él conduce; ella, detrás, abre sus brazos y piernas. Son la expresión misma de la felicidad.

—¿Vendrá dentro la droga necesaria para conseguir pasárselo tan bien?

—Por 59,99 euros, debería.

Seguimos mirando, pero ninguno me convence demasiado.

—¿Y este de masaje?

—Es que no nos veo en una sala con gente sobándonos. No veo lo especial de eso.

—Pues es maravilloso. Deberías hacerlo alguna vez. Pones tu cuerpo en las manos de un profesional y te dejas hacer.

—Prefiero que sea Marco el único que me toque. Aunque todavía tenga mucho que aprender.

Claudia se ríe, resignándose.

—Mira, «Tres días con encanto». Solo 99 euros. Y todos estos lugares donde elegir.

—Creo que eso es lo que no me gusta. ¿No es más guay que organice yo el viaje? Podría buscar por Internet un hotel bonito y comprar los billetes de tren o algo así. Todo esto me parece diseñado para gente lo suficientemente vaga como para no querer invertir ni un minuto en ti.

—Amiga, eso está muy bien, pero su cumple es mañana. Decídete ya.

Veo una caja con un coche en la portada. «Conducción extrema».

—Se lo puedo regalar junto con la matrícula de la autoescuela.

—Y decían que el romanticismo había muerto, Clarisa.

Ella sigue riendo, pero yo empiezo a agobiarme.

—Que cumpla años antes que yo es una putada, porque tengo que regalarle algo aunque yo odie los regalos. Me dan igual. Soy la que vuelve siempre con el ticket regalo a por otra cosa.

—Créeme, lo sé.

—Pero, claro, es Marco. Quiero hacerlo bien. Siento que necesito hacerlo bien.

Claudia coge mi cara entre sus manos y me obliga a respirar.

—Podemos hacer una cosa. Cómprale un cofre de aquí para tenerlo como opción segura, vamos a casa y allí hacemos lo que has dicho. Buscamos un hotelito en algún sitio que te guste. Y si lo encuentras descambias esto mañana mismo o lo guardas para mi aniversario con Javi.

Sonríe. Yo me quedo un buen rato mirando las caras de la gente de los cofres e intento ver qué tengo en común con ellos.

—No, no... Mira, aborto misión cofre de experiencias. Voy a comprarle un iPad. Es un regalo increíble, es caro, no tiene ninguno y seguro que le gusta para poder trabajar en cualquier parte. Y si no lo quiere que lo cambie por doscientos packs de mierda de estos.

—Justo lo que querías, un regalo para pasar más tiempo juntos.

—Bueno, ya le regalaré el viaje por nuestro aniversario.

Cojo el iPad mini con mayor capacidad, grito ante el atraco y calmo mi cerebro contable con el cinco por ciento que se acumulará en mi tarjeta Fnac para mi próxima compra. Es un superregalo. Lo flipará y cuando llegue mi cumple tendrá que esmerarse y eso es bueno. Eso es hacer algo útil por la relación. Estoy invirtiendo en nosotros, de alguna manera.

Claudia me apoya haga lo que haga, pero se despide de mí en Callao animándome a hacerle un bono canjeable. Como el cofre, pero hecho y pensado por mí. Me parece una buena idea, pero creo que lo que quiere en realidad es que le regale el iPad a ella.

Cuando llego a casa, Marco está en el estudio. Entro y le doy un beso. Aparta un segundo la vista de la pantalla para mirarme. Yo observo sus manos sobre el teclado, su propia técnica mecanográfica, su estilo buscador de letras con tres dedos.

—Voy a verme una serie o algo mientras espero para la cena.

—Guay —me dice sin apartar la mirada del texto.

Cojo de mi escritorio un par de folios y dos bolígrafos y me voy al salón. Igual Claudia tiene razón. Decido intentarlo al menos y, mientras el teclear veloz de Marco se convierte en banda sonora, miro hoteles en la costa desde el móvil. Es septiembre y han bajado bastante los precios, así que empiezo a emocionarme con esta opción. Compruebo que un viaje a Almería para los dos en un apartamento junto a la playa nos sale por la cuarta parte del iPad. Me da el empuje que necesito para crear. Cojo uno de los folios y lo doblo con insistencia para partirlo por la mitad. Escribo con letra de preescolar «Vale por un viaje para dos a Almería en el mes de septiembre. Hotel, desplazamiento y sexo incluidos». Releo. Me espanto a mí misma ofreciendo sexo en un bono y rompo la nota. Empiezo de nuevo. «Vale por un viaje para dos personas a Almería. Incluye apartamento junto al mar y desplazamiento. Consulte fechas en la agencia de viajes Clarisa's». Cedo el nombre de mi futura peluquería ficticia a mi ficticia agencia de viajes. Ahora sí. Con el bolígrafo azul realizo varios ornamentos en las esquinas de la cuartilla y la doblo sobre sí misma. Fuera pongo «Para Marco, de Clarisa».

Dejaré la elección del regalo al ímpetu del momento.

20. ÉL

Observo el espectáculo desde una esquina, copa de vino en la mano, sorbos cortos. Hay algo extraño en los ambientes festivos, algo inherentemente sexual en la forma de relacionarse. La gente baila. Desconocidos danzando con desconocidos, cantando por encima de la música al unísono como si todas las canciones que suenan fuesen sus favoritas. Como si pudiesen enamorarse los unos de los otros solo bailando. Extremidades moviéndose bajo el mismo pulso, apéndices, orillas, extremos que se rozan, segregaciones compartidas, ritos de cópulas, carnes que se mecen en busca de fricción. Personas que apenas me conocen, pero que han debido de pensar que soy lo suficientemente popular como para querer asistir a mi treinta y cinco cumpleaños. Miguel y Luis se acercan a mi cápsula. Les permito entrar.

—Reconozco que habéis hecho un trabajo muy resultón. —Y brindamos. Han alquilado una sala en un palacete del centro, con servicio de catering, DJ, decorado todo con bastante buen gusto. Estoy francamente sorprendido—. Lo único es...

—¿El qué? ¿El qué? —Luis levanta los brazos señalando su obra como si fuera El Rey León y algún día todo eso fuera a ser mío.

—¿No habéis encontrado a nadie mejor para invitar? ¿Es culpa vuestra o mía?

Miguel y Luis se miran. Luego me miran a mí.

—Verás —continúa Miguel—, no ha sido fácil. Pensamos que no te apetecería ver a gente del trabajo, pero si no los invitábamos nos quedábamos con una lista bastante corta.

—Entiendo.

—Pero no te puedes quejar. Ha venido hasta Borja.

—Estoy decidiendo todavía si eso me hace muy feliz o muy desgraciado.

—Piensa que era algo que no dependía de ti. Cuando se enteró de que cumplías años, prácticamente se ofreció a organizarlo todo. De hecho, el catering ha sido idea suya.

—Espero que también lo pague.

—Luego hablamos de eso. —Miguel me pasa el brazo por encima y me arrastra al centro de la pista.

Busco a Clarisa esperando que me rescate pero cuando la localizo está con Claudia en la barra, codo hincado, terreno conquistado, inamovible. Intento hacer algún aspaviento para llamar su atención pero parece que estoy bailando. Nada la saca de lo que sea que está hablando con su amiga. Luis me coloca unas gafas gigantes con el número 35 sobre cada lente y un fotógrafo ¿oficial? me pide que pose para él. Flashes. Morritos. Risas. Trago largo. Vergüenza extrema.

Les suplico volver a mi zona de confort, pero se niegan. Apelo a la parte antisocial de Miguel, consigo rascar un poco su corazón misántropo y accede a ir a relajarnos fuera de la multitud. Luis se queda en medio haciendo algo más parecido al aerobic que al baile, dándolo todo con *Foals*.

Conseguimos ponernos a resguardo de la gente. Un camarero con mini hamburguesas pasa por nuestro lado y señalo mis gafas para que vea quién manda aquí y me deje coger tres. Mastico la tercera mientras el kétchup me resbala por la barbilla rasurada. Me estoy riendo a mandíbula batiente, enseñándole a Miguel el canapé en proceso de masticación, cuando un dedo fino me llama por la espalda. Me giro en ese estado para encontrarme con Leonor. Me trago la hamburguesa del impacto y noto cómo se queda atascada en mi esófago. Le robo la copa a Miguel y trago tratando de ayudar a que pase.

—Qué sorpresa, no sabía que venías.

Busco rápidamente a Clarisa, que sigue en la barra con Claudia. Leonor, sonriente y feliz, mandíbula cuadrada, dientes perfectos, me da dos besos y me felicita.

—Me invitó Miguel y me pareció genial. Pero no podré quedarme mucho, tengo un evento después.

—Qué bien que hayas venido. Jo..., de verdad, qué bien.

Mi radar tiene localizada a Clarisa, que mira justo en nuestra dirección.

—Te he traído un par de regalos. Son dos tonterías, eh, pero bueno, espero que te gusten.

—No tenías que traerme nada.

Clarisa se acerca lentamente a nosotros. Empiezo a abrir el primero. Tiene forma de libro. Estoy tan nervioso que suelto la broma absurda de decir que es un balón. Ella sonríe educada. Miguel me mira absorto y puedo escuchar sus pensamientos. Es el *Libro de las cosas maravillosas*, de Marco Polo. La miro boquiabierto.

—¿Sabes que me llamo Marco por Marco Polo?

—No, no lo sabía —contesta Clarisa detrás de mí.

Me giro tratando de contener el temblor.

—¿No?

—No. —Y los ojos de Clarisa ya no enfocan. Siento que tengo que explicar algo más, aunque la historia no es que dé para mucho.

—Nací el mismo día que él y mis padres no tenían aún un nombre. Les hizo gracia llamarme igual. De hecho, me llamo igual. Me llamo Marco Polo.

—Marco Polo, me encanta. Deberías presentarte así, con el nombre completo —dice Leonor.

—Marco Polo —susurra Clarisa con voz robotizada.

Leonor continúa con sus regalos.

—Como este era un poco broma te he traído uno más útil.

Extiende sus brazos, otro libro reposa en ellos. Lo abro con cuidado. *Submarino* de Joe Dunthorne.

—Va sobre un adolescente, lo leí hace tiempo y me encantó. Igual te sirve para inspirarte en tu novela.

—Ah, pero... —interrumpe Clarisa—, ¿ya os conocíais?

—Bueno, solo de hace unos días. En la presentación del libro de un compañero. ¿Cómo se llamaba? Borja, ¿no? Bueno, yo soy Leonor.

—Ya lo sabía. Me encanta tu grupo. Yo soy Clarisa, la novia de Marco Polo.

Su calor me abrasa cuando pasa a mi lado para darle dos besos. Combustión espontánea. Clarisa está en alerta roja. Intento apagar el incendio hablando sin parar sobre lo mucho que me gusta el libro. No lo conocía, además. Qué curioso. Seguro que me viene genial. Muchas gracias. Gracias, gracias, gracias. Miguel nota mis esfuerzos por contener el ataque de pánico y se pone a hablar con Leonor sobre Borja. Clarisa sonríe, emana humo negro a través de la blusa. Se gira hacia mí. Ni se molesta en retirarse un poco.

—Así que Leonor. Cómo no. No era Lorena ni Lupe. Cómo no lo pensé..., Leonor.

La agarro con suavidad del brazo y trato de apartarnos de la multitud.

—Qué listo eres.

—No es lo que piensas, de verdad. No ha pasado nada. Ella está casada, no le intereso de esa manera.

—Por supuesto que no. ¿Quién te has creído que eres? Ella es una persona elegante.

Rebuzno.

—Déjame que te explique.

—Que me expliques el qué. ¿Que conociste a tu nueva musa, la incluiste en tu novela y que cuando te pregunté por ello me lo negaste?

Dudo un momento. El casco craneal partido por la mitad. Todo el hormiguero a la vista. Insectos siguiendo una rutina sin plantearse si lo que determina la reina madre es lo correcto. Tiene razón, pero no.

—Sí, pero no es eso. Tú lo has dicho. Me hacía ilusión que alguien se interesase por mí, pero por mi yo escritor. No era nada sexual.

—Bueno, eso pregúntaselo a tu personaje.

Intento acariciarla, pero se retira con brusquedad.

—De verdad, Marco. Marco Polo. Me das asco ahora mismo.

Estoy tan arrinconado que solo se me ocurre arremeter contra ella. Como si fuera una cabra montesa y ella un muro. Sin orden, sin lógica, sin ninguna inteligencia.

—Al menos yo hago algo con mi vida.

—Por favor, explícame eso.

—Tú solo la ves pasar. Trabajas para tu madre pero no te preocupas de tener un proyecto propio, de crecer personalmente. No tienes ambición ninguna.

—Vaya, Marco. No imaginaba este giro inesperado por tu parte, pero ya que hablas sobre mi ambición, gracias a mi falta de ella puedes dedicarte a escribir tu puta novela.

La gente empieza a mirarnos. Intento apartarnos un poco más y nos vamos a uno de los pasillos.

—Sabes que el que no esté generando ingresos es algo puntual.

—Por supuesto, todo lo puntual que sea el escribir tu novela. Pero bueno, debes estar a punto de terminarla con tantas fuentes de inspiración a tu alrededor.

Mira su copa con ira. Creo que me la va a tirar a la cara, pero Clarisa nunca jugaría con el alcohol. Bebe de un trago lo que queda. Se separa de mí y se acerca a la sala principal. Llama a Claudia a gritos. Vuelve otra vez a mi lado.

—Tu novela. Tu puta novela. ¿Sabes lo peor? ¿Sabes por qué tu novela es una mierda, Marco Polo? Porque ningún personaje puede ser más listo que tú. Todos están condenados a tu puta y triste realidad.

Saca un sobre de su bolsillo y lo rompe en pedazos. Los tira por el aire. Claudia aparece en ese momento bajo la lluvia de confeti con cara de preocupación y coge su mano. Todo es de una épica inmejorable. Abandonan el pasillo dejando un rastro de huellas incandescentes. Dos minutos más tarde sigo sin moverme. Leonor aparece sonriente.

—Muy guay la fiesta. Que cumplas muchos más. Yo es que ya tengo que irme.

Contesto con un «claro» y vuelvo a mi recogimiento. No sé cuánto tiempo pasa cuando se apagan las luces. La voz chillona de Borja sobresale por encima de las demás. Trae una tarta de dos plantas con bengalas y el número 35 consumiéndose en medio. Cuando termina la canción, está frente a mí. El resto de invitados nos rodean.

—Pide un deseo, Marco. Un deseo y sopla.

Me grapo una nota mental en mi cerebro: «No volver a ser un gilipollas de mierda».

PAREJA

1. ELLA

No hay tarta, ni globos, ni confetis, ni cantos. No hay gente alrededor, ni invitados sorpresa, ni regalos caros porque si algo aprendimos el año pasado es que no vamos a volver a celebrar su cumpleaños.

Tampoco preparo los aguacates mientras él pela los tomates, ni le echamos ventresca, ni yo aliño con aceite y sal maldon. Porque si alguna secuela ha dejado la gran hecatombe pasada es la desidia colándose por las fisuras. Durante un tiempo creí que nuestra relación podía ser como ese jarrón roto que se repara rellenando las grietas con polvo de oro. Pensé que el Kintsugi funcionaría con nosotros. Pero mostrar la fragilidad y las imperfecciones de nuestra vida no nos ha hecho más fuertes. Se ve que la técnica no sirve con los corazones deshechos. Al menos, no con los nuestros.

Celebramos su treinta y seis cumpleaños calentando algo que alguien ya había cocinado, porque no hay tiempo para preparar una cena que requiera sus buenos diez minutos de dedicación. Gira el plato en el microondas y aprovecho la cuenta atrás para hacer sentadillas. Me visualizo consciente de lo ridículo de la situación, pero Claudia dice que el cuádriceps es el músculo más grande del cuerpo y por lo tanto el que más calorías quema y que si no voy a hacer deporte al menos puedo incorporar pequeños gestos de actividad deportiva a mis rutinas caseras. Me amenaza con cambios de metabolismo y nalgas colganderas. La obedezco, pero llego a diez repeticiones con el corazón que se me sale por la boca. Mientras las albóndigas dan vueltas, Marco sigue en el estudio. No despega los ojos de la pantalla del ordenador en un trabajo constante solo interrumpido por la búsqueda de cosas absurdas en Internet, para inspirarse, porque ya sabemos qué pasa cuando te inspiras en la vida. Que te pillan, Marco, que te pillan.

Yo me fui dos meses a vivir a casa de Claudia y todos y cada uno de los días Marco venía a pedirme perdón. Pero es que no se trataba de eso. No tenía nada que perdonar, no me jodió el hecho en sí, entiendo que hay personas que no saben lidiar con su ego, puedo vivir con eso. El problema es que me mintió y no era capaz de volver a confiar en él. Que me engañara de esa manera, cuando además no era necesario, me pareció de una deslealtad y una desconfianza imposibles de superar. Pero él me decía que era absurdo intentar recuperarme si estaba tan lejos y en eso tenía razón. Así que volví a casa. También porque estaba harta de escuchar a Claudia y a Javi follar cada dos días con una puntualidad, ritmos e intensidades simétricas, y porque notaba que Javi también estaba un poco harto de aguantarme en pijama con el pelo sin lavar, tirada en el sofá comiendo palomitas todas las noches.

Volví a casa porque creo que todos merecemos una segunda oportunidad. Pero solo una. «No la vuelvas a cagar. Si vuelvo es porque voy a hacer este esfuerzo de volver a confiar en ti, maldito, no voy a ir controlando lo que haces. Ya eres mayorcito. Pero si la vuelves a cagar te vas de mi casa». «De mi casa», dijo él. «¿Cómo?». «De tu casa», corrigió.

—¡Le queda un minuto!

Y se acerca a la cocina a por el mantel y los cubiertos. Partimos la servilleta de Ikea por la mitad. Podría limpiarse una familia entera con una sola de esas servilletas. Masticamos rápido. «Felicidades», le digo. Sonríe. Yo bebo directamente de la lata de cerveza. Pasan siete minutos exactos desde que nos hemos sentado a cenar hasta que se levanta. Quito la mesa mientras él vuelve al trabajo, a su libro, por supuesto. Su libro que ahora, sí que sí, está a punto de acabarse. Como era de imaginar tuvo que reescribir prácticamente todo.

Los platos se apilan en el fregadero.

Me gritan los zombis en la televisión del salón. Echo la ceniza en la lata vacía.

Escucha un disco viejo de The Divine Comedy. La música llega desde el estudio y puedo imaginarlo, iluminado por la pantalla, arqueado y enjuto, mientras la acetilocolina anima al ácido clorhídico a invadir un estómago lleno de carne. Iones de hidrógeno haciendo las paces con el ácido en una metáfora difícil de digerir.

Se oye un eructo.

2. ÉL

Me decían Miguel y Luis que los treinta y cinco marcan el final de una de tus vidas. No quise creerlos, pero tenían razón. Siento que una parte de mí ha desaparecido para siempre y que la piel desprendida me observa desde el suelo. Pero el cuerpo nuevo no brilla ni es tan flexible. Pasamos de ser niños de goma a ancianos de vidrio. En el transcurrir de nuestra vida vemos nuestros órganos cristalizar, algunos más rápido que otros. Corazones de invierno, perpetuamente congelados. Las caídas son más profundas, siempre desde más altura; los golpes, más fuertes; y hay pedazos de nosotros que no vuelven a soldarse jamás.

Lo vi todo a cámara lenta. Las columnas resquebrajándose, el sonido del crujir de los pilares retumbando en mis oídos justo en el momento en el que lo jodí todo. ¿Mereció la pena? En absoluto. Pero, como si hubiese sido secuestrado por mi propia ineptitud, no supe hacerlo mejor. Me arrepentí tanto que dediqué cada día a ir a casa de Claudia a intentar hablar con Clarisa. La primera semana no quiso verme y la entendía. No tenía excusas ni razones, solo disculpas y ella no las quería. Así que volvía a casa, subía las escaleras y me fumaba un cigarro en el estudio mientras trataba de recuperar mi otro amor perdido, mi novela. A partir de la tercera semana fue más fácil y accedía a fumarse un cigarro conmigo en la puerta de casa. Bajaba en pijama, con las zapatillas de oso, el pelo recogido en un moño en lo alto de la cabeza. Cogía el cigarro entre sus pequeños dedos y yo observaba sus uñas descascarilladas cuando se lo acercaba a la boca. «Cuánto lo siento», le decía. «¿De qué me sirve? ¿Por qué me mentiste?», preguntaba. Yo tampoco lo sabía, pero supongo que porque no le daba importancia, porque era algo mío. Conocer a Leonor fue estimulante desde un punto de vista literario y no quise perder eso. No tenía nada que ver con ella. Pero, sí. Ahora lo sé. Día tras día le pedía que volviera a casa, una segunda oportunidad, ni una más, solo una, no pensaba cagarla otra vez. No sé qué fue lo que le hizo cambiar de opinión aquella tarde de primeros de noviembre, pero regresó a casa. Como si hubiésemos arrancado esos dos meses del calendario todo volvió a calmarse. Yo me centré en mi novela, ella en cuidar a su madre a distancia y no se habló del tema nunca más. Pensé que era algo bueno, esquivar los golpes me pareció un buen modo de vida.

Hoy es 15 de septiembre de 2016. El verano enquistado. Mi cumpleaños. Mastico las albóndigas aceptando lo que tengo, que es mucho más de lo que el año pasado pensaba que tendría. Acepto esta vida. Acepto los silencios, la excesiva calma, el desapego. Lo acepto porque estos corazones siguen latiendo el uno por el otro, aunque estén lejos. Y ahí hay algo con lo que puedo trabajar. Puedo enfrentarme a esta vida, puedo vivirla, puedo acurrucarme en ella y seguir aquí un rato más.

Hubo un tiempo en el que Clarisa y yo compartíamos una complicidad que ahora está enterrada pero sé que sigue ahí, en alguna parte. No es que seamos como esos matrimonios que tras veinte años juntos no tienen nada que decirse. Solo estamos atravesando una pequeña crisis. Una de esas que cuando las superas te hace más fuerte. De las que la relación sale reforzada. Me autoconvenzo de ello.

Termino de comer y me llevo mis pensamientos al estudio. Me he aficionado a mirar fotos en Pinterest y en ffffound.com y a anotar mis impresiones. Tengo carpetas enteras llenas de relatos que a veces incluyo en la novela. Estoy empezando a pensar que soy un mal escritor y que todo lo que he hecho es una mierda, pero Miguel dice que está muy bien, que solo tengo que delimitar lo que quiero contar e ir hacia algún lugar. Me siento más estancado que nunca, en un hoyo creativo, rodeado de mi propia mierda, imposible de escapar.

3. ELLA

Claudia ya tiene una buena barriga. Una barriga de las que deberían garantizarte siempre uno de los asientos del metro. Una barriga que luce con sus vestidos ajustados, los mismos que tenía antes de preñarse. Una buena barriga de casi siete meses (ella sabría decirte cuántas semanas), que te hace tocar para que empatices con ella y con el ente, porque no quiere saber el sexo hasta que nazca, porque no quiere regalos azules o rosas, porque será un bebé *no matter what* y no quieren que lo sexualicen antes de tiempo. Estoy de acuerdo. Llamarlo ente me parece perfecto.

Me siento en la mesa junto a ella. Sigue mirando al ordenador mientras mueve el ratón y abre distintas pestañas.

—Puto blog. De verdad. Voy a acabar odiando a todas las madres por culpa de los putos blogs para madres.

—A ver qué dicen ahora.

—Te leo. «Habrá cambios en tu cuerpo». Y va por partes. Atención. «Pechos. Lo malo: estarán sensibles y te dolerán. Lo bueno: te crecerán y te sentirás más sexi». ¿En serio? Mira estas ubres, estas mamas y dime que estoy sexi.

—Estás sexi.

—No era la respuesta que esperaba . —Y se ríe—. Además, cuando te duelen tanto las tetas que solo rozarte con tu propia mano al echarte la crema hidratante es una tortura, qué más da estar o no sexi. En fin —resopla—, continúo leyendo. «Barriga. Lo malo: por supuesto, que crecerá. Lo bueno: podrás comprarte ropita nueva». A ver, ¿tú crees que me hace ilusión comprar ropa que solo me va a servir mientras tenga este balón medicinal por tripa? ¿Quién puede pensar que comprarte ropa te va a quitar las náuseas o hacerte sentir menos foca?

Me río.

—Sé lo que quieres decir. Pero no te quejes que ya no tienes náuseas. Acuérdate de que ahora eres feliz porque estás todavía en el segundo trimestre y es el periodo dulce de las embarazadas. Que lo dice el blog.

—Puto blog.

—Si no te gusta deberías escribir uno personal. Uno sincero que puede titularse: Lo que de verdad pasa cuando te preñan y no te quieren contar. Así empezó mi madre y está forrada. Mírala.

—¿Qué tal está?, por cierto.

Durante los dos meses que viví con Claudia acabé contándole lo de mi madre. Tras la primera semana, en la que solo me quejaba de Marco, necesitaba otro tema de conversación. Y, la verdad, me sentó muy bien. Desahogarme con ella fue regenerador. No me imaginaba cuánto lo necesitaba. Me convenzo tantas veces de que yo puedo con mis cosas que se me olvida que los demás están ahí, a veces, para ayudarnos a acarrear el peso de nuestras maletas.

—Mucho mejor. Respondió muy bien al tratamiento y ahora que tiene una medicación más suave, está mejor que nunca. O eso dice, al menos. Mi madre cree en su estilo de vida como una vía de sanación. Yo no creo una mierda, pero todo lo que la ayude me parece bien y... reconozco que lo está, está mejor, parece.

Miro un momento a través de ella y sonrío. Recuerdo el último vídeo que me envió con mi padre intentando practicar Sirshasana en el que, apoyado solo con sus codos, trata de hacer el pino, pero va con tanta fuerza que pierde el equilibrio y se cae hacia atrás. Mi madre lo coge al vuelo. Ninguna cadera rota. Solo risas y piernas envueltas en *leggins* por el suelo. Dudaba si debía subirlo o no a Internet. Por supuesto, mamá. Nuestro vídeo con más visitas en Youtube.

—Parece que está también en su segundo trimestre porque se acabaron las náuseas.

—Qué bonito fue compartir esa etapa con tu madre. Me sentía menos sola.

—Dice que va a dedicar un par de vídeos a embarazadas y todo gracias a ti. No dejará de tener gracia ver a mi madre con un cojín en la tripa a estas alturas.

—Tu madre es un ser increíble.

Le pego una calada a mi cigarro de regaliz mientas asiento. Después me lo como. Cojo tres más. Mastico con la boca abierta. Claudia me mira asqueada.

—Eso es por el embarazo, porque tú antes no eras así. —Y me acerco a su barriga con las manos como megáfono—. Devuélveme a mi amiga.

4. ÉL

Se acerca a la cama y se queda embobada, sin hacer nada, durante un rato. No habla. Son las once y media de la noche y es viernes, yo llevo diez minutos esperando. Podríamos haber visto alguna película, o incluso haber salido. Huele al cigarro que acaba de fumarse en el salón y ha dejado la copa de vino encima de su mesita de noche. Coloca los cojines debajo de su cabeza y se deja caer con un libro entre las manos. La miro de soslayo. Estamos a finales de septiembre pero sigue haciendo calor, así que solo hemos puesto una manta fina encima de las sábanas. Se tapa hasta la rodilla con ella. Lleva un camisón de tirantes. Se le transparentan los pezones. Me giro para observarla mejor. Suspiro sonoramente, pero ella no me mira. Noto cómo una erección se empieza a manifestar bajo mis calzoncillos. Me la follaría. Joder si lo haría. Tiraría del tirante suavemente para que su pecho se quedara a la vista y pudiera besarlo a la vez que le quito el libro de las manos. Lo dejaría caer al otro lado de la cama y después treparía por su cuello. Lamería desde su boca hasta su barriga para abrirle pacientemente las piernas y con suavidad apartaría sus braguitas, sin quitárselas.

Pero, no lo voy a hacer.

No es una cuestión de ganas, es imposibilidad. Qué hace falta para dar el paso. Tal vez si ella ahora me mirara, dejara el libro, me sonriera, aunque fuera con esfuerzo y empezara a besarme, sería más sencillo. Pero no hace ningún movimiento. Sigue atrapada en la lectura, yo sigo atrapado en mi propio cuerpo, sin inmutarme, relajando el intento de erección.

Suelta el libro un momento y se recoloca los cojines.

—¿Te molesta la luz?

—No. No te preocupes.

—La apago ya de todas formas. Estoy muerta. Vaya dos viejos.

Se incorpora para apurar la copa y deja el libro en la mesita de noche. Se gira hacia mí y me da un beso seco y rápido en los labios. Y se da la vuelta hacia su lado. No la molesto. Sé que he dejado pasar una buena oportunidad y que llevamos varias semanas sin follar, pero haber pensado en ello, haber tenido incluso una erección cuenta como sexo.

Estoy seguro.

5. ELLA

—Lo único malo del Nesquik es que no viene con las magdalenas incluidas.

Y pego otro sorbo. Él se ríe desde el otro lado del sofá. No se ha esfumado la magia. No toda. Hace tiempo que no pasamos una tarde hablando de nada en particular y por suerte hoy se encontraba desganado para escribir y aquí lo tengo, a mi lado, fumando y hablando sobre tener hijos. No los nuestros. Sobre tener hijos como tema de redacción. Le he contado que Claudia y Javi no follan desde que ella está preñada, primero por las náuseas y ahora por la incomodidad del tamaño de su barriga. He sacado el tema esperando que, de manera sutil, se dé por aludido. Pero no ve la simetría, está animado charlando sobre la paternidad como una necesidad para salir de la rutina. Los matrimonios se joden con el tiempo, es inevitable que las relaciones cambien. Cuando corona su discurso, le pone la zancadilla su propio subconsciente.

—La gente tiene hijos para tener una excusa para no follar.

—¿Y cuál es la nuestra?

Esto no lo ve venir. Le cambia la cara. Es evidente que tenemos un problema, pero también es la primera vez que alguien lo dice en voz alta. Como si el haberlo tenido guardado hubiese hecho que fuera menos cierto. Ahora no queda otra que darse de bruces contra la realidad. Y la realidad es el plato de habas que no te gusta, la realidad es la mierda líquida de un perro, la realidad es la parte de atrás de un frigorífico.

Y entonces llega el silencio. Un silencio del que me he hecho amiga. Sería más fácil si hablara. Sería mucho más rápido si consiguiera concentrar toda esa energía que le rezuma por las orejas junto con la caspa y la centrara en una idea, una palabra, un algo. A través de sus ojos veo una bola ardiendo que quiere salir, espero ansiosa el hadōken, pero no viene a por mí, se queda dentro. Le estará produciendo una úlcera y un día va a reventar, le estallará y tendrá sus tripas esparcidas por toda la habitación y yo, desde el otro lado, con algún trozo de hígado colgándome del pelo, le diré: «Te lo dije, es mejor dejarlo salir». Pero entonces ya será tarde.

Yo tendré muchas cosas, tendré síndrome de Tourette sin diagnosticar, mala hostia crónica, tendré colon irritable, tendré un gusto exacerbado por el desorden, pero jamás tendré una úlcera por callarme lo que pienso, no, no, no, no... Yo dejo que, en el momento en el que empieza el ataque, la batalla se desarrolle fuera de mi cuerpo; si puede ser contra su cuerpo, mucho mejor.

—¿Qué quieres que te diga?

—Lo que sientes, joder. Qué nos pasa. ¿Tú estás bien?

—Sí.

—Desarrolle su respuesta, por favor.

—Yo estoy feliz, estoy contigo, estoy escribiendo un libro, tenemos una casa bonita.

—Estás conmigo pero me tienes de adorno. Soy un elemento que queda bien en esta casa. Al principio te hacía gracia, pero ahora hasta pienso que te molesto.

—No.

—Y estás terminando tu novela desde que te conocí. No haces otra cosa que caminar en círculos. —Intenta romper la tensión corporal acercándose a mí. Pero lo noto artificial. Retrocedo—. ¿Por qué no reconoces que tenemos un problema?

—Porque no lo veo como un problema. Creo que es normal que las cosas se calmen cuando vives con alguien durante un año. Nadie folla al año de relación como al principio.

—Por supuesto que no. No te estoy diciendo que cuando me veas, apartes de un manotazo las cosas de la mesa y me tires encima para follarme. Te estoy diciendo que podríamos hacerlo una vez a la semana. ¿Tú recuerdas cuándo fue la última vez? Porque yo no.

Me mira como queriendo decir algo y vuelta al mutismo. Convento de clausura. Se me clava mi propia piel, rígida y tensa. Quiero gritarle y golpearlo hasta que reaccione, hasta que pase algo. Pero él sigue ahí, mirándome como si fueran a degollarlo, consciente de que son sus últimos minutos.

—Por lo menos yo te digo algo. Eso significa que me importas, que quiero arreglarlo. Pero parece que encima te molesta que saque el tema. —Niega con la cabeza—. ¿Qué preferirías?, ¿que me callara?, ¿que aprovechara que cada vez nos importamos menos para dejarlo pasar? Quieres que lo dejemos morir hasta que nos demos igual, hasta que un día alguien se te ponga a tiro y no te importe tenerme esperando en casa, o hasta que un día me canse y sea yo quien me tire al primero que me haga gracia.

Y sus ojos vidriosos me señalan que me he pasado. Que estaba sobre la línea y acabo de cruzarla.

—Lo siento.

Y me acerco blanda, espumosa. Tengo que ser más lista si quiero arreglarlo.

—Marco. —Me mira triste—. Tenemos que hacer algo.

—Tienes razón. Tienes toda la razón, pero es imposible. Veo lo que tengo que hacer y soy incapaz de mover un músculo en esa dirección.

—Pues hagámoslo juntos. Yo también estoy dejando morir esto. No digo que sea tu culpa. Digo que tenemos que hacer algo.

—¿Qué se te ocurre?

Dudo un momento.

—Me gustaría que hicieras algo más que estar obsesionado con el libro. Que hicieras algo conmigo, o incluso que buscaras un trabajo, por ejemplo. Lo que sea que te haga salir de esa habitación.

Me mira procesando la información. Asiente.

—*Quid pro quo.* Qué quieres que haga yo.

Le cuesta sacar las palabras del fondo de su garganta, pero lo consigue.

—Podrías ser más ordenada. Podrías cuidar la casa. Usar ceniceros. Podrías no dejarlo todo por medio.

—*Touché*.

—Y... Beber menos.

—¿Menos? No bebo mucho. Bebo normal. ¿No? Bebo como cualquier persona de mi edad.

—A veces bebes sola.

—Bebo comiendo.

—Vale.

¿Bebo demasiado? Es esa una pregunta que me he hecho alguna vez. Deja espacio a mis pensamientos y vuelve habiendo cogido impulso.

—Y podrías ser menos agresiva, volver a ser cariñosa. Tú dices que parece que estorbas en casa, pero yo tengo exactamente la misma sensación.

—Hey, ya había dicho *touché*, no hacía falta seguir enumerando mis defectos.

Deja una pausa dramática de cinco segundos.

—Pensé que querías que hablara.

Y su risa libera kilos de tensión acumulada. Es un comienzo.

—Nos llevamos bien, ¿no?

—A veces.

Me abraza. Y algo dentro de mí se estremece.

—¿Todavía te gusto?

—Por supuesto —me dice—. ¿Y yo?

—A veces.

6. ÉL

Pedimos dos cafés solos. «¿Con leche?». «No, solos. Expresos».

Acabo de salir de la entrevista de trabajo y hemos quedado en uno de los bares cercanos a casa. Desde que el bar de Matías cerró y tras tres días de luto, Clarisa y yo nos dedicamos a probar cada cafetería del barrio buscando la que pueda ser nuestro nuevo segundo hogar. No tiene ninguna pinta de que esta lo vaya a ser. Paredes verde menta, mesas cojas de metal, libros en las estanterías, banderines de colores, camareros más preocupados por su flequillo que por atender con agilidad. Toneladas de empeño en tratar de ser diferente para acabar siendo exactamente igual que cualquier otro café de Malasaña. Cuando mi padre vino la primera vez a una de estas cafeterías me dijo: «Dejemos propina que estos pobres no tienen ni para comprar las sillas iguales».

El primero es casi medicinal. Pido el segundo mientras Clarisa remueve el suyo. Siempre me he preguntado qué sentido tiene remover un café solo.

—Cuéntame todo. ¿Qué tal ha ido? ¿Te cogerán? ¿Qué sensaciones tienes?

—No lo sé. No ha ido mal. Les ha impresionado mi currículo y la carta de recomendación de Lorenzo López ha ayudado.

Me daba un pudor tremendo pedirle un favor a mi exjefe, y más teniendo en cuenta cómo acabamos, pero Miguel intercedió por mí y, a pesar de mi, llamémosle, inoportuno descuido, apeló a su buena voluntad para ayudarme a tener un trabajo en cualquier lugar que no fuera allí. También fue Miguel quien me consiguió la entrevista en un nuevo canal de pago necesitado de contenido propio y gente trabajadora.

—Es para un programa sobre cultura. Literatura, series y cine. Eso es todo lo que me han dicho.

—Bueno, tú de eso vas sobrado.

—Eso pensaba yo, pero las pruebas han sido casi igual de difíciles que las que hacen para trabajar en la Fnac.

—Si conseguiste pasar esas entonces, podrás con estas ahora.

—Mi capacidad de retención no es la que era. Pero bueno, no estoy preocupado. Tiene buena pinta y les he hecho reír.

—Es verdad, tú eras muy bueno en eso.

—Ja, ja, ja.

Me traen mi segundo café. Está frío. Casi lo digo en voz alta. Revivo aquellas veces en las que me encantaba que reclamara cualquier cosa por mí. La Clarisa de aquellos días sigue siendo exactamente la misma y, sin embargo, ahora me cuesta soportarlo. Nos enamoramos de las pequeñas diferencias solo porque están en el otro, en lo que creemos que es el otro, en lo que hemos idealizado que nos gusta de él, pero a medida que bajan los niveles de oxitocina las vemos como molestas astillas, clavándosenos en las partes blandas. Supongo que ella estará harta de tener que ser la que se enfrente a los taxistas, camareros, recepcionistas y cualquier persona del sector servicios en general.

Por fin saco el tema del que hemos venido a hablar.

—¿Te gusta el café?

—Sí... No es muy intenso, pero está bueno. ¿A ti?

Dudo antes de contestar.

—Está un poco aguado, ¿no?

—Como suave, quieres decir.

—Como demasiado insípido.

—Como si acabaran de limpiar el filtro.

—Como cabello de ángel convertido en café.

—Como demasiada belleza para soportarla.

—Como exactamente eso.

—Tienes un problema de adicción a la mierda.

—Ni que lo digas.

Y pienso en si esta predilección mía por lo fatídico no será la que me está jodiendo la vida. Esta obsesión por los accidentes, el caos, el pus en las heridas.

—Eso me recuerda a tu novela.

Es previsible su maldad. Eso me sigue gustando de ella. No está todo perdido.

—Es justo lo que estaba pensando.

—¿Qué tal la llevas?

—Estoy algo atascado.

Como nosotros. Omito.

—¿Hay algo que pueda hacer para solucionarlo?

Dudo sobre si lo he dicho en voz alta.

—No... No sé... Los personajes están enganchados a sus propias miserias y supongo que estoy abusando del metalenguaje. Estoy tratando de transmitir la desidia de su relación a través de un pasaje aburrido.

—Pero entonces esa parte será un coñazo, ¿no?

—O tal vez se verá como un interludio, un valle del que resurgir.

—Pero tú mismo acabas de decir que estás abusando.

—Sí, pero porque esperaba que dijeras que no era abusar.

—¿Y tienes claro cómo será ese resurgir?

—Todavía no. Por eso estoy atascado.

—Entiendo.

Y nos miramos sabiendo que estamos volviendo a hablar de nosotros.

Hace unas semanas Clarisa nos quitó la venda de los ojos y si estoy buscando trabajo, más allá de mi novela, es precisamente por ella. Por la relación. Por nosotros. Por mí, supongo. Pero no ha cambiado nada más. No hemos hecho nada diferente. Hemos permitido que la rutina triunfe cada día y la observamos ganar terreno sin que ninguno de los dos mueva un dedo. Pero hay cierto encanto en la putrefacción, en los insectos esparcidos en la luna del coche, en las tuberías de la ducha atascadas con pelos, en los finales tristes. Hay mucha más energía y movimiento que en los felices. Esos finales felices irreales. Atardeceres rojos, coches que se desvanecen en carreteras vacías, caras sonrientes, dedos entrelazados, una fiesta en una azotea, fundido a negro.

7. ELLA

Octubre ha traído el frío y cuando anoche nos metimos en la cama y él se tendió bocarriba con los brazos detrás de la cabeza, yo me acerqué y apoyé mi cabeza sobre su pecho. Él bajó su brazo derecho acariciándome la espalda y nadie dijo nada. Subimos el edredón nórdico hasta taparnos completamente y nos quedamos dormidos en esa posición. Esta mañana hemos abierto los ojos a la vez. Seguimos exactamente igual. Nuestros cuerpos tratando de decirnos que aún siguen necesitándose. Un ataque de ternura y tristeza me hace llorar en silencio. Marco no se percata.

—Hemos dormido toda la noche abrazados.

Dice en voz alta. Como si el mérito fuese nuestro.

Me limpio discretamente las lágrimas y salgo de la cueva invernal a refugiarme en la ducha. Normalmente mis duchas son de cuatro minutos, pero hoy dejo que el agua se lleve todos mis malos pensamientos, que borre las marcas del aburrimiento. Al volver al dormitorio Marco sigue tumbado. Yo dejo el albornoz en mi lado de la cama y me dispongo a vestirme rápido con un jersey largo de cenefas y un pantalón de tiro alto que sé que odia. Al sacar el jersey el montón de ropa apilada en el armario se desmorona y cae al suelo, sobre mis pies. Alguien resopla. No soy yo. Me giro para mirarlo.

—¿Qué?

—Nada.

—No, dilo —insisto.

El bálsamo nocturno caduca a las nueve de la mañana. La realidad es de efecto inmediato.

—Sabes lo que me cuesta decirte las cosas y luego no sirve de nada.

Su tono es áspero. El mío, afilado.

—Dilo.

—Podrías recoger un poco tus cosas. Sé que no eres precisamente ordenada, no pretendo que te conviertas en otra persona, pero al menos podrías cuidar de que tu parte del armario no se desborde sobre la mía. Y te he dicho mil veces que si dejas el albornoz mojado sobre las sábanas, la humedad acaba pudriéndolas.

En silencio me acerco a la cama y cojo el albornoz. Lo llevo al cuarto de baño. Al volver voy directa al armario y saco de un manotazo toda mi ropa amontonada.

—No digo que lo tengas que hacer ahora. Y mucho menos que lo hagas así. No te digo las cosas para que te cabrees. Deberías entender que el que tenía una casa ordenada y limpia era yo y que desde que has llegado todo es un caos.

—Siento haberte jodido tu preciado orden con mi presencia.

—No es eso. Joder. No lo saques de quicio.

No le contesto. Empiezo a doblar mi ropa con violencia. Me da igual que tenga razón. Me siento en el suelo protegida por mi montaña de ropa mientras oigo que sus pasos se aproximan. Se para detrás de mí. No pienso mirarlo. Espera un rato prudencial ahí y cuando ve que lo ignoro sale del dormitorio. Entonces me cabreo tanto que tiro la ropa contra el armario.

A la media hora salgo de la habitación. Lo encuentro en el salón mirando el móvil.

—Ya está ordenado. Voy a hacer café. ¿Quieres?

—Sí. Gracias. Pero no le pongas canela.

Voy a la cocina y lleno la cafetera con agua. Echo el café molido y esparzo un poco de canela, por supuesto. Seis minutos más tarde vuelvo con dos tazas. Las dejo sobre la mesa baja del salón. Me siento al otro lado del sofá y lo observo beber para ver si es capaz de apreciar si lleva o no canela. Si lo ha notado, no dice nada. Discreto, Marco. Cuando quieres, qué discreto eres.

—No pretendía que te enfadaras al decirte lo de la ropa. Pero precisamente hace unas semanas hablamos de mejorar en la relación y fue una de las cosas que te pedí. Yo he buscado un trabajo, ¿no? Siento si esto te molesta pero tú no has hecho mucho.

Tiene tanta razón que me hierve la sangre solo con pensar que tengo que dársela.

—Ya.

—Creo simplemente que si de verdad queremos arreglar esto, que creo que queremos, tenemos que poner de nuestra parte los dos. Eso me lo enseñaste tú.

Cuando está tan conciliador no hay quien lo soporte.

Asiento.

—¿Qué propones?

—No lo sé. Pero parece que nos hemos acomodado demasiado a esta situación —me dice.

—Estoy de acuerdo.

Pienso durante un rato. Apuro mi taza de café. Vuelvo a la cocina a por otra y aparezco con un cigarro encendido. Se lo ofrezco como tregua de paz. Piensa un segundo y acepta.

—Me jode reconocerlo, pero tienes razón. Hemos viciado esta relación y necesita un saneamiento.

—¿Tienes alguna idea? —pregunta.

Mientras hacía el café se me había pasado una por la cabeza, pero no sé si es demasiado descabellada. La suelto en voz alta.

—¿Y si me fuera de casa?

—¿Otra vez? No, Clarisa. No voy a poder soportar que te vayas de nuevo a casa de Claudia y yo tener que ir...

—No. No me refiero a eso —lo interrumpo—. Digo a que nos veamos un día, como si no viviéramos juntos. Que tengamos que conquistarnos el uno al otro. Tener una cita. No una necesariamente loca. Una normal en la que quedemos. En la que venirme a dormir contigo no sea lo que corresponde sino una decisión voluntaria. Que volvamos a desearnos. A recordar lo que era seducirnos.

Piensa unos segundos y acaba dándome la razón.

—No es mala idea.

—Puedo irme hoy mismo. Claudia estará feliz de tener a alguien que le eche una mano en casa ahora que no puede apenas moverse porque es un tonel. Y tú me avisas. Toma la iniciativa. Quedemos para tomar algo y a ver qué pasa.

—Es un poco raro.

—Puede, pero está claro que lo convencional no nos ha funcionado.

—Y después de hoy..., quiero decir..., si hoy te vienes ¿ya te quedas aquí?

—No. No sé... No lo sé. Tendremos que improvisar sobre la marcha.

Una mecha de esperanza empieza a arder en mi dirección. Algo dentro de mí se ilumina. Brilla y quema. Molesta incluso. ¿Es una buena idea? ¿O es un intento desesperado de salvar lo que hace tiempo que murió?

8. ÉL

Pongo el equipo a todo volumen en el salón. Me llegan Mystery Jets cantando «Oh and now that I can see how love becomes the enemy» como si estuviesen en mi dormitorio. Pero no estoy prestando atención a la letra. Clarisa estaría subrayando cada frase, extirpándolas de la canción, con esa habilidad suya de hacerme entender cada palabra de lo que escucho. Pero Clarisa está en casa de Claudia vistiéndose para la cita de esta noche e ignoro que me están advirtiendo de cómo todas las cosas que adoro se convierten en las que más detesto. Y es curioso, porque si la hubiese escuchado conscientemente hace unos días, tendría que haberle dado la razón. Pero hoy me estoy poniendo guapo para Clarisa. Estoy bailándole al espejo y siento que las cosas pueden salir bien. Me muevo al ritmo de la música y dejo que la ceniza del cigarro se esparza por el suelo. Clarisa estaría muy orgullosa de mí ahora mismo. Creo que esta noche es una muy buena idea. Me siento confiado, tranquilo y excitado a la vez. Tengo tanta energía dentro de mí que me veo capaz de subir, no te digo el Everest, pero igual sí Nanga Parbat, sin necesidad de aclimatarme. Del tirón. Mis pulmones están preparados para la ausencia de oxígeno, porque sé que cuando lo necesite, Clarisa respirará por mí.

Antes de irme recojo las colillas del dormitorio. Estiro las sábanas en la cama. Abro las ventanas para que se ventile la habitación. Llevo la copa de vino a la cocina y la dejo en remojo en el fregadero. Me miro por última vez en el espejo, cierro las ventanas y bajo las escaleras de dos en dos. Hemos quedado en La Realidad, un bar de Malasaña, a las ocho de la tarde. Martes de resurrección.

A las ocho en punto cruzo la puerta y busco entre las mesas desiguales su melena rubia. Suena una canción que no identifico de Woodkid y el groove me invita a moverme a cámara lenta. Estoy en un videoclip. Quiero usar las sillas como escaleras. Escalar hasta la barra y ponerme a bailar, moviéndome a doscientos cuarenta fotogramas por segundo. Un camarero choca contra mí y me saca de la ensoñación.

Clarisa está en una de las mesas del fondo mirando el móvil. No se ha dado cuenta aún de que he entrado. Su pelo le cae sobre la cara. Lleva puesto un jersey rosa de pico, creo que es de Claudia porque no me suena. Cuando me acerco a la mesa, levanta la vista de su móvil y la fija en mí. Esa mirada suya directa, esa mirada con ruido blanco.

—¿Has pedido algo?

—Te estaba esperando.

—¿Quieres un vino?

Asiente. Sonríe. Yo también. Voy hasta la barra, pido y pago dos vinos tintos. Vuelvo a los siete minutos con las copas en las manos. Temblorosas. Me siento frente a ella. No nos besamos. Y es raro y agradable a la vez.

—¿Por qué brindamos?

—Por el reencuentro —le digo.

—¿Qué reencuentro? Si acabamos de conocernos.

—Ah, pero que vamos a hacer el teatro y todo.

—No, por favor. Era bro-mi-ta.

Y se ríe. Está de buen humor. Me pregunto si vendrá bebida de casa.

Pedimos el humus para picar y una segunda copa de vino. Hablamos del día. Me cuenta que Claudia, le digo que el libro, que ni ocho meses y ya parece que va a reventar, que la semana que viene vuelvo para otra entrevista, pero que parece que me cogen, que su madre ha vuelto a la actividad frenética y se ha pasado todo el día viendo cómo hacía las posturas del guerrero con una barriga falsa, que estoy nervioso pero emocionado y que tenía razón, estar activo con algo que no es el libro me hace centrarme en él.

Tercera copa de vino. Chocamos mirándonos a los ojos. Nos sienta bien vernos relajados. Brindo por ello. Brinda por ello.

—Cuéntame algo de ti que no sepa.

—Es imposible. Te lo he dicho todo ya. De hecho creo que hay historias que te he repetido tres veces pero no me dices nada para que no me sienta viejo.

—Es verdad...

—¿Tú tienes algo que contarme que no sepa?

—Es cierto que es una pregunta difícil. Así de repente, ¿no? Tener que pensar en algo como increíble que haya vivido y que no te haya dicho antes... —Se queda un rato mirándome sin enfocarme—. Creo que lo tengo. —Centra la mirada, coge aire, y empieza a hablar—: Cuando era pequeña, tenía una amiga. Era la hija de unos amigos de mis padres. Paloma. Por aquella época solíamos ir todos juntos a una casa que tenían en el campo, en l'Empordà. Tenían una cabaña en mitad del bosque construida por ellos mismos. Eran bastante hippies. —Detiene un segundo su relato mientras se rasca el cuello—. Un verano fuimos las dos familias a esa casa. Yo solía irme con Paloma a investigar. Teníamos ocho o nueve años y nos gustaba perdernos en el monte e inventarnos historias de miedo para acabar volviendo junto a nuestros padres corriendo. Pues un día se nos hizo demasiado tarde y cuando decidimos volver, nos dimos cuenta de que nos habíamos perdido. Estaba oscureciendo y nos daba miedo, claro. Todos los ruidos de alrededor nos parecían animales salvajes que iban a comernos. Estábamos tan asustadas buscando el camino de vuelta que no vimos que caminábamos sobre una especie de zarza sobre el río. Cuando me di cuenta de que no había suelo bajo nosotras, empecé a gritar y salí de ahí pero Paloma se quedó enganchada.

—No.

—Sí.

—Continúa.

—Paloma estaba tirada encima de las ramas sujetándose con toda la fuerza que una niña de esa edad podía tener mientras oíamos la corriente del río pasar con furia debajo de ella. Yo empecé a llorar porque no sabía qué hacer y ella me chillaba que fuera a buscar ayuda. Así que la dejé allí, pequeña e indefensa, sobre las zarzas y corrí pidiendo ayuda. Al cabo de un rato que se me hizo interminable, oí una voz de vuelta. La luz de la casa iluminaba el camino. Llegué corriendo, llorando y gritando con tal ansiedad que no me entendían. Pensaban que les estaba gastando una broma. Que me estaba riendo en lugar de llorar. Y cuanto más les decía que Paloma estaba en peligro más se reían de mí.

—¡No!

—¡Sí!

—Y que pasó. ¿Fuisteis a salvarla? ¿Estaba viva? Por favor continúa.

—No conseguía que me hicieran caso así que busqué una linterna y volví al bosque. Como me vieron tan dispuesta, empezaron a caminar detrás de mí. Cada paso que daban se iban dando cuenta de la gravedad del asunto y de que tal vez había pasado algo con Paloma. Yo iba gritando su nombre esperando que respondiera. No recordaba bien dónde estaba. Les pedí que me llevaran cerca del río. Entonces, no sé si porque la iluminación de la linterna me daba un toque siniestro o qué, me creyeron. Gritaban su nombre desesperados, pero nadie respondía. Por fin llegamos a una zona que me era familiar. «Por allí», grité, y fuimos hasta la zona de las zarzas. Pero —Clarisa empieza a ralentizar el ritmo de narración— cuando llegamos adonde recordaba que había caído...

—¿Qué? Por favor.

—Lo único que quedaba de ella era su rebequita sobre las zarzas.

—¡No!

—No, en realidad no. Estaba exactamente igual. Tenía tanto miedo de caerse que no se atrevía ni a contestar que estaba ahí. Su padre, que era muy alto y fuerte, agarrándose a una rama pudo sacarla sin problema. Fin.

—Pero qué hija de puta.

—Lo sé. Gracias.

Y me río para calmar el sofoco.

—Se te da bien contar historias de terror.

—Ves, algo que no sabías de mí.

Nos reímos un buen rato y apuramos nuestras copas sedientos.

—¿Quieres salir a fumar?

—¿Y si nos vamos por ahí?

—¿Qué propones?

—¿Bailar?

—Marco Polo quiere bailar. Increíble. Pues vayamos a bailar.

Cuando llegamos a Costello, bajamos directamente a la planta de abajo. Acaba de terminar una jam rockera y están recogiendo el escenario, pero el DJ ya ha pinchado algo que no reconozco, pero que nos gusta. Clarisa mueve su melena mientras remueve el gin-tonic que acaba de pedir para los dos.

—¿Compartimos?

—Por supuesto.

Coloca dos pajitas y bebemos a la vez del vaso ancho con la mirada clavada el uno en el otro. En la pista de baile no hay prácticamente nadie. Tomamos posesión del centro. Empieza a moverse con la copa en la mano derecha mientras lleva el ritmo de la canción con la izquierda. Intento poner en práctica todo lo que he ensayado delante del espejo, pero ella lo tiene tan claro que me intimido un poco y no estoy lo suficientemente borracho como para dejarme llevar del todo. Le quito la copa de la mano y bebo un trago largo confiando en un aturdimiento inminente. Clarisa levanta las manos, mueve las caderas con las piernas ligeramente abiertas. Decido intervenir y paso mi mano por su espalda mientras me muevo a su ritmo. Nos mecemos durante toda la canción, girando sobre nosotros mismos. Me da la espalda y baja lentamente serpenteando todo su cuerpo, rozándose con el mío. Bajo mis manos por su cuello y tiro de ella con suavidad hacia arriba. Le doy la vuelta y nos quedamos mirándonos sin dejar de movernos. La acerco hacia mí y pongo el vaso helado en su espalda. El escalofrío la hace arrimarse aún más. Su pecho contra el mío, sus caderas chocando con las mías. Paso mi mano por su cara, la bajo apretando mis dedos en su cuello. Abre la boca y aprovecho para poner la mía. Lame mis labios como en las primeras veces. La beso con tanta intensidad que acabamos contra una de las paredes. Miramos a nuestro alrededor un poco avergonzados, pero no hay nadie pendiente de nosotros. Dejo lo que queda de la copa y vuelvo a besarla. Mete su mano dentro de mi pantalón. Estoy bastante borracho ahora, pero lo suficientemente despierto para comprobar que nadie nos presta atención. Tira de mí hacia los aseos. Los graves rebotan contra la puerta. Echa el pestillo. Se baja sin pensarlo los pantalones. Yo la imito. Apoya sus manos sobre las paredes. Entro sin dificultad. Agarro su pecho. Se deja caer suavemente hacia delante. Tengo que taparle la boca cuando está a punto de correrse.

9. ELLA

Me quito las botas antes de entrar en casa para no despertar a Claudia y a Javi. Voy lo más silenciosa que puedo. Cruzo el pasillo hasta el salón y ahí la veo sentada, iluminada por la lamparita, el cuerpo medio caído hacia un lado, la manta prácticamente en los pies. Una bola gigante donde debería haber un estómago humano. Me acerco con cuidado, pero cuando estoy a punto de llegar, me doy una hostia con una de sus zapatillas en el dedo gordo del pie derecho y no puedo evitar un pequeño quejido. Abre un ojo.

—¿Estás bien? ¿Qué haces aquí? —le digo.

—¿Qué hora es?

Es toda desorientación y sinusitis.

—Las tres y media.

—Guau. A eso lo llamo yo recuperar el tiempo perdido.

—*Kind of*...

Se coloca la manta sobre el cuerpo. Se inclina como puede para coger el vaso de agua, pero veo lo que va a costarle y me adelanto.

—Toma, bebe.

—Tía, no puedo dormir con este tripón, con la acidez, con los mocos... Es un asco.

—Me das mucha pena, pero debo decirte que es lo que querías.

—No, no... No te confudas. Yo quería un hijo. Ojalá me hubiese podido saltar todo el proceso. Y me temo que me queda lo peor.

—El hijo en sí mismo.

—No, idiota. El parto.

—Ah, el parto, claro. Había olvidado que todo lo que entra sale.

Extiende su brazo devolviendo el vaso vacío.

—¿Qué tal ha ido?

—Pues..., muy bien. Sorprendentemente bien. Nos hemos quitado meses de inmovilismo de un polvazo.

—¿Y con eso ya está todo superado?

—Bueno, es un comienzo, ¿no?

—No sé...

—¿Estás lo suficientemente despierta para mantener esta conversación?

—Sí..., solo te digo que tengas cuidado. Tener una cita exitosa no significa que hayáis arreglado vuestros problemas.

—Pero ¿por qué coño eres tan aguafiestas?

—Creo que alguien tiene que decirlo. Sabes que me gusta Marco, pero creo que salir, beber y fumar siempre se os ha dado bien. Lo difícil es la convivencia.

No me esperaba este ataque y menos en tan baja forma. Me levanto a la cocina a por más agua y vuelvo a su lado.

—Creo que la relación estaba estancada y que gracias a esto podemos reavivarla. Crear un estado base más empático desde el que afrontar lo que tenemos por delante.

—Bueno, si creer eso te hace sentirte mejor contigo misma, adelante.

—Guau. Mira, yo estoy borracha y tú estás un poco irritable. No has dormido y tienes todo el derecho. Hablaremos esto cuando te levantes por la mañana.

Apoyo mis manos en el sofá para coger impulso y levantarme pero vuelve a hablar.

—Y sigo sin entender por qué querías que tuviera un nuevo trabajo si el problema es que no sale del estudio porque está trabajando.

—Porque siempre me echa en cara que no tengo ambiciones y que su trabajo es su pasión, pero su pasión no aporta dinero a la economía familiar.

—Si con tu sueldo os mantenéis los dos perfectamente, ¿qué problema hay en que él trate de cumplir su sueño?

—Ahora sí, pero...

—Pero ¿qué?

He caído de lleno en la trampa. No sé cómo salir. Ella no ayuda.

—Quieres dejar las tareas hechas para cuando lo dejes, ¿verdad? No quieres sentirte responsable cuando rompas con él y no tenga dinero para pagar el piso.

—No es eso, Claudia.

—Ah, ¿no? Entonces déjalo trabajar de lo que quiera, escribir su novela y ser feliz. No lo obligues a ser guionista otra vez cuando sabes que no se sentía realizado con eso. Parece que te frustra que tenga algo que le da más satisfacción que tú.

—Eso es ridículo, por favor. ¿Te estás escuchando? —Me sabe mal gritarle a una embarazada, pero he tenido que hacerlo—. Me frustra que no sea feliz conmigo. Por supuesto que eso me afecta. Pero lo del trabajo es otra cosa.

—¿El qué, entonces? Dilo.

Me quedo callada. Por primera vez en mucho tiempo empatizo con Marco y nuestras discusiones. Quiero correr a casa y abrazarlo y pedirle perdón por ser tan fría cuando nos peleamos.

—Dilo, Clarisa. —No reacciono. Ella alza la voz—. Dilo.

—Joder. Tengo miedo de lo que pasará conmigo si se muere mi madre.

—Ahora estamos hablando

Empiezo a llorar a moco tendido. Claudia se levanta y veo sus tobillos hinchados arrastrarse hasta mí. Me da un abrazo. Me ofrece su clínex para sonarme.

—¿Está usado?

Me mira desaprobando mi duda. Lo uso sin volver a preguntar.

10. ÉL

He ignorado el sonido de la alarma desde las nueve de la mañana. Son casi las doce cuando consigo levantarme de la cama. Me arrastro hasta la cocina y observo la cafetera italiana en la que cada mañana ella hace el café. No bromeaba cuando le dije a Clarisa que no sabía usarla. La analizo durante un rato y acabo buscando en Internet. Google me autocompleta lo que quiero antes de terminar de escribir y las opciones que me da son no solo para hacerme un café, sino para hacerme el mejor café posible en una cafetera italiana. Confío en Internet y unos cuatro minutos más tarde tengo un café delante de mí. Reconozco que le falta algo, aunque tal vez es la manera vulgar que tiene mi cerebro de decirme que la echo de menos.

Cojo la taza para beber y el olor de mis manos sin lavar desde anoche me recuerda dónde estuvieron, qué tocaron, dónde se metieron. Inspiro antes de ponerlas bajo el fregadero y echarles Fairy. Sonrío pensando en Clarisa y dejo el trapo de cocina con el que me he secado sobre la encimera.

Cojo el móvil para preguntarle si quiere que comamos juntos hoy. Pero se ha adelantado.

«Ayer fue como..., ¡guau!, ¿no? He pensado en cuándo volver a vernos porque, aunque me apetece mucho hoy, creo que sería mejor idea dejar pasar un día. ¿Qué te parece?».

Pues me parece que podría venirse a comer y volver a instalarse en casa. Que todo esto de la cita ha estado bien, pero que creo que es en casa donde se tienen que terminar de arreglar los problemas. Pero acepto, porque llevo siendo yo mismo treinta y seis años y me resulta imposible cambiar ahora.

«Sí que fue ¡guau!, sí. Y, por supuesto, lo que la señora de la casa desee».

Sentirme a su merced tiene algo de agradable. Las relaciones acaban basándose en la ausencia de sorpresas, en poder tirarte un pedo de vez en cuando sin que se monte un drama, en pasarte tres días sin lavarte el pelo y que dé igual. Así que no está mal apretarse un poco el cinturón y volver a meter barriga. Sobre todo si sirve para algo.

Aprovecho que tengo el móvil en la mano y escribo a Miguel y Luis para verlos a media tarde, cuando salgan del curro. Miguel contesta inmediatamente que tiene novedades que contarnos. No ofrece titulares. Luis dice que sí a todo. Quedamos a la siete y media para tomar una caña y lo que surja. Por supuesto, en el bar de al lado de la casa de Miguel.

Llego el primero al bar y tomo posición en nuestra mesa. Una caña. Gracias. La tapa de jamón dura un minuto. Asoma Miguel por la puerta. Camisa de cuadros debajo de una cazadora vaquera a pesar de que ya hace frío. Entra sonriente.

—¿Y Luis?

—Acaba de escribir diciendo que lo avisemos si vamos a cenar, que se une más tarde.

—Este tío siempre igual.

—No pienso esperarme a que llegue Luis para que me cuentes las novedades.

—No hace falta. A Luis se las he contado en el trabajo. Lo siento. Es lo que tiene que ya no curres ahí.

—No solo perdí el curro sino que también seguramente a mis amigos.

—No, pero uno de los temas tiene que ver con eso.

—¿Con vosotros?

—No, con el trabajo.

—No me asustes, Miguel.

—No te van a dar el puesto de guionista para el que hiciste la entrevista.

Aprieto la cara. Respiro sonoramente por la nariz. Joder.

—Pero... ¿no les gustó la entrevista? Salí con muy buenas sensaciones.

—Sí, sí. No tiene que ver contigo. Es que no tienen tanto presupuesto como creían para el programa y por ahora no amplían plantilla.

—Pero ¿me quedo en reserva o algo para el futuro?

—O algo..., sí.

—Joder, Miguel.

—Siento decírtelo, ellos ni siquiera te pensaban avisar.

—Ya... Bueno. Me había ilusionado.

Una parte de mi cerebro se pone a trabajar sobre cómo se lo vamos a decir a Clarisa.

—Piensa que les gustaste y que igual que casi sale esto, seguramente salgan más cosas en el futuro.

—Bueno... Da igual. ¿Lo otro tiene que ver también conmigo?

—No contigo, pero sí gracias a ti.

—Continúa.

—¿Recuerdas cuando tuviste sexo con tu novia en el trabajo y te echaron?

—Cómo olvidarlo.

—Pues en tu puesto pusieron a una guionista nueva. Una chica monísima superdivertida. Natalia. Te he hablado alguna vez de ella.

—Por supuesto, Natalia.

—Estamos juntos.

—¿Natalia y tú?

—Sí.

—Dos guionistas... Lo vuestro estaba escrito.

—Y por cosas como esta no te han dado el trabajo.

—Tiene todo el sentido.

Ríe. Río. Bebemos.

—Empezó la cosa hace unas semanas. No os conté nada porque al estar en el mismo curro no quería que transcendiera. Sobre todo al principio, cuando tampoco teníamos claro si era una cosa de una vez o qué. Pero estamos muy bien. Es oficial de hecho. Tengo novia.

—Muy bien, Miguel. Muy bien.

—Sí. Y quiere que nos vayamos a vivir juntos.

—Eso no te lo aconsejo.

—Me lo dice el que se fue a vivir con su novia a los dos meses de conocerla.

—Por eso mismo. Sé de lo que hablo.

—Bueno, ya veré. Tiene una casa enorme, a mí me tienen que decir si me renuevan el contrato de alquiler... Me lo estoy pensando. Sé que es pronto, pero si me echan de la casa lo más cómodo es que me vaya con ella.

Pide una caña al camarero. Yo también quiero otra. Brindo por su éxito sentimental, bebo para olvidar mi fracaso laboral.

Cuatro cervezas, dos tapas de jamón, una de chorizo y otra de queso más tarde, decidimos irnos a casa. Luis aparece por la puerta justo cuando salimos.

—Pero, tíos, que acabo de llegar.

—Son las nueve y media. Tengo resaca todavía de ayer y estoy muerto.

Luis me mira de arriba abajo y asiente. Se centra en Miguel.

—No, no. A mí no me mires. Acaba de escribirme Natalia y me invita a su casa a cenar. Lo siento.

—Qué rápido cambian las prioridades —le digo como si me indignase.

—Bueno, exijo resumen del día.

Miguel procede. Yo me enciendo un cigarro.

—Marco ya sabe que no tiene trabajo nuevo y que yo tengo novia nueva. Además, él está intentando salvar su relación teniendo citas con su ex en lugar de afrontar la relación como adultos.

—Eh, eh..., igual no es exactamente así.

—Ah, ¿no?

—Tío, ¿dos horas hablándote de mi vida, abriéndote mi corazón para que eso sea lo que has entendido?

—¿Cómo me lo resumirías tú, Marco?

Miro a Luis. Busco varias palabras en mi cabeza. Miro a Miguel, vuelvo otra vez a Luis.

—Exactamente como lo ha dicho él.

11. ELLA

Hemos quedado en la plaza de Santa Bárbara, en la salida del metro. No tengo que esforzarme demasiado para que los de las ONGs no se me acerquen. Hay algo en mí que actúa como repelente de almas cándidas. Es mi poder. No me paro a analizarlo por si desaparece. Me siento en un banco a esperar mientras me lío un piti. Un perro juega con un pájaro muerto. Se lo lanza a sí mismo y lo intenta coger en el aire. El movimiento está lleno de armonía y belleza, pero cuando miras de cerca es una danza bastante tétrica. Todo puede ser bonito desde la distancia adecuada.

Alguien me tapa los ojos. Ese alguien solo puede ser Marco. Le bajo las manos y le digo: «¿Qué haces tonto?». Vuelve a tener treinta y seis años y se sienta a mi lado. Me coge el cigarro y le pega un par de caladas. Le ofrezco hacerse uno. Niega con la cabeza.

—¿Dónde vamos?

—¿Ahí abajo? ¿Al de la esquina?

—Me parece bien.

Roza sus dedos con los míos. Intenta agarrarme.

—Hey, hey. Es muy pronto para esto, ¿no?

—Vamos, Clarisa, déjate de tonterías. Tenías razón en lo de la cita, pero creo que podemos ser más maduros que eso.

Parece que él también ha estado hablando con Claudia.

—¿Y qué quieres hacer? Decimos que vamos a hacer las cosas poco a poco como al principio y a la primera de cambio aquí no ha pasado nada. Vuelta a lo que teníamos. Como nos hemos demostrado que podemos echar un polvo en el aseo de un bar ya está todo arreglado.

—No, no es eso. Precisamente hablo de lo contrario. Está claro que eso estuvo bien, pero creo que tenemos que solucionar problemas mayores que no tienen que ver con salir y beber.

Me ha robado el *speech* que tenía tan inesperadamente que me he colocado en el lugar contrario por pura inercia competitiva.

Entramos en el Bulevar. Pasamos al fondo, a uno de esos asientos acolchados junto a las ventanas. Quiero pedirme un vino, pero para tratar de estar a la altura de la madurez que la situación requiere me pido una tónica. Marco se ríe y pide otra.

—Por la maduración.

—Por la sabiduría.

—Por la sensatez.

—Por el aburrimiento —concluyo.

—Vamos, ¿no crees que es mejor que intentemos arreglar lo que tenemos mal?

—Por supuesto, solo que eso ya lo hemos intentado muchas veces.

—A lo mejor hay que ponerle más empeño.

Sé perfectamente adónde quiere llegar, pero no quiero ceder con tanta facilidad.

—Entonces, ¿qué? Volvemos juntos a casa. Cena rápida. Misionero antes de dormir y cucharita. Parece un plan, ¿no?

—No seas así, Clarisa.

Inspiro profundamente.

—No sé... Creía que esto de las citas podía funcionar. Si volvía a casa habiendo recuperado la pasión, todo lo demás sería más sencillo. Al menos así fue al principio. Nos deseábamos tanto que todo funcionaba.

—En realidad funcionaba porque yo no me quejaba.

Pongo el freno de mano.

—¿Qué quieres decir?

—Que si lo piensas todo ha ido mal desde que te dije las cosas que me molestaban de ti.

—No, querido Marco Polo. Todo empezó a ir mal cuando me mentiste.

No tenía pensado airear los trapos sucios del desván, pero estaban tan a mano que me ha resultado imposible no hacerlo. Ahora el que respira profundamente es él.

—Tienes razón. Me refería a desde que superamos eso. Bueno, da igual. Ambos estamos molestos, ¿no? Hay cosas de mí que no te gustan y otras de ti que no me gustan a mí.

—En realidad lo único que no me gusta de ti es que no me hagas caso. Tú eres el que tiene verdaderos problemas con mi forma de ser. Que si no te gusta lo desordenada que soy, que si bebo demasiado, que si te incomoda mi trabajo.

—A ti tampoco te gusta mi trabajo. De hecho, me has pedido que me busque otro.

—No es un trabajo si no da ingresos. Te he pedido que no te acomodes a esta situación. Que tienes treinta y seis años, por favor. No puedes vivir del aire eternamente.

—No pensaba hacerlo. Aunque...

—¿Aunque qué?

Hace una pausa dramática larguísima.

—No me ha dado el trabajo en la televisión.

—Vaya.

—Ya...

Esto lo complica todo otra vez muchísimo.

—¿Te importa si me pido un vino?

—Pide dos.

Vuelvo a la mesa con dos copas casi colmadas de vino.

—No pasa nada, Marco. En serio. No es tu culpa.

—Lo siento.

—De verdad. —Tiendo una mano y le acaricio la suya—. No es tu culpa. Además, no te preocupes. Estamos bien de pasta todavía. Mi madre está facturando más que nunca. Todo está estable. Todo está bien.

Me siento a su lado y lo beso en los ojos, en la frente, en la comisura de los labios. Soy tan egoísta que a veces ni yo misma puedo soportarme.

—Siento haberte presionado para que buscases algo además de tu novela.

—Siento ser tan maniático en casa. He vivido solo desde los veinticuatro años y no estoy acostumbrado a que todo cambie de lugar.

—Soy un desastre. Tienes derecho a querer cierto orden.

—Tienes derecho a trabajar de lo que quieras.

—Tú también. Estaba tan cabreada porque te molestara que trabajara para mi madre que no me he dado cuenta de que he querido cambiar tu trabajo solo por pura venganza.

—Es que eres muy vengativa, Clarisa.

—Y tú tienes TOC.

—Y tú estás un poquito loca.

—Y tú eres muy maniático.

—Y ya basta de decirnos cosas que igual la volvemos a cagar.

—Vámonos a casa.

Pedimos la cuenta. Pagamos sin esperar la vuelta. Al salir me coge de la mano, me besa en la sien, me dice que me quiere. Me susurra «Misionero» al oído.

12. ÉL

Clarisa cumple hoy treinta y dos años. Se mira en el espejo desnuda. Sujeta sus pechos pequeños, firmes. Los deja caer. Se pellizca la tripa. Se mira de cerca. La raíz del pelo, las puntas abiertas, los restos de maquillaje sobre el párpado derecho... Podría pasar por una chica de veinticinco. Cuando sonríe le salen unas arruguitas pequeñas alrededor de los ojos, pero eso no es problema. Casi nadie llega a verlas jamás.

Tras el cumpleaños fatídico acordamos no celebrar nunca este día. Ni el suyo, ni el mío. Cumplir años sería tan relevante como el día Mundial del Ahorro. Que por cierto, fue ayer. La norma implica nada de regalos, nada de celebraciones enfáticas. Olvídate de piñatas, limusinas y tartas de las que sale gente. Pero he pensado que tal vez este día es mi última opción para conseguir que abandone su abrigo de pelo. Llevo toda la semana diciéndole que ese abrigo y ella ya han vivido suficientes aventuras. Pero contesta que es su abrigo de la buena suerte, que lo llevaba la mañana que dormimos juntos por primera vez. Argumentos de peso. Yo contraataco señalándole las marcas de quemaduras, los rotos en el forro, los puños desgastados. Ella me ignora. Ayer le dije: «Clarisa, vamos a hacer una cosa muy guay cuando lleguemos a casa. Te va a encantar. Haremos una pequeña hoguera en el salón y quemaremos tu abrigo. ¿Qué te parece?». No le pareció.

Pero le he comprado uno y se lo voy a regalar esta noche durante la cena. He reservado mesa en un italiano que nos encantaba al principio y pediremos albóndigas de berenjena y la carbonara. Y el camarero traerá el tiramisú con una vela simbólica y yo le daré el abrigo. Porque el objetivo final es que cambie su peluche por el nuevo.

Me paso el día nervioso, con miedo de que de repente me diga que ya tiene un plan, que se va con Claudia o que está cansada. Al mediodía recibe llamadas de su familia, contesta varios wasaps y yo me sorprendo a mí mismo tarareando *Happy birthday, Mr President* más de tres veces.

A las ocho de la tarde en punto levanto la vista del ordenador. Ella está a mi izquierda, concentrada en unos mails. Desplazo la silla con ruedas hasta ella. Puedo ver que sonríe sin mirarme.

—¿Qué quieres?

—Ven.

—¿Adónde? —responde sin apartar la mirada de la pantalla.

—¿Confías en mí?

—¿Vamos a salir volando en una alfombra mágica?

—Ya..., eso habría sido genial.

—O sea, que no.

—No, pero vamos a ir a cenar tú y yo. —Intenta interrumpirme—. Y antes de que digas que no, no puedes decir que no.

Refunfuña un poco encantada con la idea. Tiro de ella hasta ponerla de pie. Coloco mis brazos sobre sus hombros. Me corresponde con los suyos en mi cintura. Nos damos un único beso con lengua.

—Voy a prepararme para la ocasión. ¿A qué hora salimos?

—¿En media hora te va bien?

Asiente camino de la ducha. Empieza a desnudarse en el pasillo. No protesto cuando deja toda la ropa tirada por el suelo.

El pelo alisado, los labios rosas, colorete. Lleva un vestido marrón de manga larga. Cuando pasamos por la puerta, coge su abrigo y un bolso pequeño. Baja las escaleras liándose un cigarro que enciende nada más cruzar la puerta.

Caminamos en silencio de la mano. De vez en cuando me mira. Sonríe. Intento averiguar cómo estamos. Cómo estamos realmente. Estos días nos hemos prestado atención y no sé si es porque hemos aprendido algo de todo lo pasado o porque simplemente estamos viviendo nuestra relación de puntillas. No me atrevo a preguntar.

Al llegar al restaurante entorna la mirada. Hacía mucho que no veníamos por aquí. Nos reciben saludándonos por nuestro nombre y nos pasan a la mesita de abajo. Para que tengamos intimidad.

—¿Les importa si me llevo los abrigos para que estén más cómodos?

Ojalá, para siempre.

Durante la cena hablamos felices, tranquilos, con largos silencios mientras masticamos la comida, con muchos brindis, con una alegría consternada. Nos acabamos los entrantes, apuramos con el pan la salsa de tomate de las berenjenas, nos peleamos pacíficamente por la última, gemimos con la pasta, bebemos demasiado. Cuando llega la tarta, Clarisa mira fijamente la vela. El humo se le debe de haber metido en los ojos porque los tiene vidriosos. Le da las gracias al camarero.

—Pide un deseo.

—Estoy en ello.

Yo desearía estar dentro de su cabeza ahora mismo.

El camarero me hace un gesto para traerme el abrigo envuelto en papel de regalo que había dejado allí. Le hago el gesto universal de abortar misión. Como si fuera un anillo de bodas y tuviese dudas de última hora sobre si pedirle matrimonio. Como si un abrigo nuevo pudiese suponer un cambio en nuestras vidas, como si fuera a significar algo, como si de verdad ese viejo y roído abrigo de peluche fuera un amuleto.

A las diez y media caminamos de vuelta a casa. Sube los escalones en silencio mirando al suelo.

—¿Estás bien? —pregunto con miedo a saber la respuesta.

—Sí. Sí. No te preocupes. Es que nunca me ha gustado demasiado celebrar mi cumpleaños. —Y como si pudiera leerme la mente continúa—. Pero este sí. No era una celebración como tal. Era solo una bonita cena. Ha sido muy agradable. Deberíamos volver a ese italiano. No sé por qué dejamos de ir.

Abre la puerta de casa y tira el abrigo sobre el sofá. Se quita los zapatos ahí mismo y me abraza. Coloca mis manos alrededor de su cuerpo. Se queda así unos minutos, respirando. Solo se retira para mirarme. Gira la cabeza hacia el dormitorio.

—¿Vamos?

Asiento. Se desviste por tercera vez en el día. Esta vez lo hace para mí. Después empieza a quitarme la ropa. Desabrocha la camisa hasta el último botón. Tira del cinturón con fuerza. Me baja los pantalones. Me lleva de la mano a la cama.

Cuando terminamos de hacer el amor, se tumba sobre mi pecho. Tiene la mirada perdida.

—Creo que...

—¿Qué?

—Creo que tenías razón. Ya es hora de que tire ese abrigo.

13. ELLA

Sábado 19 de noviembre. Atocha. Tren. Barcelona. Rodalies. Mi padre y mi hermano me recogen en la estación. Uno la celebración de mi cumpleaños con una recaída de mi madre. Todo mal.

De camino a casa no hablamos. Miro por la ventana, disfruto el clima más calmado, ellos no apartan los ojos de la carretera. Cuando llegamos a casa, mi madre está echada sobre la cama. Ha perdido mucho peso. Es la primera vez que la veo enferma de verdad. Me siento a su lado y le acaricio la frente. Me consuela diciendo que todo está bien, que no pasa nada, que es un bache, que saldrá de esta. Y yo le digo que por supuesto, que qué van a hacer sus seguidores sin ella, tiene que seguir haciendo vídeos por pura justicia divina. Consigo sacarle una sonrisa.

Al mediodía caliento una sopa de verduras que ha descongelado mi padre y la toma con cuidado, con la mano temblorosa. Se la deja a la mitad. Sobre la mesa del salón hay demasiadas pastillas. Mi padre sigue un rato más y come seitán con algas y no sé qué más. En la cocina me ha dejado jamón ibérico. Me parece tan tierno que mi padre me abastezca con mis caprichos que me lo como allí, sin hacérselo pasar mal a mi madre viendo cómo desgarro carne animal.

Por la tarde se echa una siesta y aprovecho para llamar a Claudia.

—He estado reflexionando mucho sobre mi estado. Esas mujeres que lo único que quieren es estar embarazadas y que creen que es lo mejor que les ha pasado en la vida no han debido de tener mucha, ¿verdad?

—No me siento capaz de juzgar a una mujer embarazada, como comprenderás. Me enseñaste tú que sois buena peña.

—Maldita enseñanza.

—Ya, tía. Lo siento. Me has hecho una mujer que respeta a otras mujeres aunque tengan entes en su cuerpo.

—Lo siento.

—Bah. Da igual. He hecho cosas peores.

—Oye, y con Marco, ¿qué tal?

—Muy bien. Todo bien. Desde que volvimos mucho mejor. Tranquilo, agradable, cuidado. No tengo quejas.

—Ya.

—¿Y esa desaprobación en el tono de tu voz?

—No..., lo siento. Es que... no sé si quieres que te sea sincera.

—Joder, Claudia. Por supuesto. ¿Cuándo no he querido que lo seas?

—Alguna vez.

—Tienes razón. Pero ahora quiero.

Resopla antes de hablar.

—Vale, pero no te enfades. Creo que estás igual que estabas con Jaime al final de vuestra relación.

—¿Qué dices?

—Te estás aplatanando. Te estás convirtiendo en la versión aburrida de ti misma.

—Eso no es cierto. Como mucho estoy madurando.

—¿Ves como no querías que fuera sincera?

—Porque no sabía que me ibas a soltar eso. Si no claro que te habría dicho que te callaras.

—Eres idiota.

—¿En serio crees eso?

—Sí. Creo que la preñez me da, además de bondad, sabiduría.

—Cuando paras, hablaremos de eso.

—En serio. Sé sincera. ¿Folláis?

—Sí. Claro.

—No, no que si hacéis el amor. Que si folláis.

—Bueno, después de la salida en el bar no hemos vuelto a dejarnos llevar de esa manera. Pero precisamente me dijiste que eso estaba mal. No hay quien te puto entienda, Claudia.

—No me refiero a eso. Te dije que tenías que solucionar los problemas de casa. Marco es un soso que no sale de su habitación. ¿O es que acaso ahora hacéis más cosas juntos?

—Me sacó a cenar por mi cumpleaños.

—Guau.

—Le dije que no quería que hiciera nada y preparó una cena maja.

—Ajá.

—Creo que empiezo a entenderte.

—Solo te lo digo porque una vez me pediste que si creía que te estabas equivocando te lo dijera.

—Te entiendo.

—¿Te has cabreado?

—No.

—Te has quedado seria.

—Bueno, no es agradable el día de hoy. En general.

—Lo siento. No tenía que haberte dicho nada.

—No, está bien. De verdad. Te dejo que voy a hablar con mi madre un rato, a ver si se ha despertado de la siesta.

—Vale...

Y cuelgo cuando parece que va a decir algo, pero no me apetece seguir al teléfono.

Mi madre sigue durmiendo. De repente me siento agotada yo también y me tumbo en el sillón de al lado. Frente a mí, mi padre también está un poquito traspuesto.

Me despierto a las siete y media de la tarde. Mi madre sigue dormida. Mi padre tiene sus gafas de ver y está con la cámara repasando fotos.

—¿Duerme tanto tiempo?

—Sí. Está cansada y tampoco hay mucho que hacer, así que la dejo tranquila.

Me levanto y le doy un beso en la frente a mi madre. Voy a por el portátil y contesto algunos mails atrasados cancelando todo lo que hay previsto en las próximas semanas. Copio y pego el mismo mensaje.

A las nueve cenamos una crema que prepara mi padre y yo termino el paquete de jamón en la cocina. Me fumo un porro en la ventana. Entero. Sin mirar atrás. Me pongo la chupa de cuero y me despido de mis padres desde la puerta, no quiero atufarlos con mi olor. Ellos siguen tumbados. Ven cualquier cosa en la televisión.

En el Bar Italia hoy hay concierto. Está terminando, así que espero en la puerta fumando. Cuatro cigarros después entro y me atrinchero en la barra. Una banda catalana suena de fondo. El camarero que no me suena de nada me dice: «Què vols?». Pido una Moritz. Para variar. A los diez minutos pido la segunda. Alguien se sienta a mi lado. Pide también una cerveza con un acento extraño. Nos la traen a la vez. Nos miramos. Es un tío de unos cuarenta y cinco años, algo canoso, atractivo. Coge su cerveza en señal de brindis. ¿Por qué no?

—Soy Bruno.

La erre suena a ge. Ya no hay duda sobre su acento.

—Yo, Ana.

Paso de tirarme la noche explicándole a un guiri como se pronuncia mi nombre.

—Encantado, Ana.

Y pone el acento en la última a. Mira al frente. Se centra en su cerveza. Agradezco que no me dé palique.

Cuando me pido la cuarta cerveza, Bruno sigue a mi lado. Ha hablado con alguien por teléfono durante mucho rato en francés. Interrumpe mis pensamientos.

—¿*Egues* de *pog* aquí?

Me lo pienso antes de contestar. Sorbo largo. Análisis superficial. Parece inofensivo.

—Nací aquí, vivo en Madrid.

Se ríe aunque lo que he dicho no tiene gracia.

—¿De dónde crees que soy?

Ha sido mala idea contestarle. Resoplo.

—Por tu acento diría que de Francia, pero, claro, también podrías ser de Nueva Caledonia.

Le cambia la cara. Que Nueva Caledonia fue una colonia francesa es un dato absurdo que siempre he sabido, pero que nunca he podido utilizar en ninguna conversación.

—Soy exactamente de allí.

—¿No?

—Te lo prometo.

Y saca su pasaporte. En la foto parece más joven. Ojos muy abiertos.

—Ni siquiera sabía que alguien pudiera conocerlo. Soy de Numea.

—La capital.

Y entonces los ojos le brillan de una manera diferente. De esa manera en la que una mujer sabe que el otro cree que está coqueteando. Y no me engaño a mí misma. En otro momento de mi vida sería el típico con el que tomaría un par de copas más para acabar en su hotel, hostal o coche. Pero no estoy en ese momento de mi vida.

Entorno un poco el ojo derecho y pido la cuenta. Aparece otro camarero que me conoce de tiempos pasados y al que no había visto en toda la noche.

—Bueno, Clarisa, cuánto tiempo sin verte. ¿Qué haces por aquí?

Contesto que he venido a ver a la familia mientras Bruno me mira intentando entender por qué me ha llamado de otra manera. Tenemos una charla absurda sobre nada y al final me trae la cuenta. Bruno trata de invitarme, pero le paro. Pongo mi mano sobre la suya. Asoma un tatuaje colorido por la manga de su camisa. Tiene la piel suave, sin vello.

—Ha sido un placer, Bruno. Pero tengo que irme. Buen viaje de vuelta.

Una sabe cuándo tiene el cartel de «Cerrado» en la frente. Una lo sabe. Y cuando el cartel se gira indicando que se puede pasar es un problema, porque deja de importarte lo importante, dejas de controlarlo todo. Porque lo fácil cuando estás mal en una relación es, en lugar de salirte de ella, dejar entrar a otras personas.

14. ÉL

Clarisa me ha sorprendido preparando un baño caliente para los dos. No sé cómo vamos a caber, pero no le digo nada porque es la primera vez que la veo tomar la iniciativa con algo así y no quiero estropearlo antes de que suceda.

Ha vuelto de Vilanova más cariñosa, más activa, aunque también algo triste. Tendría que haber sido yo el que le preparase el baño, pero estoy tan centrado en la novela que no pienso en mucho más. Cuando se fue aproveché la soledad de la casa para escribir y le he dado un buen apretón. Estoy en el tramo final. Ahora sí. De verdad. Esta vez sí.

El agua está caliente y rosa gracias a una bomba de baño que la colorea, y huele a caramelo. La única luz viene de las velas y una de mis listas de reproducción favoritas suena desde el ordenador del estudio. Ella está metida, tiene el pelo recogido en un moño en lo alto de la cabeza, los ojos cerrados, la piel brillante. Me desnudo lentamente y la observo sintiéndome un intruso. Primero un pie, después el otro.

—Está muy caliente, ¿no?

—Había olvidado que no nos gusta a la misma temperatura... Bueno, es un baño, los baños tienen que ser calientes. Tendrás que acostumbrarte.

Me meto como puedo frente a ella. Sonríe relajada. No lo diré en voz alta, pero se está bien. Tenemos que encajar nuestras piernas como un tetris. Tengo miedo de que en cualquier momento me pise un huevo. Se ríe cuando se lo digo y busca con su pie cómo crear tensión en la bañera. Empiezo a entender lo que viven los surfistas que se enfrentan a un tiburón.

Cuando el agua empieza a tener una temperatura soportable, me pide que ponga un poco más de caliente. Por supuesto.

—¿Qué tal tu novela?

—Contento. Aunque sigo sin tener título.

—Creo que eso sería lo que me resultaría más difícil de todo el proceso.

—A mí también. Puedo escribirte doscientas veinte páginas, pero no me pidas que lo resuma todo en cuatro palabras.

—¿Tienes alguna idea?

—Todo lo que he pensado que le pega creo que es horrible.

—Sabes que cuentas con mi sinceridad.

—Eso siempre.

Se moja la cara con el agua coloreada. Extiende la mano para buscar una toalla que ha dejado sobre el váter para secársela.

—Dime.

—Son una mierda, así que no tengas reparo en decirlo.

—No lo tendré.

—Había pensado en *El hijo.*

—¿No hay una peli que se llama así?

—Sí, una belga de 2002.

—¿Eso no te hace descartarlo?

—Supongo que sí. Eso y que también he encontrado un libro que se llama así.

—Ok. Seguimos para bingo.

—Otro título que he pensado es *Como hijo de vecino.*

—Me horroriza.

—A mí también. Pero a la historia le pega muchísimo.

—Ya... Es cierto. Qué putada. ¿Qué más tienes?

— *Amor.*

—Digo en serio.

—Ya...

—*La insoportable juventud.*

—¿Algo más prepotente?

—*Casi.*

—Casi ¿qué?

—No, que la novela se puede llamar *Casi.*

—Hmmm, qué curioso. Me gusta mucho... Mucho. Pero tiene un fallo.

—No me digas.

—Sí, que... si es una mierda no pasa nada, pero si está bien, pero no del todo se lo vas a poner muy fácil a la crítica. Rollo «Para saber qué opinamos sobre la primera novela de Marco Polo solo hay que leer el título». Y también cosas rollo «Está casi bien», o «La novela que casi lo peta», o...

—Vale, vale. Lo he entendido.

—¿Seguro? Porque si a mí se me ocurren más ideas, así sobre la marcha, no quiero ni pensar a un crítico entendido.

—Bueno, tampoco son tan entendidos. Pero tienes razón. Pues era el que más me gustaba.

—Qué pena, casi lo tienes.

—Basta.

—Estaba tan cerca que parecía que casi estaba.

—Basta, Clarisa.

—Me gustaba mucho, estaba casi perfecto, Marco. En serio.

—Basta ya.

Y me arrojo sobre ella. El agua se derrama de la bañera. Me besa, voy a acariciarla pero tengo los dedos arrugados y no es agradable. Algunas velas que había en el suelo se apagan, estamos prácticamente a oscuras. La lista ha llegado a su final. El agua se ha quedado fría. Analizo la situación.

—¡Cómo lo hemos puesto todo!

Se ríe mientras se pone de pie y quita el tapón. Deja que el agua nueva caiga sobre nosotros. Me ayuda a levantarme. Saco un pie de la bañera para llegar al interruptor y enciendo la luz. La magia termina de esfumarse por el desagüe junto con el río rosa que desaparece bajo nuestros pies.

—Qué pena, casi follamos.

15. ELLA

Vuelvo a ver el vídeo de mi madre. Menú crudivegano. Guacamole con nachos, queso parmesano de almendras y helado de frutos rojos. A la par termino de hacer el pedido de sushi en Just-Eat, pago con paypal, llega en cincuenta y cinco minutos. El vídeo es de hace unos meses, pero lo tenía en reserva para cuando llegaran momentos como el que está viviendo. Según me cuenta mi padre, está mejor, y tengo que creerlo porque a mi madre no le apetece mucho hablar por teléfono ni hacer un skype ni hostias. Miro a Marco de reojo que sigue escribiendo su novela. A veces para, se queda atontado contemplando el infinito, abre un libro de sinónimos, busca algo, contesta un wasap, lo veo entrar en Twitter, postea alguna gilipollez en su blog. Con la cantidad de tiempo que pierde no sé cómo ha sido capaz de avanzar tanto, sobre todo teniendo en cuenta que esta es la decimoquinta versión de su libro. Me dejó leer la novela hace unos días, pero ha cambiado tanto que tengo bastante barullo en mi cabeza sobre quién hizo qué y cuándo, así que ya no le soy de mucha ayuda. Lo aviso de que la comida llegará sobre las tres. Sin mirarme, extiende la mano izquierda para tocarme en señal de gratitud.

Comemos a las tres y cinco. Sentados frente a frente en la mesa del comedor. «¿Me pasas la salsa de soja?», «¿Qué tal el último vídeo», «¿Has conseguido avanzar algo?». Observo la función desde fuera. Intento eliminar los pensamientos oscuros que insertó Claudia. Le pregunto por sus amigos.

—¿Y si quedamos esta noche para ir al cine?

—Miguel no hace nada que no sea estar con Natalia y desde que ascendieron a Luis no hay manera de quedar con él, porque está hasta arriba.

—¿Y si hacemos algo tú y yo?

—Claro. Estaría bien.

Pero no añade el qué. Lo he intentado. De verdad.

Me como la última gyoza de pollo. Lo miro. Sigue sin añadir una vocal. No puedo quejarme de una actitud y repetirla, así que saco el tema. Antes de empezar a hablar veo que Claudia me está llamando. Silencio el móvil. Le doy la vuelta.

—Marco.

—Clarisa.

Pongo mi mirada en su mirada y compartimos diez segundos de incomodidad.

—Tenemos que hablar.

Ese escalofrío. Esa forma fija de observarme que durante mucho tiempo he confundido con lejanía y que no es más que el intento de provocar algo de tristeza y empatía en mí. Ahora lo sé, pero es complicado cambiar los hábitos.

—Ya sabes de qué —continúo.

—Lo sé.

—¿Y bien?

—Es solo ahora, es un periodo. Te prometo que es por el libro. Necesito terminarlo ya. Soy consciente de que me está consumiendo, pero por eso mismo tengo que centrarme en él todo lo que pueda para acabarlo.

—Es que..., no ha cambiado nada. Yo estoy bebiendo y saliendo menos y reconozco que el hecho de que Claudia esté embarazada ha ayudado, no me pongo una medalla, pero lo estoy haciendo y ahora mi ropa del armario ya no se desploma sobre la tuya.

—Yo busqué trabajo.

—Durante unos días... Y cuando no lo conseguiste te rendiste.

—Me dijiste que estábamos bien.

—Porque decidí cambiar de estrategia. Como la presión no funcionaba, me dediqué a dejarte hacer, a ver si salía de ti. ¿Qué te crees, que no me fijaba en que cuanto más te decía de menos servía? Pero es que creo que esta relación necesita un toque de atención.

Y ahora se callará, mirará a un lado un rato, se plegará sobre sí mismo y fin de la conversación.

Suena su móvil. Lo coge extrañado.

—Es Claudia. Me está llamando a mí.

Giro mi móvil y veo nueve llamadas perdidas de Claudia y tres de Javi. Varios mensajes. Le quito el móvil de las manos a Marco.

—¿Sí? ¿Qué pasa?

Al otro lado, Javi me cuenta que Claudia tiene contracciones y que acaban de llegar al hospital. Es imperativo que vaya. Esa manera de hablar de Javi a la que no me acostumbro.

—Compárteme ubicación y salimos ahora mismo. —Cuelgo—. Claudia está de parto.

Marco se levanta y empieza a quitar la mesa con energía.

—¿Y no seguimos hablando de esto?

—¿Ahora? ¿No quieres ir al hospital con tu amiga?

—Joder.

Cojo las cosas de la mesa y las llevo a la cocina. Qué oportuna eres, Claudia.

En el viaje en taxi no hablamos. El señor conductor se mete por una calle que no es. Se lo digo. Me mira como si no supiese de lo que estoy hablando. Le explico cuál es la calle por la que tenía que haberse metido y le pido que apague el taxímetro hasta que lleguemos a la zona a la que deberíamos haber llegado si no se hubiera desviado. No me hace caso. Me tiro todo el trayecto discutiendo con él. Marco desaparece en la pantalla de su móvil. Cuando llegamos al Gregorio Marañón, le digo a Marco que se baje y al taxista que no pienso pagarle los catorce euros que marca la máquina. Que si me hubiese hecho caso la carrera habría sido de diez, once como máximo, pero que por capullo le voy a dar cinco euros.

Salgo disparada del taxi y lo oigo decirme burradas desde el asiento. Pero no sale del coche. Cojo a Marco de la mano y entramos en el hospital. Segunda planta, sala de espera. Cuando llegamos escribo a Javi. Marco no ha pronunciado ni una palabra todavía, pero en cuanto ve aparecer a Javi es todo sonrisa y felicidad. Observo su espectáculo y me dan ganas de aplaudirle. La mala hostia que rezumo se ve a lo lejos, así que Javi directamente ni me pregunta. Tampoco es con él con quien tengo que pagar que todo el mundo sea gilipollas hoy.

—¿Queréis pasar a verla?

—Pero, ¿se puede?

—Todavía no ha dilatado mucho. Dicen que va a ser una tarde larga. Seguramente se pondrá de parto de madrugada, si las cosas siguen así.

—¿Cómo voy? ¿Solo puede pasar uno? ¿Me esperas aquí, Marco?

Marco asiente, obediente. Yo camino con Javi, que me indica el rumbo y se vuelve con Marco. Claudia está sobre una pelota gigante soltándole insultos a la enfermera.

—Qué buen humor, amiga.

—Yo estoy de parto. ¿Lo tuyo qué es?

—Marco.

—Ay, tu Marco. Había pensado que si es niño le pondré ese nombre.

—Ni se te ocurra.

—Ni muerta.

Grita otra vez. A la enfermera no parecen importarle los insultos varios que se están derramando sobre su persona. Claudia me lee la mente y responde.

—Ya la he avisado. No va contra ella. Sino contra mi alien.

Pausa para respirar, gritar, apretar algo que tiene entre las manos.

—Tía, va a ser Sagitario. Qué desgracia. Podría haber sido un signo estupendo, un Escorpio poderoso o Tauro, como Javi... Pero no, me va a tocar el signo respondón.

—Claudia, no sé en qué idioma estás hablando.

—No importa.

Está sudada, gorda, con una bata desde la que veo su culo, que se ha llenado de celulitis. No hago ningún comentario porque supongo que ya sabe perfectamente cómo se le están poniendo las posaderas.

Respira de una manera extraña, pero nadie se alarma, así que supongo que todo está dentro de la normalidad. De repente se pone a llorar.

—Tía, no voy a ser capaz de hacer esto.

—Claudia, no seas tonta. Claro que sí.

—No, no. Tú sabes que yo no quería hijos, pero me enamoré y pensé que con Javi sería bonito crear una familia. Me emocioné tanto con esa idea que no me di cuenta de que tenía que pasar por esto.

—Pero si has llegado hasta aquí puedes con lo poco que te queda. Claudia, no es nada. Lo tienes hecho.

La enfermera me mira como si no tuviera ni idea de lo que estoy hablando.

—¿Te han puesto la epidural?

—Aún no. Quería tener un parto cien por cien natural, pero no va a ser posible. No sabes lo que duele esto, los calambres que tengo, las ganas de que me saquen el melón, de verdad que no lo sabes.

Y sustituye lo que tuviera en la mano por la mía y aprieta con una fuerza más propia de una bestia que de un ser humano.

—Me empiezo a hacer una idea, querida. ¿Quieres que llame a Javi?

—Creo que sí, pero no te vas a ir, ¿verdad?

—Por supuesto que no. Estaré fuera y cuando me necesites, entro. Y si no quieres que te vea así, estaré simplemente fuera y tú sabrás que estoy allí. Si hace falta no saldré ni a fumar.

—Puedes salir a fumar una vez cada hora.

—Iba a hacerlo de todas formas.

—Tengo miedo.

—Llamo a Javi.

—Te quiero.

—Te quiero, amiga.

Y su frente sudorosa me deja los labios mojados.

Cuando llego a la sala de espera veo que está llena de familiares, de celadores que pasan, de médicos que me recuerdan a mi ex. Javi espera en uno de los asientos mandando mensajes.

—¿Y Marco?

—Se ha ido.

—¿Cómo que se ha ido?

—Me ha dicho que iba a casa rápidamente a por el portátil para poder seguir trabajando aquí.

—¿Va a seguir trabajando aquí?

—Eso ha dicho.

—Entra, tu mujer te necesita.

Sonríe. Yo quiero escupir el veneno que estoy a punto de tragarme, pero me contengo. Miro el móvil esperando encontrarme una disculpa de Marco. No hay nada. Me siento donde estaba Javi. El calor que desprende su asiento me da asco. Observo al resto de familias en la sala de espera de la zona de paritorios. Están llenas de felicidad y alegría. Se acompañan las unas a las otras, se cuentan historias, que si cuando nació Marcelino todos entraron y la madre de Marcelino los mira y no le hace ni puta gracia, pero ahí todos ríen, porque se acerca otro milagro de la vida.

Los padres de Claudia están a punto de llegar y los de Javi viven en Aranjuez así que tardarán un poco más. No han avisado a ningún otro amigo porque no quieren molestar. Total, poco se puede hacer. ¿Verdad? Me digo. Soy la única que espera por Claudia porque el idiota de mi novio ha decidido ir a por su ordenador para seguir trabajando. Solo deseo que el bullicio de la sala no desaparezca en toda la tarde y no pueda concentrarse. Media hora después llegan los padres de Claudia. Se sientan conmigo a esperar. Javi los invita a ver a su hija que sigue dilatando lentamente sus entrañas. Él no tiene rastros de sudor por la cara, sonríe apaciblemente, está nervioso, pero transmite cierta tranquilidad y yo no paro de pensar en lo injusta que es la vida. Mi amiga es quien está ahí dentro abierta de piernas, con su ombligo salido, sus tobillos del tamaño de dos centros de mesa, con su pelo de no sé cuántos días sin lavar, con su coño listo para ser toqueteado, cortado y suturado, para emanar a un ser que seguramente acabe diciendo que quiere más a su padre cuando le hagan elegir.

Puto milagro de la vida.

16. ÉL

Portátil, cargador del portátil, cargador del móvil, un libro para Clarisa, su portátil... Si la noche va a ser larga prefiero estar preparado para ella. No le va a hacer gracia que me haya ido, pero con suerte llegaré antes de que se haya podido dar cuenta.

Cuando subo a la segunda planta Clarisa está en una silla, las piernas y los brazos cruzados, la caldera a punto de desbordarse. Entro directo con la disculpa a matar. O a morir.

—Sé que no tenía que haberme ido, pero si vamos a pasar muchas horas aquí quería no perder el tiempo.

—Es que hasta en un momento como este no puedes prescindir de tu puto ordenador, Marco.

Le pido que baje la voz. Las familias de alrededor empiezan a mirarnos.

—Te he traído un libro y tu portátil por si tú también querías trabajar.

—¿Cómo coño me voy a concentrar aquí cuando sé que ahí dentro está mi amiga empujando una criatura del tamaño de una sandía?

Javi aparece y dejamos de hablar. Me centro en él.

—¿Cómo va?

—Cuatro centímetros todavía. Tiene que pasar a la siguiente fase. Queda aún.

Asiento como si supiera de lo que está hablando. Clarisa me mira con asco.

—Vuelvo dentro, chicos.

Javi desaparece y a mí me toca enfrentarme a mis demonios otra vez.

—Es que no me puedo creer que hace unas horas estuviéramos hablando de cómo no haces otra cosa que escribir tu puto libro y te traigas el ordenador para seguir escribiendo.

—Es que quiero terminarlo ya.

—Y yo quiero que estés conmigo.

—No eres tú la que está pariendo.

El gesto de Clarisa es una advertencia. Me estoy metiendo en una zona complicada, pero todavía estoy a tiempo de retroceder.

—Si tengo que volver a explicarte cuál es el problema que hay sobre la mesa...

Pero la amenaza se queda ahí, agotada de sí misma. Quiero abrir mi ordenador pero tengo miedo.

—¿Quieres salir a fumar? Ya lo has oído, todavía queda.

—No. Ve tú.

—No, no. Yo espero aquí.

—Escribe si quieres. Tampoco parece que me vayas a dar mucha conversación.

Estoy ante una propuesta trampa. Si saco el ordenador, aunque es lo que me ha dicho, le va a molestar porque en el fondo no quiere que lo saque. Pero si no lo saco tampoco me parece el lugar para continuar la conversación que estábamos teniendo.

Intento ganar tiempo.

—Voy a la cafetería a por algo de beber. ¿Quieres algo?

Me mira dubitativa.

—Una cerveza.

Asiento y voy en busca del bar del hospital. Cuando llego, me pido un solo que sabe a auténtico café quemado y sonrío porque está realmente asqueroso. Supongo que nadie los hacía tan mal como Matías y a la par tan bien. Compro una lata y vuelvo. Sigue en la misma posición. La dejo sobre la mesa y me siento a su lado. Reacciona al cabo de unos minutos. La coge y empieza a beber. Parece un deportista sorbiendo un Gatorade después de haber corrido media maratón.

Las siguientes horas se dedica a buscar la postura correcta en la silla y a dar pequeños paseos por el pasillo. Claudia ha conseguido dilatar diez centímetros. Solo he intentado coger mi portátil una vez y la mirada de Clarisa me ha llevado directo a volverlo a guardar en la mochila. Son las nueve y media de la noche cuando se queda medio dormida sobre mi hombro. Las sillas del hospital no están pensadas para que los acompañantes puedan descansar tranquilamente.

A las once y media de la noche nos avisan de que Claudia y Javi acaban de ser padres de una niña. La llamarán Cloe. Clarisa se pone tan contenta que empieza a llorar. Me abraza instintivamente y de repente en su mirada no hay ni un ápice de rabia hacia mí. «Es una niña», me dice.

Tenemos que esperar todavía una hora hasta que podamos verla porque tras el parto es importante que tengan un momento de intimidad, para conocerse, para establecer vínculos de piel. Clarisa no me ha soltado la mano en todo este rato. Sonríe y llora a la vez. Le manda mensajes a todas las amigas de Claudia. Está nerviosa por entrar.

Pasamos cerca de la una de la madrugada. Empuja la puerta con suavidad. La habitación está extremadamente silenciosa. En la cama está Claudia con su hija recién hecha sobre el pecho. Tiene la cara hinchada pero sonríe feliz. Javi está al otro lado de la cama. Todo emana tanta belleza y bondad que no quiero acercarme demasiado y estropearlo. Observo desde una distancia prudencial cómo Clarisa se acerca y besa la cabeza de la pequeña Cloe.

—Lo has hecho, amiga. Lo has hecho muy bien.

—Pensé que me moría, Clarisa. Te lo prometo. Pero lo conseguí.

—Eres la mejor.

—¿Quieres cogerla?

—¿No es muy pequeña? ¿Y si la rompo o algo?

—Estará bien.

Presto atención al trasvase de niña. Clarisa la coge entre sus brazos y la aprieta contra sí. Creo que es la primera vez que veo a un ser humano tan pequeño. Siento que cualquier cosa que diga o haga podría arruinar este momento.

Clarisa devuelve a la pequeña a su madre y se despide.

—Tenéis que descansar. Mañana vuelvo con el desayuno.

Salimos despacio, deslizándonos por el suelo. Clarisa se abraza a mí, sonriente. Yo me mantengo firme en mi silencio. Levitamos por los pasillos del hospital hasta la salida.

En el taxi no me suelta, ni discute con el taxista, ni le parece mal la ruta que ha elegido para volver. Flota sobre las escaleras hasta llegar a la puerta de casa. Se descalza en el dormitorio y se tira sobre la cama con la ropa puesta, pero no roza el edredón. Se queda dormida, suspendida, flotando sobre partículas de felicidad.

17. ELLA

Marco se ha ido de retiro artístico. El episodio en el hospital fue revelador para todos. Por el bien de esta relación ambos necesitamos que acabe la novela. Se fue el jueves y volverá el domingo para votar. No supe nada de él ayer. Al acostarse me dijo que estaba bien, que la cabaña en la sierra era estupenda y que no tener Internet en el portátil era toda una aventura. Somos unos malditos niños mimados por la tecnología. Le contesté con una carita sonriente y me fui a la cama.

Hoy no he salido del sofá. Comida a domicilio, colillas sobre restos de táperes, cordilleras de latas de cerveza, me estoy pasando Netflix. El sueño de cualquier adolescente lo estoy cumpliendo yo. Cuando llego al final de *Narcos* busco un par de documentales sobre Escobar y también una película. Me dan las cuatro de la mañana. Marco se despidió a las doce y media de la noche.

El sábado me da la bienvenida a las tres de la tarde. Cuando entro en el salón, los restos del vicio barato me provocan una arcada. Voy directa a la cocina a hacerme un café.

Me siento en las sillas del comedor, remuevo mi café solo, contemplo mi vida, la que tengo delante y la que no, y todo me parece una auténtica mierda. El alumbramiento de Claudia evidenció no solo que no debo meterme en el proceso creativo de Marco sino que a mi vida le falta algo. Y no me refiero a un hijo. Joder, no. El nacimiento de seres me produce la misma sensación que la muerte de los mismos. Todo lo que nos rodea es perecedero y eso me lleva a una pregunta inevitable: ¿es esto lo que quiero conservar? ¿Es esto que tengo lo mejor que he podido conseguir? ¿Es esto que vivo lo que imaginaba que sería mi vida?

Será por haber observado a Pablo durante dos días seguidos luchar por su imperio de cocaína, será por haber vuelto a estar sola y no haberme sentido vacía, será por ver cómo Marco está luchando por lo que de verdad cree que es su sueño, pero algo me ha llevado a pensar que yo no estoy haciendo nada por mejorar mi vida. Yo solo me estoy dejando llevar. Me he sumergido en las aguas de la inercia y la corriente me arrastra día tras día a una existencia hueca. Apago otro cigarro en el montículo de escombros. Una obra digna del Reina Sofía.

Por la tarde me noto taquicárdica.

Este pulso descontrolado es un viejo amigo.

Me meto en la ducha sabiendo que de nada sirve, de hecho es peor. El agua caliente me baja la tensión y esa sensación de flojera mezclada con nervios me provoca más ansiedad. Tengo un Trankimazin por algún sitio. Camarada Alprazolam, ¿dónde estás? En la parte de arriba del armario hay varios bolsos que nunca uso. En uno negro de cuero con tachuelas, en el bolsillo interior protegido con cremallera, guardo mi bolsita de las drogas de emergencia. Una bolsita de MDMA, seguramente caducada, unas pastillas con caras sonrientes que no me atrevería a volver a probar, una tableta de Valium casi vacía, lo que sobró del antidepresivo de mi última caída y ahí, azulito, ovalado, pequeño, mi leal colega. Siempre preparado para cuando lo necesitas.

A las diez y media de la noche, después de comerme los trozos de pizza que sobraron ayer, salgo de casa con la firme autopromesa de cogerme un pedo gordísimo que me deje inconsciente al volver a casa.

No es la primera vez que me emborracho antes de una ruptura.

¿Alguien desearía hacer algo un día con resaca?

Es como cuando tienes ese dolor en el pecho que no te deja respirar, que te impide moverte, que te consume. Ese dolor que solo otro dolor puede quitar. Y coges las tijeras y haces un pequeño corte en el muslo, en la cara interna, pegado al sexo, donde sabes que nadie mirará, donde solo tú sentirás el malestar que amortigua la pena gigante. La resaca que se avecina será mi incisión.

Malasaña apesta a borrachos, a castañas asadas, a Navidad pegajosa. Entro en el primer bar que no está abarrotado y me acoplo a la barra. Un grupo de niños se me acerca y me felicita la Navidad. Brindan conmigo. Me preguntan que a qué voy a votar. Ellos tienen toda la cara de ser *ciudadaners.* No sé cuánto tiempo se pasan merodeando hasta que descubren que lo único que quiero es estar sola.

Un tal Paco me quiere invitar a algo. «¿Qué bebes?». Le muestro el tercio a punto de acabarse. Antes de que me me sirvan otro ya me he ido.

La calle es mi enemiga, pero puedo fumar, así que en cuanto me termino el segundo cigarro me cuelo en un bar colorido, ruidoso. Creo que conozco al tipo que está en la barra. Bebo de su copa y fuerzo una sonrisa que poco tiene que ver con la alegría. Ese alguien me habla de su separación y en el bar mexicano la música está demasiado fuerte y el olor a fritanga me consume la poca energía que tengo para disimular. Ni siquiera recuerdo el nombre de quien me está contando su reciente soltería. Lo hace con pavor. Le parece que volver solo a casa es una tortura. Le brillan los ojos cuando dice que odia no tener con quien acurrucarse en el sofá.

Intento buscar un resto de empatía en mí, pero todo lo que queda es destrucción. Trago lo que parece un daiquiri de fresa y digo en voz alta lo que no debería ser pronunciado, pero lo hago y sentencio:

— Mañana yo dejaré a Marco.

—¿Mañana?

—Mañana.

Quién pensaría que una ruptura se puede planificar con tanta antelación, con tanta alevosía, con tanta maldad quizá. Pero mañana, cuando Marco Polo vuelva y antes de que entre a casa, le diré que hemos terminado. Y sé que solo será posible si lo hago así. Y el murmullo habla sobre mi rotura en diferido y yo solo deseo que el alcohol me queme el cerebro.

Cambiamos de bar.

No tengo noticias de Marco. Tampoco las espero. Estará durmiendo plácidamente ajeno a la tormenta que se acecha. Su última conexión fue de hace horas y sé que no debo escribirle. ¿Qué se le dice a alguien al que le vas a romper el corazón al día siguiente? ¿Qué le dices hoy, que no despiste o precipite los no puedo más, no es lo que quería, es demasiado grande el espacio que hemos creado entre nosotros, los me muero si tengo que vivir un día más así mirando cada mañana cómo del buzón se han caído nuestros nombres, si hasta él sabe que llevamos demasiado tiempo intentando arreglar algo que hace mucho que está descompuesto? ¿Cómo le explico lo que sabe y no quiere afrontar? No puedo. Así que no lo hago.

La música está tan alta que deja sordas mis pocas neuronas conscientes y la última copa consigue el efecto deseado. Son las cinco y media de la mañana en algún bar cerca de Tribunal. No es fácil la vuelta a casa, pero por suerte no hay nadie en la calle que tenga mejor aspecto que yo.

Me arrastro por las tres plantas hasta llegar a casa y cuando entro cierro con llave y la dejo puesta. Tiro el abrigo sobre la mesa del comedor. Bebo agua fría antes de entrar en el dormitorio. Observo el hueco vacío en la cama y me convenzo de que no habrá demasiada diferencia. Me tumbo en su lado de la cama y respiro lo que queda de su olor mezclado con mi aliento putrefacto. La ausencia me acaricia la frente hasta que me quedo dormida.

Son las siete de la mañana y tengo los pies fríos.

Me acosan recuerdos buenos que otra persona confundiría con dudas, y dejo que pase el día metida en la cama abrazada a mi resaca hasta que suena el timbre.

No me pilla de improviso. Llevo empujando toda la noche y siento que casi sale solo. Va a ser fácil, solo tengo que dejarlo caer, hacer fuerza por última vez, un parto de tristeza inevitable.

Vuelve a sonar el timbre. Arrastro mis pies descalzos y el único ruido que hay en la casa es el de mi corazón chocando contra el pecho. No hay vuelta atrás. Me enfrento a la puerta cerrada. El sonido de la llave girando el pestillo es ensordecedor. Abro la puerta lentamente. Al otro lado asoma el flequillo oscuro de Marco, su barba de tres días, siempre de tres días, su mochila sobre un solo hombro.

No pierdo ni un segundo. Abro la puerta del todo. El último esfuerzo. La comadrona me pide que empuje. Me dice que ya lo tengo.

Soy la madre de este final.

Doy a luz al hijo de la falta de tiempo, del tengo que hacer otra cosa, del pero lo estamos arreglando, del tú no vas a ser lo suficientemente valiente para hacerlo.

Y digo adiós de la única forma que sé.

Vomitando.

18. ÉL

Abro una puerta de metal que delimita el terreno. Al cruzarla atravieso un pasillo de piedras. Son las cinco de la tarde pero casi es de noche y tengo miedo de tropezarme. Mañana buscaré la luz de la entrada. Subo con bolsas de la compra y con mi mochila las tres escaleras que dan a la cabaña. Me sentí muy fuerte cuando me propuse venir a la montaña. Pensé que la soledad y la vida bohemia me ayudarían con el libro, pero lo cierto es que podría haberme ido a un hotel del centro y me habría ahorrado la parte de la naturaleza, de lo viscoso, del frío de la sierra. A cambio aquí no llega nadie, ni el wifi, ni siquiera la Navidad.

Dos días después de que Claudia trajera al mundo a Cloe, Clarisa volvió a su estado basal, retomamos la conversación pendiente y llegamos a varias conclusiones. Una de ellas fue que el éxito de esta relación depende de que termine mi novela, así que tengo que tomármelo en serio. Estar en casa mientras escribo le hace sentirse abandonada y cuando intento centrarme completamente en la escritura no puedo evitar cierto complejo de culpa. Así que decidimos que lo mejor para los dos sería que me aislara de todo y me dedicase solo a escribir. Ella no me vería. Yo no la vería. Son solo unos días.

La cabaña es pequeña. Un espacio central de unos cuarenta metros cuadrados organizados en torno a un sofá cama que no creo que llegue a abrir; una mesa de comedor que hará las veces de escritorio; cocina de barra americana con microondas, donde planeo calentar toda la comida precocinada que he traído; y un pequeño cuarto de baño con plato de ducha. Saco el ordenador y lo coloco sobre la mesa. Las bolsas con la compra las dejo en la encimera de la cocina. La calefacción ya está puesta, pero la pongo al máximo. Enciendo las lamparitas de la estancia, subo las persianas y la luz de las farolas de la calle se cuela por la cristalera que rodea la casa. Siento que es un buen lugar para escribir. Me siento capaz de hacer algo grande aquí. Soy David Foster Wallace, Don DeLillo, Franz Kafka, Jessica Fletcher.

Paso las primeras dos horas intentando ponerme cómodo para escribir. Pruebo qué lado de la mesa me gusta más. Me cambio de sitio varias veces. Cojines en la silla. Mejor, no. Necesito una cerveza. ¿Qué ha sido eso? Sigo teniendo frío. Hay un reloj en la casa y oigo su tictac desafiante. La cabaña no tiene televisión ni tocadiscos ni radio. Querías aislarte, ¿no? Y recuerdo que en el móvil tengo un par de listas descargadas de Spotify que me salvarán del silencio absoluto, de mis propios demonios pululando. Me pongo los auriculares y meto el móvil en el bolsillo del pantalón, pongo la música al máximo, cierro los ojos. Recuerdo las palabras de Miguel: qué quiero contar, adónde quiero ir. Golpeo con mis dedos sobre el teclado al ritmo de la música. A veces aprieto algo más fuerte de lo debido y escribo en un idioma parecido al neerlandés. Abro los ojos cuando acaba la primera canción. Borro todo lo escrito. Cojo el cuaderno y lo intento a mano. La segunda canción es de Teenage Fanclub y en otro momento de mi vida sería maravillosa, pero hoy me molesta. Me quito los auriculares. Vuelvo al silencio, a por la segunda cerveza, a mirar cómo más allá de las luces de la carretera no se ve nada. Me entra un poco de miedo. Tan lejos, solo, rodeado de naturaleza, a cuatro grados menos que en Madrid. Me acerco a la puerta de la entrada y echo el seguro. A las nueve y media me sirvo una sopa caliente y me hago unas tostadas con queso de untar. Me las como frente a mi ordenador y me arrepiento de no haberme traído alguna película, de no haber contratado el bono de Internet, de haberme venido al fin del mundo a intentar que el universo me convierta en escritor.

Me acuesto a las once y media. «Buenas noches, Clarisa». Acabo abriendo la cama por hacer algo. Pongo sobre mí todas las mantas que encuentro en un armario. Me duermo con las luces encendidas.

A las ocho de la mañana me despierto completamente despejado. Me doy una ducha. Decido irme a desayunar fuera. Sé que hay un pueblo a unos dos kilómetros, así que salgo a la parada a esperar que pase el autobús. Tras veintidós minutos muriendo de frío, decido caminar. Cuando llego a la aldea son casi las diez de la mañana. No ha pasado ningún automóvil. Maldito pueblo abandonado de la mano de

Dios. Por suerte hay una cafetería abierta en lo que parece el centro. La plaza está completamente vacía pero dentro hay un montón de señores de unos ciento veinte años y ciclistas de cuarenta. Me saludan al unísono. Me pido un café solo. Me lo traen a la mesa. Añado uno de los bollos que veo sobre la barra y en la radio del bar suena Azúcar Moreno. Aunque no lo parezca todo es tremendamente inspirador. Saco mi cuaderno y empiezo a escribir. Otro café, otro bollo y quince páginas más tarde me doy cuenta de que casi es mediodía. Tienen menú del día, así que decido quedarme a comer. Escucho las conversaciones de los aldeanos, de los ciclistas que pasan a reponer fuerzas y las canciones de Marisol, Lola Flores y el Dúo Dinámico me ayudan a abstraerme mucho más que Bon Iver.

Antes del anochecer decido volver a mi caseta. «Hasta mañana», les digo al salir. Federico, el dueño del bar, ya es íntimo amigo mío.

Dedico la tarde a pasar a limpio todo lo que he escrito. Me encanta. De hecho, de todo lo que tengo a mi disposición, lo que menos me gusta es estar en la puñetera nada. Se me ocurre alquilar una bici para el día siguiente, pero las ideas de morir atropellado por el único conductor de la zona o caerme despeñado por el monte no me seducen en absoluto.

Caliento unas albóndigas de lata y me hago un puré de patata de sobre en el microondas. Como al lado del ordenador. Bebo cerveza. Me lío un cigarro. Abro la ventana para ventilar, aunque el frío polar me obliga a cerrarla al poco rato. Echo el seguro de la puerta antes de meterme en el sofá. Me echo todas las mantas encima y leo hasta acabarme el libro que me he traído. Antes de dormirme le doy las buenas noches a Clarisa.

Es sábado, hace un día estupendo, estoy despierto desde las siete de la mañana. Bajo caminando al pueblo. Me llevo el portátil y el cuaderno. Federico me saluda y empieza a prepararme el café y el bollo. Benditos pueblos. Me planteo comprarme un terreno aquí con lo que gane con la novela. Empiezo a escribir. «Los fines de semana no hay menú». Y me pido una pierna de cordero al horno, porque no se me ocurre una idea mejor. La grasa del plato me salpica la ropa cuando intento trincharlo y una amable señora se ofrece a cortarme la carne. «Por favor, no». Cuando empieza a atardecer, recojo el chiringuito y camino en dirección a mi cabaña. A medida que subo la cuesta que lleva a mi hogar, empiezo a sentir movimiento en mi interior. El cordero está dando brincos en mi intestino, devorando mi flora como si fuese pasto. Llego a la cabaña justo a tiempo para dejarme caer en el váter y evacuar a Satanás. Maldita comida de pueblo. Me tiro el resto de la tarde en el sofá, girado sobre el lado izquierdo esperando que pase. Observo que en la esquina de la mesa hay un insecto del tamaño de mi cabeza caminando lentamente. No sé lo suficiente sobre fauna para saber qué hace un insecto en movimiento con el frío invernal, pero parece una cucaracha. La mato estampando una lata cerveza sobre ella. Un repelús me recorre cuando la noto crujir. Empiezo a observar la caseta con desconfianza y cuando intento dormir me tapo completamente. En mitad de la noche me despierto envuelto en sudor y tengo la tentación de quitarme la capa de mantas, pero aguanto. Las sacudo esperando que si hay algo sobre mí se caiga al suelo.

Amanezco a las siete y media y todo me da tanto asco que prefiero esperar y ducharme en casa cuando llegue. En mi casa, libre de vida diminuta, si no cuento a Clarisa. Camino hacia el pueblo a por mi último desayuno. Parece que ha llovido durante la noche y el asfalto está helado, por lo que estoy a punto de resbalarme varias veces. Es el primer día que veo pasar coches por la carretera. Cada vez que uno me adelanta no se molesta en evitar los pequeños charcos que se han formado y al llegar a la cafetería estoy prácticamente cubierto de barro. El domingo, Federico no abre hasta las once. Son las ocho menos cuarto de la mañana. Doy una vuelta por el pueblo esperando encontrar algo abierto. No tengo suerte. Se me están helando los dedos de los pies, así que vuelvo caminando a casa. Me apañaré con lo que haya. No he traído café y el único que hay es uno soluble. Cosas peores he bebido, supongo. Tengo la sensación de que por más alta que ponga la calefacción la casa no termina de calentarse. Cojo una de las mantas del sofá, la sacudo por si tiene algún ser vivo sobre ella y me siento en la mesa del comedor convertido en momia. Es el último día. Voy a aprovecharlo. No sé cómo, pero saco energía para ponerme a escribir. Cuando me quiero dar cuenta casi es la hora de comer. Reviso lo escrito sonriente. Me siento orgulloso. La caseta es un asco, estar tan lejos es un asco, pero el objetivo se ha cumplido, estoy escribiendo. Y estoy escribiendo algo bueno.

A las cuatro de la tarde me recoge el dueño para llevarme a la estación de autobuses donde cogeré uno que me lleve de vuelta a Madrid. Recojo todo satisfecho. Dejo la cucaracha muerta bajo la lata de cerveza como advertencia para las demás en el futuro. En el bus elaboro una lista con todas las cosas que me traeré la próxima vez. Café y cafetera, desde luego. Mis propias sábanas y toallas. Matainsectos y matarratas, mata toda la vida que pueda entrar en la casa. Varios DVD con películas, un par de libros... Miraré bien los horarios de Federico y me abstendré de pedirme los platos fuertes. Tal vez pueda venirme en año nuevo y pasar una semana aquí. Reconozco que me ha costado pero, una vez que he conseguido encontrar el ritmo y me he adaptado a los tiempos de la vida en el campo, se está bien.

En Moncloa me cojo un Cabify hasta casa. Tengo ganas de llegar, darme una ducha y contarle mis planes a Clarisa. Y entonces me doy cuenta de que es la primera vez que reparo en ella. No recuerdo cuándo fue la última vez. Subo las escaleras apesadumbrado, con una extraña sensación de incomodidad. Al introducir la llave en la cerradura descubro que Clarisa ha dejado la suya metida por dentro. No puedo abrir. Llamo al timbre. No se oye ruido al otro lado. Estoy pensando en escribirle un mensaje o llamarla por si se está echando la siesta y cuando abro WhatsApp, veo que la última vez que hablamos fue el viernes por la noche. Vuelvo a llamar al timbre. Oigo unos pies que se arrastran al otro lado. Esa forma de reptar inconfundible. Y, mientras oigo la llave girar, una especie de melancolía extrema me recorre el cuerpo, una tristeza a la que no logro ponerle nombre. Como si hubiese perdido algo que no voy a ser capaz de recuperar.

Los portugueses tienen una palabra para este sentimiento.

Lo llaman saudade.

19. ELLA

Nunca es un buen momento para romper con alguien. Navidad puede parecer el peor, pero he aprovechado para celebrar una Nochebuena vegana en casa y así Marco ha tenido tiempo y soledad para recoger sus cosas. Al fin y al cabo es quien más lío tiene. Recoger mi parte será cuestión de horas. Nunca pensé que podría superar una ruptura sin Claudia, pero la fuerza sanadora de la familia es sorprendente.

Vuelvo a Madrid el martes antes de fin de año para pasar un par de días empaquetando. La siguiente cita será cuando todo esté fuera y tengamos que echar el último vistazo, dejar las llaves y la rescisión del contrato firmada.

Al entrar en lo que antes era el salón me doy cuenta de que poco o nada queda de lo que un día llamamos hogar. Y es curioso cómo todo ese discurso que me he ido elaborando estos días en los que me convencía de que este dolor es pasajero, de que este dolor no merece la pena porque hay cosas verdaderamente importantes que se escapan de mi control, se desmorona. Nuestra morada es ahora una zona de guerra. Trincheras, fortificaciones de cartón, parapetos desde los que vigilar al enemigo. Bajo la barricada aparecen algunos restos de lo que era la vida aquí. Quince metros cuadrados de minas antipersona. Encuentro la manta con la que me tapé la primera vez que estuve sobre ese sofá. Una foto enmarcada donde salimos los dos juntos y que nos hizo Claudia una noche de fiesta. La foto está tan desenfocada como nosotros. Éramos la esencia misma de la felicidad. La dejo en su sitio y paseo entre las vallas. Junto a la ventana están mis cajas. Las mismas que nunca llegué a deshacer cuando me instalé aquí. Curiosa y puñetera la vida, no he tenido un minuto en dos años para hacerlo y, ahora que tendría que estar guardando lo que queda, me planteo abrirlas. Acaricio las cajas como si fueran fieras heridas en la calzada, con el deseo de ayudarlas y con el temor de ser mordida. No las abro. Las empujo hasta el único rincón de la casa que no está invadido por los paquetes de Marco.

Entro en el dormitorio. Todo lo suyo ya está recogido. En el armario, mi ropa está desparramada. Sobre la cama hay varias cajas y bolsas vacías y una nota de Marco que dice que use lo que necesite. Empiezo a meter mis vestidos sin doblar en una de las cajas grandes. Abro la cómoda y saco la ropa interior con desgana. La arrojo dentro de la caja. Observo el armario en el que ahora solo hay perchas. Las de Marco, de madera, perfectamente alineadas. Las mías, de plástico, cada una de una manera, la mitad rotas. Algo me remueve en las tripas. Voy corriendo al aseo y noto que voy a vomitar, pero me siento en la taza y miro la esquina donde tiré mis braguitas la primera vez. Y ahora sí, empiezo a llorar. Me abrazo las rodillas y digo «Lo siento» mientras me mezo. «Lo siento, lo siento, lo siento, lo siento, lo siento...». Y el mantra consigue calmarme.

Deben ser las nueve de la noche cuando oigo la llave introducirse en la cerradura y girar. Me pongo de pie en mitad del salón, en el poco hueco que dejan las cajas amontonadas. Marco entra sereno, deja su abrigo sobre una de las sillas de la zona del comedor y me mira.

—He traído comida china. Estaba paseando y acabé en Plaza de España. ¿Recuerdas el chino al que íbamos cuando nos conocimos? El que daba mucho asco pero que nos encantaba. Sigue abierto. He comprado para los dos. Si no quieres lo guardo para mañana.

—Sí quiero.

—¿Quieres ya? Se va a enfriar si no...

—Sí. Me parece bien. Ahora que lo dices, no sé si he comido hoy.

Trae una bandeja de la cocina, coloca los táperes sobre ella. Deja una botella de agua fría encima de la mesa.

—Lo siento, hace días que no hago la compra y no tengo cerveza.

—Está bien así. Bebo menos ahora.

Me mira entre sorprendido y molesto. Supongo que llego tarde, ya no va a alegrarse porque trate de ser mejor. Está claro que solo vale si trato de ser mejor estando con él.

—Todos los platos están guardados así que tendremos que comer directamente de los táperes.

—Está bien —le digo.

Como si alguna vez eso hubiese sido un problema. Y el recuerdo de aquellos días en los que comíamos en la cama y bebíamos directamente de la botella se ha esfumado completamente.

—No hay ningún vaso, lo siento. Bueno... Igual queda una taza tuya, ¿la quieres?

—No hace falta.

Masticamos un rato sin mirarnos.

—He pensado, si no te importa, dormir yo en el sofá esta noche, así tienes el cuarto para ti y estás tranquila. Yo he estado durmiendo en la cama estos días, así que no me importa irme al sofá un par de noches.

—No tienes por qué dormir en el sofá. Lo echamos a suertes. —Y me siento tentada a cantar Ella baila sola.

—No hace falta. Si quieres duermo hoy yo y mañana tú. Son dos días, ¿no?

Sí. Vale. Lo hacemos así.

Terminamos de cenar y él recoge las sobras y se encarga de la cocina. Yo guardo algunos de mis libros, todas las cosas del estudio, lo que queda del cuarto de baño. Cuando paso por el salón, él ya está acostado y parece que dormido. Lo observo a una distancia prudencial para no parecer *creepy*. «Lo siento», susurro. Y me meto en el dormitorio antes de darme cuenta de que tiene los ojos abiertos.

20. ÉL

—Es curiosa nuestra capacidad para recordar, ¿no te parece? Cómo nuestra mente planea qué recuerdos retener con un criterio completamente desconocido por nosotros.

—¿Qué quieres decir?

—Recuerdo perfectamente cómo fue el día que perdí la virginidad con el desgraciado de mi primer amor. Lo recuerdo tan claro, tan nítido, que casi puedo sentir su polla rompiendo mi himen, con la misma intensidad con la que dos años después rompió mi corazón.

—Es un relato precioso. Debería copiártelo para algún pasaje del libro.

Me arrepiento en el mismo momento en el que lo digo. Y continúa hablando sin dejar de mirar al frente.

—Sin embargo, no recuerdo, por más que me esfuerzo, cómo éramos nosotros antes de que todo se fuera a la mierda. Tengo imágenes, pero parecen fotogramas de una película, no de algo que hayamos vivido. No logro recordar cómo era que me tocaras y desear que lo hicieras. Sobre todo, desear que lo hicieras. —Me mira con una ternura que se escapa a su control. Hacía tanto tiempo que no lo hacía así que había olvidado cómo era que Clarisa me mirara como si se fuera a romper—. ¿Fuimos alguna vez capaces de hablar de nosotros? Sé que tuvo que pasar, o sea, había veces, al principio, en las que me moría porque eso pasara. Recuerdo... —Intenta una sonrisa, pero acaba arrugando la frente—. Recuerdo que quería que me besaras todo el rato, eso lo recuerdo, pero he olvidado cómo era querer hacerlo.

Vuelve a mirar al frente.

Seguimos con la espalda apoyada en la pared del salón donde había una estantería. El llanto viaja silencioso en primera clase. Cruza mi cara, hermético. Lágrimas a velocidad de crucero. Dejan una estela brillante a su paso. Nadie se percata del incidente.

Ninguno de los dos ha querido quedarse aquí. Ella se vuelve a Vilanova y yo no puedo permitirme este alquiler. Además, la casa ya ha empezado a manifestar sus deseos de que la dejemos sola. Cuando una casa ya no quiere acogerte, hay que escucharla. Hay que saber leer las señales. El frigorífico no enfría, las paredes no intentan disimular las marcas de cuadros que una vez taparon otras manchas, los vecinos de arriba follan puntuales a las ocho de la mañana. Aquí ya no se puede vivir.

Se levanta. Me tiende la mano para levantarme. Una vez de pie, me sacudo el culo y veo que estamos cubiertos de polvo de mudanza. Nuestro amor, inevitablemente, incinerado.

—Bueno.

—Bueno...

Es un buen resumen.

Imagino a Miguel diciéndome: «La de libros que vas a escribir gracias a esto» y me siento fatídicamente afortunado, y aun así cambiaría todo lo que me inspira por poder volver con ella.

Mira el último juego de llaves que nos queda y reparo en sus muñecas, sus finas y delicadas muñecas, sus dedos, sus uñas cortadas esta vez sin rastro de manicura. ¿Podría querer volver a sentirlas sobre mí? Podría besarla ahora y hacerle recordar lo que cree que ha olvidado. ¿Y si esto ha sido una crisis y el haber hablado de ello, el haber llegado hasta este extremo lo cambia todo? ¿Y si redimiera este año de vacío y mostrara la comprensión que me he negado a darle? Me encantaría tener el tocadiscos todavía aquí y escuchar juntos *I Still Want You* de Richard Hawley. Coger su mano, acercarla a mí y besarla; después, su boca, su cuello, su pecho; sexo rápido y triste en el suelo; ninguno se corre; se limpia en el baño, nadie abraza a nadie. Y todo para acabar otra vez en la misma casilla de salida.

No.

No es fácil dar este último paso.

Es curioso cómo el principio y el final de una relación se parecen tanto. Dos completos desconocidos que no saben comportarse con naturalidad. «Who are you?», le dije una vez a una chica americana en pleno polvo. Obviamente sabía quién era. Me refería a «¿Qué clase de ángel de la guarda te ha puesto en mi camino para hacerme tan feliz?», pero ella pensó que me había equivocado al plantear la pregunta y contestó, «Fine». Duramos seis horas.

¿Quién eres Clarisa?

¿Qué queda de lo que eras antes de mí? ¿Cuánto de nosotros hemos sacrificado para llegar a una Fantasía a punto de extinguirse?

Me saca de mis pensamientos empujándome contra la realidad.

—La casera dijo que dejáramos la llave en el buzón.

Contesto lanzando media sonrisa jodida. Esa media sonrisa que se suma a la interminable lista de cosas de mí que ahora le molestan.

—Vale, vale, ya nos vamos.

—No..., si no hay prisa... Es solo que es mejor hacer esto cuanto antes, ¿no?

Y esa es una de las diferencias entre los desconocidos de antes de conocerse y los de después. Los de antes quieren que todo suceda rápido, pero intentan hacerlo lentamente para exprimir las sensaciones al máximo. No hay nada parecido a follar con alguien por primera vez. Los de ahora queremos que pase cuanto antes pero somos unos tullidos emocionales y prolongamos una agonía de la que no sabemos salir.

—No... Tienes razón. Hagámoslo ya —le digo.

Caminamos hacia la puerta. Ella sale primero, sus pisadas desaparecen en *fade out*. Echo un último vistazo al bodegón de escombros. Contemplo mi derrota, mi vergüenza personal por última vez y, aunque quiero gritar y llorar a lágrima viva, no lo hago. Trago saliva como si fuera anestesia y programo la extracción de todos mis órganos para las diez de la noche, cuando, en lo que era la casa de Miguel y que a partir de ahora será mía, a solas, pueda permitirme sentirme miserable.

Cierro la puerta.

Giro la llave dos veces.

Bajo las escaleras.

Ha quitado nuestros nombres del buzón. Compruebo que está cerrado. Echo las llaves.

Cuando salgo, ella ya se ha ido.

EPÍLOGO

DOS AÑOS Y CUATRO MESES MÁS TARDE

ELLA

Miro a Bruno en el carro dormido. Pienso todo el rato que le va a pasar algo, que se va ahogar con su propia respiración, que le va a caer algo encima, que lo voy a estrellar contra una farola. Qué difícil es ser madre, joder. Decido parar nuestro paseo y pedirme una tónica en una de las terrazas del Retiro por la que me cobrarán cuatro euros. No suelto el carro ni aunque estemos parados y aprovecho para hacerle una foto y enviársela a Claudia junto con la ubicación concreta. Llegará en veinte minutos. Hace un día maravilloso de primavera, el sol me calienta la nuca. La llamada de mi padre interrumpe mi pensamiento naif.

—¿Qué tal, don Manel? ¿Cómo se encuentra hoy?

Mi padre se ríe, porque pase el tiempo que pase siempre le hace gracia cuando lo llamo de usted.

—Muy bien. No quiero molestarte, que sé que estás de vacaciones estos días, pero quería decirte que el vídeo de las gachas está funcionando muy bien y que me he emocionado mucho, porque, bueno, la gente ha respondido mejor de lo que esperábamos.

—Qué bueno, papá. Qué bonito. Pero no llores... Bueno, qué coño, llora lo que quieras.

—Es que tu madre estaría muy orgullosa de ti.

—De nosotros. Lo hemos hecho bien, ¿verdad?

—Claro que sí.

—Vuelvo mañana y seguimos grabando vídeos, tú no te preocupes.

—Un beso, hija.

La llamada me ha dejado algo destemplada así que pago, en efecto, cuatro putos euros y camino hacia la salida más cercana. Aviso a Claudia por WhatsApp.

Nos vemos diez minutos más tarde en Alcalá. Me saluda desde lejos, eufórica. Pase el tiempo que pase, ella nunca dejará de ser ella misma.

—Pero qué guapa estás con el pelo corto. Te queda genial.

—¿Tú crees? Me estoy arrepintiendo por momentos.

—No, tía, eres Claire Underwood.

Yo sonrío como si me lo creyera. Ella se acerca al carro.

—Pero ¿cómo está mi niño bonito? ¿Qué tal se ha portado?

—Muy bien. Lo recogí de la guardería sobado y se ha despertado hace poco. Pero ni llora ni se queja ni nada. Es un bendito. Si alguna vez tengo un hijo me pido que sea exactamente así. Bueno, o como Cloe.

—Ya... Son tan maravillosos que las otras madres de la guardería me odian muchísimo. A cambio tuve dos embarazos de mierda.

—Parece un buen trato. —Y dejo que se quede ella el carro—. ¿Y Cloe, está mejor?

—Es un resfriado, pero cuando son tan pequeños da un miedo... Su padre la está cuidando.

Subimos la cuesta de Bárbara de Braganza. Me siento bien a su lado, solo caminando. Ella no aparta los ojos de Bruno, yo me miro en los escaparates haciéndome a la idea de mi nuevo pelo. Claudia para un segundo a limpiarle la baba. Yo aprovecho para mirarme en el reflejo. Cuando enfoco más allá de mi imagen, me encuentro con la cara de Marco, del mismo tamaño que la mía. Es la promoción de su primer libro, *Casi.*

—No me lo puedo creer.

Tiro del brazo de Claudia para que se fije en lo que estoy viendo.

—Espera aquí.

Entro en la librería y me voy directamente a por uno de los libros. En la portada hay un dibujo de un adolescente sentado en la puerta de una casa en tonos grises, mientras un montón de siluetas de personas en color se cruzan con él. Pago veintiuno con noventa y cinco euros. «Hay que apoyar al pequeño negocio», me digo cuando pienso que en la Fnac seguro que estaría más barato. Antes de salir de la tienda lo abro. En la dedicatoria pone «Para Clarisa, por enseñarme qué es la ficción». Temo parpadear y que los ojos no sean capaces de retener las lágrimas. Miro entre sus páginas buscando un rastro de lo que conozco de esa novela, pero parece otra, en el mejor de los sentidos. Salgo de la librería con el libro contra el pecho. Sonrío cuando se lo enseño a Claudia. Bruno se pone a berrear en este momento, su madre lo saca del carrito para mecerlo. Miro una vez más la foto en el escaparate. Está guapo. Se ha dejado una barba de verdad, de las que tendrá que arreglarse en barberías, de las que tanto se quejaba, de las que le quedan tan bien. Está diferente. Es una buena foto. Transmite la imagen de alguien seguro y bueno.

La acompaño hasta su casa, le doy un besito a Cloe que está enorme y preciosa, me despido de Javi. Solo quiero llegar al hotel y ponerme a leer, como si entre la historia del chico adolescente que descubre el amor pudiese quedar algo de lo que éramos nosotros, como si el libro fuera una excusa para encontrarme, como si fuera la carta que nunca se atrevió a enviar. Solo quiero tumbarme en la cama y buscarme entre sus palabras, descubrir los pasajes secretos, los que sé que me está dedicando, los que todos pensarán que están ahí por pura poesía pero que solo yo sabré que son para mí.

ÉL

Agradezco el trabajo a la editorial y apunto en mi agenda todo lo que tengo pendiente para esta semana. Además de la presentación de esta tarde, mañana saldré en *La Ventana* y en el Canal 24 horas, el jueves hay una mesa redonda en otra librería de Chueca sobre «Cómo volver a la adolescencia en la edad adulta». El proceso de esta primera novela fue una tortura. Estaba tan perdido que necesité una verdadera crisis para darme cuenta de qué era lo que de verdad quería contar. Empecé desde el principio y todo fue mucho más sencillo. El libro lleva un mes en la calle, se vende muy bien, la crítica dice lo que soñaba que dijera de él y no paro de conceder entrevistas y presentarlo en diferentes lugares.

Supongo que había un escritor dentro de mí que no sabía cómo salir, pero una vez que eso ha sucedido no he podido dejarlo escondido más tiempo. En cuanto entregué *Casi* a la editorial y terminamos las últimas correcciones, empecé con mi segunda novela. Llevo medio año escribiendo y tengo mucho más claro cómo enfrentarme a ella. Es la historia de una pareja que lucha por sobrevivir al día a día, por remontar las rutinas, por permanecer. Podría parecerlo, pero no es autobiográfica.

Contesto un par de mails, publico en Twitter la hora de la firma de esta tarde y animo a mis seguidores a que vengan. No me imaginaba que los escritores podíamos tener groupies. Ha sido una revelación agradable. Pensé que era algo exclusivo del mundo del rock, y eso que había visto a David Duchovny en *Californication,* pero no llegaba a creerme que los escritores fuésemos las nuevas rockstars. Por mucho que Luis me lo diga cada vez que tiene oportunidad.

Aprovecho para escribirle sobre la despedida de soltero de Miguel. «Lo hemos perdido completamente» se llama el chat en el que unos cuantos amigos estamos montándole un viaje sorpresa a Berlín. Todo elegante, adulto e incluso aburrido. Por eso hemos tenido que dejar fuera a Borja Navarro, aunque esconderle semejante aventura no está siendo fácil.

Estoy a punto de apagar el ordenador cuando recibo un mail de la editorial. Es un vídeo promocional que está en Youtube. Me piden que lo comparta. Pincho en el enlace y le doy al *play.* Me salta un anuncio. En ese momento me llama Adela. Voy hacia la cocina a por un vaso de agua mientras escucho su voz.

—Hola, bonita. ¿Qué haces?

—Estaba preparando el taller para este fin de semana y me he acordado de ti. Estoy muy contenta. Ya se han apuntado quince niños.

—Qué bien. Me alegro mucho. ¿Crees que sacarás un hueco para venir a las ocho a la presentación?

—Sí, por supuesto. Ya habré terminado. ¿Te veo allí mismo veinte minutos antes?

—Eso sería fenomenal.

—Genial. Te quiero.

—Yo también.

En el anuncio una chica rubia, con el pelo corto, explica cómo preparar fusilli gratinados con bechamel de calabaza. Si quieres aprender la receta tendrás que entrar en su canal Loles de Bruselas. Clarisa habla a cámara con tanta seguridad y simpatía que no parece ella.

Pero, por supuesto, nada de esto llego a verlo. Cuando cuelgo el teléfono y vuelvo a mi mesa de trabajo, el anuncio ya ha acabado.

AGRADECIMIENTOS

Gracias a todas las personas que confiaron en mí, aquellas que sabían que sería capaz de imaginar, escribir y terminar esta novela.

A mis padres, por su paciencia y confianza, por apoyarme en la distancia. Gracias por haber llenado nuestro hogar de libros, de cuentos, de historias mágicas. No me habría atrevido a plasmar solo palabras si no me hubieseis hecho enamorarme de ellas cuando era niña.

A Alberto, por haber estado conmigo durante todo el proceso. Por no dejar que me rindiera, por ayudarme a creer en mí misma. Por ser el mejor compañero en todas las facetas de mi vida.

A Marta Gon, mi musa.

A Guillermo Guerrero por leerme y corregirme. Por estar a mi lado también en esta aventura.

A Marina Kaysen por escribir «Qué hacer cuando te has perdido», el precioso poema que inspiró la idea del capítulo 5 de la segunda parte.

A Anómalo y Langa, por estos años en los que me habéis hecho crecer como artista y kamikaze, pero sobre todo por la diana magnética y las charlas sobre antisocialidad.

A Javier Soto, por ayudarme con las estadísticas.

A Ele, por descubrirme los rincones de Vilanova.

A Leonor Watling, por ser siempre tan generosa. Gracias por haber querido jugar también aquí.

A Xosé Castro, por descubrirme escepticos.es

A Bolite, de quien espero su juicio severo.

A Mónica Adán, por apostar por mí, por confiar, por esperar día tras día los capítulos, por no poner trabas a la creatividad.

A Clarisa y Marco, por sentirlos de carne y hueso. Por permitir que me asomara a sus vidas.

Y gracias a todos los bares, restaurantes, tiendas de libros, salas de conciertos, calles de Madrid. Gracias a todas las personas que espié. Con un escenario tan inspirador y lleno de historias solo había que sentarse a escuchar.

Este libro
se terminó de imprimir
en el mes
de marzo de 2018